「動かないで。死にたくなければ」
冷たい声で言い放たれた。
「なにが、目的なんだ？」
「……妹を、助けるのに協力して」

ジタロー
ニケ

ファル
ミュー

「お願い、ジタロー様。
もっと、もっと罰を！」

一般聖者の
救済戦線《コンキスタ》

破滅

illust. ファルまろ

General Saint of Relief CONQUISTA

ENTS

General Saint of Relief CONQUISTA
Illustration ファルまろ
CONT

プロローグ

生きてると、嫌なことが積み重なってなにをやっても上手《うま》くいかない日ってものが度々やってくる。今日は割とそんな日だった。

朝、転んで泣いてる女の子がいたから絆創膏《ばんそうこう》を渡しに近づいたらもっと大泣きされて警察に職務質問《しょくむしつもん》されてしまった。朝の貴重な時間を二〇分ほど取られてしまったが、前日の仕事を片すために余裕をもって出発したので、出社時間には間に合うか……なんて気楽に考えてたら、人身事故が起きたらしく電車が遅延した。

出社したら、上司の機嫌がすこぶる悪かった。

そんな中で新人がやらかして、そのカバーをするために俺も社員の人たちも一旦自分の仕事を置いて手伝って、やっとリカバリが終わった頃には夕方近く。

少し残業して、それでも自分の仕事が終わらなかったからそれを上司に報告したら――。

「またノルマがこなせなかったのか？　チッ。本当にお前は使えないな。その仕事は明日までに終わらせておけよ。遅れてるのはお前の責任だから、残業代は出ないぞ」

なんて言われる始末。

思い出しただけでムシャクシャする。

電車の遅延の遅刻でなんで小一時間もネチネチ嫌味《いやみ》言われなきゃいけないんだよ。しかも休憩の時間に……。

警察も「疑われるようなことはしないでくださいね」ってなんだ。ご協力ありがとうございましたで良いじゃん。そんなんだから「任意ですよね？」って断りたくなるんだよ。

みんなで仕事置いてトンズラしたんだから、自分の仕事終わらなかったの責めなくても良いじゃん。次から助けづらい雰囲気になるでしょ。

「だぁ、クソッ！」

ポイ捨てされた空き缶に転びそうになって、我慢《がまん》のピークに達した俺はつい思わず蹴ってしまった。周りに人がいないかの確認も十分にせずに。

嫌なことが積み重なる日って、本当にこれでもかってくらい嫌なことが重なるし、なんか上手くいかない日ってどうしようもないほどなにやっても上手くいかない。

蹴り飛ばした空き缶は、パーカーを被《かぶ》った少し不気味な雰囲気のする男にコツンとぶつかってしまった。

「あっ、すみませ――」

「あぁッ⁉　誰だよ、痛っいなぁ？」

更に不運だったのは、そいつが抜き身の包丁を持っていたことだった。牛刀というのか、長く、鋭く、殺傷力《さっしょうりょく》の高そうな包丁だ。

それが、どっかの高校の制服に身を包んだ女の子に向けられている。大粒の涙を浮かべている少女は、助けを求めるような目をしていた。……犯罪の現場？

なんでよりによって、こんなヤバそうな状況に巻き込まれるんだよ。尋常じゃない運の悪さに人目も憚《はばか》らず泣きたくなってくるけど、それよりも助けなきゃって思った。

震える手でスマホを取り出し、一一〇番を押す。

「すみません。ここは駅前近くの――」

「お前、警察を呼ぶ気か？　おい！　ちょっと待てっ！　ああ、クソッ！」

通報されてることに気付いたパーカーの男がこちらに走って向かってくる。

怖い。でも、間違ったことはしていないぞ、俺は。疲れているせいか、恐怖に竦《すく》んだのか、足は全く動いてくれなかった。

これが物語の主人公とかなら、格好《かっこ》良く女の子の前に入って庇《かば》ったりするんだろうけど……俺、あんまり格好良くないいな。

そう思っている間に、男が目と鼻の先にいた。

「アハハハハハッ！」

グサリ、と包丁がお腹《なか》に突き刺さる。

冷たいものがお腹の中に入ってくる。グサリと刺さる痛みは、痺《しび》れたように熱くて痒《かゆ》くて……。通り魔にまで遭うのかよ。痛いよ。畜生《ちくしょう》。

走馬灯《そうまとう》のように流れてくる悲しいほどにしみったれた人生を呪いたくなる。

こんな気持ちで、こんな不幸な日に死ぬのは絶対に嫌だ。

俺の人生は嫌なことだけじゃなかったはずだ。最後くらいは笑って良い人生だったたって言いたい。こんなんでまだ死ねない。生きるために、通話がまだ繋《つな》がってる警察に小さく「救急車……」と呟《つぶや》いた。

その時だった、唐突に地面が蒼白《あおじろ》く染まったのは。幾何学《きかがく》模様の不思議な図形を描く。

異世界召喚。そんな言葉が頭を過《よぎ》る。仕事の合間に、時にはサボってウェブ小説を読むのが唯一と言っても良い趣味だったな、なんて場違いなことを思う。

「いやぁっ、あぁぁっ」

「おい、待って！」

女の子が震える足で、一歩二歩と後ずさる。俺を刺した男は、女の子の方へ走っていく。お腹が激痛を感じる前に、身体《からだ》が浮遊感に包まれた。

その時に思ったのは、刺された傷、治るかな……ってことだった。もし本当に異世界に行けるとしても重傷で即死だったらあまりにも哀《かな》しい。

混濁《こんだく》して沈みゆく意識の中で、魂に何かが刻まれるのを感じる。

――職業『救済者《メサイア》』を獲得しました。

――固有スキル『治す』を獲得しました。

偶然でも一人の少女の危機を救ったから『救済者《メサイア》』を。
命に関《かか》わる重篤《じゅうとく》な傷を負ったから、生きるために『治す』の力を手に入れた。

第一章　女神の使徒

1

意識が、混濁《こんだく》している。

「オーホッホッホ！　勇者召喚に成功しましたわ！　褒めて遣わすわ、ケッヘル！」

「姫様。勇者召喚は、術者の生命を代償に発動させる禁呪《きんじゅ》でございます。ケッヘルはもう既に……。うぅっ……」

ごってごての装飾を着けた金髪縦ロールのお姫様が高らかに笑い、隣の禿《は》げた老人は哀《かな》しむ素振りだけ見せながらもその口元を悪そうに吊《つ》り上《あ》がらせている。

近くには魔導士のローブを着た男の死体が五つほど転がっていた。

ケッヘルって人はこの五人のうちの誰かなのか、それともこの五人全員がケッヘルなのか……。

「ですが姫様！　勇者を手下とすれば、戦争に勝ちこの国を更に豊かにすることができましょう。ケッヘルは、国の未来のために殉職《じゅんしょく》致したのです」

「そう……ですわね！　ケッヘルもきっと天国で喜んでるに違いありませんわ！　だって、下等な市民の身分ながらに我が国の発展の礎《いしずえ》になれたんですもの！　オーホッホッホ！」

「ええ、ええ。そうでしょうとも！　死んだケッヘルの分まで、我々は豊かになりませんとなぁ！　ふぉーふぉっふぉ！」

これは、状況から推察《すいさつ》するに……異世界召喚ってやつなんだろうか？

『勇者召喚』がどうのって言ってた気がするし、俺のこと勇者って呼んでるっぽいし。

俺、仕事サボって無料のウェブ小説読むのが趣味だから詳しいんだ。そういうの。

詳しい俺から言わせてもらえば——うっ。頭が痛い。……考え事をすると、思考に靄《もや》が掛かったようになって次第に何もわからなくなる。

「そんなことよりも、折角多大なコストを払って召喚したんですわよ！　勇者の能力を早く確認致しますわよ！」

「そうですな！　そうしましょうぞ」

「早速『神託《しんたく》の水晶』を持ってきなさい！」

「ええ、そうおっしゃられると思いまして既に用意しております」

禿げ頭の老人はしたり顔で、懐から紫色の布に包まれた綺麗《きれい》な水晶を取り出した。

「……ところで、姫様。『絶対服従紋《ぜったいふくじゅうもん》』はちゃんと掛けられていますかな？　異世界から召喚した勇者は強力なスキルと膨大な魔力を持つ反面、精神が軟弱ですから、ちゃんと紋で縛っておかないと使い物にならないと聞きますぞ」

「そうですわね。反抗されても厄介ですし、少し確認してみますわ」

……さっきから頭がぼんやりするな～って思ってたけど『絶対服従紋』とやらのせいか？

名前から察するに、対象者を強制的に従わせる的な何かなのだろう。

会話の雰囲気から察するに、恐らくこの姫もジジイも人の命を何とも思ってないようなクズだ。これはかなりマズいかもしれない。……知らない世界で身体《からだ》を操られるまま戦争に出されて死ぬなんて絶対に嫌だ！

とはいえ『絶対服従紋』とやらがある中でどうすれば……うっ、頭がッ。

「『絶対服従紋』発動。手を前に突き出し、神託の水晶に魔力を流しなさい」

「仰せの通りに」

……!?

思ってもない言葉が出たそばから右手も勝手に動き出して、水晶の方に伸びる。

いやでも、魔力の流し方なんてわかんないぞ!?

わかんないはずなのに、身体が勝手に体内に流れるエネルギーの源みたいなものを動かして、水晶の方に流し込んでいく。

これが、魔力？　俺、魔力を流し込んでいる……？

へぇ、凄《すご》いな。この『絶対服従紋』って命令された側がやり方わかんないことでもさせることできるのか。使い方によっては便利……っていや、感心している場合か！

操られてるんだぞ！　しかもできないようなことも無理やりできるようになるってことは、脳が無意識で掛けてるリミッターとか無理やり解除させられて、バーサーカーみたいに戦わされるかもしれないってことなんだぞ！

それちょっと格好いいかも……とか思ってしまう平和ボケした自分の感性がちょっぴり憎かった。

「水晶が、光りましたわよ！」

「ええ。……しかも、これまでで一番強い。……これは、期待大ですな！」

水晶が太陽光のような強烈な白い光を放ったと思った次の瞬間には、ゲームのステータス画面のようなものが目の前に浮かび上がっていた。

名前　谷川《たにがわ》　治太郎《じたろう》
職業　救済者《メサイア》
年齢　２５
レベル　１
スキル　なし
魔法　なし
固有スキル　『治す』

名前も年齢も合っている。職業は派遣社員だから間違っているけど。これが召喚されたときに付与されたこの世界での職業ってことなのか……？

レベルは何もしてないから当然1。スキルと魔法もなし。固有スキルの『治す』は回復系のスキルってことなのか？

ゲーム的な思考だと、MP消費なしで小回復とかそんな感じだろうか？

序盤はかなり重宝するけど、終盤は微妙とかそんな響きあるけど大丈夫かな？　ちゃんと、レベルが上がったらスキルも成長するよな……？

「『救済者』『治す』……勇者でないのは惜しいですが、回復要員としては使えないこともないのでしょうか？」

「う～ん。この『治す』の効果次第と言ったところですが、現状払ったコストに釣り合っているかというと微妙というのが感想ですな」

「やはり、下賤《げせん》の生まれだからでしょうか？　次の召喚はもうちょっと出自の良い者に――」

「そうしたいのは山々ですが、良い家柄の優秀な魔導士を生贄《いけにえ》にするのは政治的にも――ああいや、とりあえず考えるべきは目の前のこの男の処遇《しょぐう》でしょう」

「そうですわね。まあ恐らくは後方支援送りになりそうですが……」

後方支援……！

前線に押し出されるよりはまだ生き残れる可能性は高そうか？

というか、さっきから黙って聞いてるけどこいつら本当にクズだな。

「まずは『治す』の効果を見てみましょうぞ」

「ですわね。ではそこの騎士、懐刀を渡しなさい」

「……はっ」

何をするつもりなのか、縦ロールの姫は近くにいた騎士に差し出された短い刃物をひったくるように手に持って、その鋭い刀身を眺める。

それから何の躊躇《ちゅうちょ》もなく俺の手をその刃物で切りつけた。

あぐっ、い、痛《い》ってぇぇえええええ！

冷たい痛みが走った手先がジンジンと熱くなっていく。痛い。すっごく痛い。

血がボタボタと流れ、痛みのあまり鼻水と涎《よだれ》が垂れていくのがわかる。だけど、これも『絶対服従紋』のせいなのか叫び声一つ上げられず、身動《みじろ》ぎすらできない。痛い。痛いッ！

「『絶対服従紋』発動。ジタロー、『治す』でその傷を治してみなさい」

縦ロールの姫に命令されて、俺は左手で切られた右手に触れる。

『治す』が発動したのがわかる。傷が治っていく。——傷だけじゃなくて、ずっと頭の中にあった白い靄のようなものまで晴れたような気がした。

「うがぁぁあ、痛ってぇぇ！　何すんだ、クソッ！　マジでぇ！」

声が響いた。俺の叫び声だった。

「お、おい、勇者が動いているぞ！　姫様！『絶対服従紋』はどうなっております⁉」

「な、何事ですの⁉『絶対服従紋』発動！　黙りなさい！　静まりなさい！」

「…………」

「……と、止まりましたわ」

縦ロールの姫様に切られた手は綺麗さっぱり治っていて、痛みも治まっていたので叫ぶのを止《や》めた。

だけどこれ、解けてるよな『絶対服従紋』ってやつ。

今、操られてないよな。

自分の意思で身体を動かせるし、喋《しゃべ》れるし、考え事をしても頭が痛くならない。

ちらりと縦ロールの姫の方を見る。近くにいる全身鎧《よろい》の騎士は剣を抜き、警戒した様子で俺を見ていた。

なんか『治す』ってスキルで『絶対服従紋』ってやつは解除できたっぽいけど、絶体絶命のピンチって状況は依然として変わってない？

っていうかレベル1で戦闘スキルもない普通の日本人だった俺が『治す』ってスキルだけでこの状況を解決することってできるの？

次『絶対服従紋』っての掛けられたら『治す』で解除するのも難しくなるだろうし、かと言ってこっから逃げれる気もしない。俺、足は遅い方だったんだ。

詰み？　もしかして俺、詰んでますか？

蹲《うずくま》っている間、騎士たちは近づいてこない。何かを警戒しているのか。

襲い掛かってこられないのは助かるけど、こちらからアクションを起こすこともできない。

五分、一〇分。或《ある》いは一時間。緊張によって時間感覚すら失いそうになるような、長い膠《こう》着《ちゃく》状態は意外な形で打ち破られた。

女神様が降臨した。


天井に突如として出現した蒼白《あおじろ》い光の幾何学模様。

舞い降りて来たのは、絶世の美女だった。俗世《ぞくせ》離れした端麗な顔立ちと透明感のある蒼い長髪。瀟洒な法服に包まれたメリハリのある身体は包容力を感じさせながらも清楚で、その神々しい雰囲気も相まって気品があった。右手には金色の天秤《てんびん》、左手には銀色の剣を持っていた。

「我が名はアストレア。この世界の『均衡《きんこう》』と『調律《ちょうりつ》』を司《つかさど》る法理の女神。異世界の人間を召喚する禁呪を……私利私欲を満たすために使用した愚かなる人間に、裁きと相応《ふさわ》しい懲罰《ちょうばつ》を与えに降臨した」

アストレアと名乗った女神様がゆっくりと右手を突き出すと、金の天秤がカタカタと傾き始める。そして――ガタンッ、と音を立てて右に傾いた。

「判決を言い渡す。――死刑。斬首の罰を与える」

アストレア様はそう言って、禿げたジジイを冷静に見下ろす。

「ひぃっ！　な、何事ですじゃ！　め、女神様！　こ、これはまちがでげべふっ⁉」

迫るアストレア様を前に顔を青褪《あおざ》めさせ必死に言い訳を並べ立てようとしていた禿げジジイ

あのジジイは。

の首が宙を舞った。

アストレア様の左手にある銀の剣の刀身が僅《わず》かに血で濡《ぬ》れていた。

見えなかったけど、この一瞬の間に首を落とされたのだ。

「ひぃぃいいっ！　爺や？　いやっ、ち、違うんですの！　き、聞いておくんなまし、女神様！こ、これは全部、この爺やがやったことですの！　私は悪くないんですの！　手違いですの！」

目の前でジジイの首が刎《は》ね落《お》とされ、次は自分の番であると悟った縦ロールの姫は早口で禿げジジイに責任転嫁し始めた。その顔は真《ま》っ青《さお》で、大量の汗が流れている。

「——私は人の子の声を聴かぬ。ただ、この天秤をもって公正な裁きを下すのみ」

アストレア様は、淡々と冷酷無比《れいこくむひ》に左手を突き出す。

ガタンッ。

金の天秤は、無慈悲《むじひ》にも、右に傾いた。

「い、いやっ！　お、お前ら、この女を殺せ！　死刑！　死刑ですの！　この私に盾突いたこの女こそ不敬罪で死刑ですわ！」

腰を抜かし後退りながら女神様を指さした姫は、喉が裂けんほどに叫ぶ。だけど、誰も動かない。誰だって命は惜しい。本物の、超越した存在を前にしてもなお忠義を示す騎士は誰一人としていなかった。

「そ、そんな……。う、嘘《うそ》。い、嫌！　嫌ですわ！」

死刑を宣告される前に、姫はみっともなく走り出した。次の瞬間、縦ロール姫の両足が宙を舞った。べちゃりと、大量の血を零《こぼ》しながら縦ロールの姫は無様に転ぶ。

「いやぁぁぁあ！　痛い！　痛いですわ！　死にたくない！　嫌ぁッ！」

こうなれば身分の高低なんて些事《さじ》なんだろう。超越した存在を前にすれば、高貴な姫様でも顔をぐちゃぐちゃにしてみっともなく叫ぶことしかできない。

「判決を言い渡す。――死刑。……斬首の罰で一思いに償わせてやるつもりだったが、自らの非を転嫁し責任を取ろうともせず逃げ回るその痴態《ちたい》はあまりに目に余る。反省し魂を浄化する時間をくれてやろう。……『浄罪の聖炎』」

女神様は天秤を指で弾いて宣告すると、姫の斬られた足の傷口が燃え広がっていく。

「うあががっ、あ、熱いッ！　嫌ぁァッ！　痛いッ！　熱いですわッ！」

足の切り口から燃え上がった炎は、じわじわと、しかし確実に太もも、お尻、背中、腹、胸、首へと侵食するように燃え広がっていく。恐怖に顔を青褪めさせ、やがて絶望し、白目を剝《む》いた。口から泡を吐いて、細い悲鳴を漏らしながら、苦しそうに藻掻《もが》いている。

「それは、浄罪の聖炎。人の魂の穢《けが》れを落とすまで決して消えることのない炎。反省を促すために、自死と気絶を封じる魔法も掛けておいた。精々死ぬまで、己の罪を恥じ入り悔い改めると良い」

「うぐっ、あぁぁっ！　ああっ！　熱い！　痛いッ！　嫌ぁッ！」

「反省くらい、静かにしろ」

再び天秤を指で弾くと、泣き叫んでる姫から一切の声が聞こえなくなった。空間が静寂を取り戻す。

アストレア様が今度は俺の方へゆっくりと近づいてくる。

転がっているジジイの首と、炭に成り果ててしまった姫を見る。恐怖で頭がおかしくなりそうだ。

次は、俺の番ってことですか？

何で自分がこの世界に喚《よ》ばれたのかもわかっていない。

通り魔に刺されて、気がついたらこの世界に召喚されていた感じで、自らそれを望んだわけじゃない。でも、人ならざる冷酷な女神様にそんな事情は関係ないだろう。何故《なぜ》なら俺は、経緯はどうあれ異世界からこの世界にやってきた異分子だ。調律を守るために殺されたっておかしくない。

ただ死ぬにしても、あんな傷口に火をつけられて悶《もだ》え苦《くる》しむのは絶対嫌なのでせめて抵抗せず大人しく受け入れようと心に決める。

「其《そ》の方、面《おもて》を上げよ」

「ひぃいっ、ご、ごめんなさい、ごめんなさい、許してください。仕事サボってウェブ小説読んだり、調子乗って全マシ頼んで結局食べ残したり、パソコンのパスワードをnakada《上司》 shine《死ね》にしたり……悪いことを一切してないって言ったら嘘になるかもしれないですけど、死んで償うほどの悪事は働いたことないと思うんです」

大人しく受け入れよう――なんて思っていても、いざ死ぬかもしれないって思うと怖くなって命乞いをしてしまう。

「怯《おび》えずとも良い、人の子よ。我は法と理《ことわり》の女神。異分子といえど禁忌《きんき》を犯していない人間を裁くことはない」

裁くことはない。つまり、殺されないってこと？

緊張でドキドキ早鐘を打つ心臓を抑えながら、恐る恐る顔を上げる。アストレア様は、どこまでも冷淡に俺を見下ろしていた。

「その……俺は、助かるんですか？」

「うむ。其の方が望んだとしても、我は法に則《のっと》り其の方を殺すことはない」

「……で、では、その、何のご用件が？」

「アレが息を引き取るまで其の方に此度《こたび》のことを説明するつもりだ。この世界に来たばかりで右も左も判《わか》らぬだろう？」

「は、はぁ……」

「不服か？」

「いいい、いえ！　滅相もございません！　痛み入ります！　それで、何を教えていただけるんでしょうか？」

蹲るように寝そべっていた姿勢を正して、土下座の姿勢に直る。

額を地面に擦《こす》りつけながら、アストレア様の次の言葉を待った。

「この世界には、度々勇者が召喚される。異世界から人を喚び寄せるのは、世界の法と理に反しているにも拘《かか》わらず、だ」

「は、はぁ。それで、これまでも今みたいに召喚者を裁いてきたと……」

「そうしたいのは山々であるが、それをできずにいた」

「…………？」

「他の神々が、勇者召喚に噛《か》んでいたからだ」

他の神の指示であれば、アストレア様でも介入できない――みたいな法があるってこと？

つまり俺は、他の神様経由じゃなくて召喚された……？

「違う。其の方もまた【強欲《ごうよく》】の女神、マモーンの手引きによって召喚されたはずだった。だが其の方のスキル『治す』によって、マモーンの干渉は断たれた。だから我は此度の件を裁くことができた」

「な、なるほど……？」

つまり、他の神の干渉も『治す』で解消できたってことか。

「うむ。最近の神々は、競うように勇者召喚に干渉しこの世界での影響力を高め合っている。だが、神々が己の欲望のために過度に人間界に干渉するのは違法だ」

「違法ですか……」

「本来なら我が裁かねばならないのだが、我はこの世界の法に則り人間界への干渉をしておらず――その分影響力が低い」

「つまり、信者が少ないから力が弱くて、他の神々が干渉して争いになると勝てないから裁けなくて困っているってことですか？」

「耳が痛いが、正《まさ》しくその通りだ。法を遵守《じゅんしゅ》し続けた結果法を犯した者たちを取り締まる力すら失うなど無念な話よ」

話が見えてきた。

「つまり、アストレア様が他の神様を裁ける力を取り戻せるように、俺が布教活動をして信者を増やせ……そういうことですね？」

「いや……それもしてくれると助かるが、本題ではない。其の方、名を何と申す？」

「えっと、谷川治太郎です……」

「ふむ。タニガワジタロー。其の方の世界では名前の方が後ろなのか。変わっているな。ジタローよ」

「は、はぁ……」

「『治す』は、神々の干渉すら治してしまえるほどに強力らしい。そこで、ジタローには異世界から召喚された勇者を探し、神々からの干渉を治して回ってもらいたい」

「えっと……」

面倒くさい。それ、俺に何のメリットが？　なんて言える雰囲気ではなかった。口は災いの元。余計なことを言えば、メリットは今死なないことだ、とか返答されかねない。

「メリットならある。今、ジタローには我の加護を与えた。日頃の運も上向くし、少しではあるが我の権能《けんのう》も扱えるようになる」

やべ、心の声聞かれてる？　失礼なこと考えてたかもしれない。ヤバい。恐る恐るアストレア様の顔色を窺ってみるけど、何の感慨も見受けられなかった。それはそうとして、メリットの件はまあありがたい……のか？

この世界に来る少し前は死ぬほどついてなかったし、幸運の女神様が味方してくれるなら心強い。権能は、よくわかんないけど。

「権能は、あの剣や天秤の力だ」

「なるほど」

ジジイを一瞬で切った剣と、縦ロール姫を燃やした天秤。

俺に使いこなせるかはわかんないけど、護身程度の戦闘力にはなるかもしれないのか。

「頼めるな？　ジタロー」

「は、はい！」

あっ。アストレア様の圧が凄《すご》すぎて条件反射的に承諾してしまった。

「では……罪人の息の根も止まったようだし、我はそろそろ天界に戻るとする」

来た時と同じ蒼白い魔法陣を展開して、アストレア様は帰ろうとする。

「あ、いや、ちょ、ちょっと待ってください」

「………？」

「そ、その、素晴らしいご加護を頂けた上でこれ以上を望むのは厚かましいですが、俺、この世界に来たばかりで一文無しなもので……」

「……ふむ。なるほど。つまり、先立つものが欲しい、と？」

「え、ええ。その、金がないとトラブルも増えると思いますし」

「人間は金がないいくらいのことで争うのか。ふむ……。我が使徒が他の人間と争うのは望むところではない。では、神託を授けよう」

「ははっ、ありがとうございます！」

「――そこの玉座の後ろにある石像の下に隠し階段がある。階段を下ると金貨や、旅に役立ちそうな道具があるから、好きなものを持っていくと良い」

そ、それって、王族の隠し金庫の在処《ありか》みたいなそういうやつ！

あ、あれ？　でもそれって……。

「そ、その、強盗とかになりませんか？　こ、この世界の法的に大丈夫なんですか？」

「人間の法では、悪党から財を没収することが罪に問われるのか？」

「え、いや……」

「人の法は知らぬが、我が使徒となったジタローの法は我自身だ。世界の理と法に反さぬ限り、其の方の行いは女神アストレアの名の下に正義が保障される」

それはつまり、金品を無理やり奪っても『お布施』とか言い張れるし、侵略行為も『解放』とか『布教』って言い張れるみたいな？　儀式って言い張って、女の子を食いまくれる的な？

教会の最盛期に生臭坊主がやってきたような悪行の全てを俺がやったとしても、女神様の名の下に許されるってことですか？

「そう思ってくれて構わない。勇者解放の使命を果たしてくれるのであれば、ジタローが己の私欲を満たすことを咎《とが》めたりはせぬ」

「い、いや、例として挙げただけで、そんな酷いことをするつもりはないですよ？」

「私は天界に戻る」

そう言って、そのまま天井の魔法陣から空に帰っていった。

2

王座の後ろの石像を退《ど》かすと、本当に隠し階段があった。

階段を下り、少し開けた場所に出るとランプのような照明器具に勝手に火が灯《とも》る。微妙な広さの空間が薄明かりに照らされた。六畳間くらいだろうか？

そこには、積み上げられた黄金のインゴットや宝石などの装飾品、金貨がパンパンに詰められた金貨袋や、特殊な効果がありそうな剣などが並べられている。

これぞ宝物庫《ほうもつこ》といった風景だった。

「本当にあったんだ」

いや、別に疑っていたわけじゃないですけどね？

さっきアストレア様は俺の心の声にも反応してたから、心の中で一応媚《こ》びておく。天界に帰った今、流石《さすが》に聞こえてないとは思いたいけど。

金貨袋を手に取って、中から金貨を掬《すく》い上《あ》げた。百円玉くらいのサイズ感なのに、見た目よりもずっと重い。お金はいくらあっても困らないから、ありったけ回収したいけど、重量的にも欲張れなそうだ。

壁に並べられている剣を見比べ、一番格好《かっこ》良《よ》かったロングソードに触れてみる。

「いや、重っ！」

刃渡り八〇センチの剣は、持った感じ一〇キロはある。

帯剣して歩くだけでも大変そうだし、こんな重いもの振り回せる気がしない。

回収するにしても、武器は短めの物が良いな。適当に物色していると、赤色の宝石がついた刃渡り三〇センチくらいの手頃なショートソードを見つけた。絶対魔法の効果とか付いてるやつだ。これにしよう。ついでに良い感じのソードホルダーも見つけたので、早速腰に付けて装備してみる。

うん。良い感じになってるんじゃないか？　鏡がないから見れないけど。

他にも槍《やり》とか斧《おの》とか強そうな武器がいくつかあるけど、持ち続ける自信がないのでスルー。

鎧や盾もあるけど、同じ理由でスルーだ。手頃な武器がもう見当たらないので宝石類や金貨といった持ち運びやすそうなものを見ていくことにする。

綺麗な宝石がはめ込まれたネックレスとか、イヤリング、腕輪などはただ綺麗で高価なだけでなく魔法が掛かってそうだから迂闊《うかつ》に装着するのを躊躇《ためら》ってしまう。

それに、これからこの城を出て街を歩いたりするとき、装飾品をジャラジャラと着けていたら怖い人たちに絡まれてしまう確率が上がるだろう。

だから、良い感じの袋に入れて運びたい。

「良い感じの袋～……あ、良いの見っけ！」

財布くらいのサイズの、革のポーチを見つける。

外から持ってみた感じは、何も入っていない。そう思ってポーチを持ち上げると、口からジャラジャラジャラジャラとジャックポットみたいに金貨が溢《あふ》れ出《だ》した。

「うわっ！」

何これ。びっくりして中身を見てみるけど、真っ暗で何も見えない。試しに手を突っ込んでみると、見た目からは想像できないほどの空間が広がっていた。

これ、マジックポーチってやつじゃん！

異世界系のラノベだと定番の、四次元ポケットみたいなファンタジーアイテム！

これがあったら、重くて持っていけないと思っていたこの宝物庫の宝物全部持っていけるじゃん！　さっき持ち運べないと断念した、一番格好いいロングソードをマジックポーチの中に入れてみる。ズシンッ、と、マジックポーチが一気に重くなった。三〇キロくらいある。

「重っ！」

……いや、こういうのって普通、中に入れたものの重さを無効化したりするもんじゃないの？　と、内心文句を言っても重いものは重い。

再びロングソードを断念した。こんなの持ち運べない。

この世界では帰る宛《あ》てすらない俺は、この城を出た後宿探しに歩き回らなければならないだろう。お金はいくらでも欲しいけど、大荷物過ぎて歩けなければ本末転倒。五キロ以内には収めたいところだ。

とりあえずファンタジー的な効果が期待できそうで、換金性の高そうな装飾品類を片っ端から回収して入れていく。それから、意味深に積み上げられている分厚い本も回収する。

これは多分、魔導書的なやつだ。読めば自動で魔法を使えるようになるとか、そんな代物に違いない。折角異世界に来たのだから、できれば魔法というものは使ってみたい。

一冊がかなり重かったので、上から二冊だけ回収する。ここまでで四キロくらいになっただろうか？　重い。積み上げられた金のインゴットは一つ一つが五キロ以上ありそうだから却下だし、宝石や装飾品類は一通り回収した。

なんか、呪いとか掛かってそうな不気味なやつはスルー。

あとは、現金も幾分か欲しいから金貨も回収する。五〇枚ほど回収したところで、かなり重く感じてきたので切り上げる。五〇枚の金貨は両手で掬えるくらいの体積なのに、二キロ弱ありそうに感じた。

予定よりも少し重量をオーバーしたけど、まあ許容範囲だ。ソードホルダーにはポーチを下げられそうな場所があったので括《くく》りつけておく。ショートソードと合わせて一〇キロくらい。

結構重いけど、我慢《がまん》できないことはない。階段を一段上がる度に、大腿筋《だいたいきん》がピクピク震える。

運動不足の社会人にはややハードな筋トレだった。

隠し階段を上ってさっきの部屋に戻ると、退かした石像と隠し階段を取り囲むように騎士たちが立っていた。

お、襲ってくるつもりか……？

少し身構えるけど、騎士たちは武器を抜いてない。それどころか、俺が一歩進むと一歩下がる。更に進むと、ガシャンガシャンと音を立てながら騎士たちが道を空け始めた。

重そうな全身鎧を着た強そうな大男たちが怯えたように避けるのは、面白かった。

「ハハハッ」

これが、アストレア様の加護。神の使徒になる、ということか。

言いようのない全能感がせり上がってくる。自分の中の箍《たが》みたいなものが外れそうなのを感じた。

「(……俺、今、力に酔っちゃってるな)」

心の中で言葉にして、それがストンと腑《ふ》に落ちた。

そうか俺、力に酔ってたんだ。

まざまざと見せつけられたアストレア様の人知を超えた圧倒的な力。

この国では凄《すさ》まじい権力を持っていたのであろう禿げジジイの首を容赦なく切り落とし、王族であろう縦ロール姫の尊厳を踏みにじるように残酷に殺した。

正しく超越的だった存在が、使徒と認め、その行動を保障すると言ってくれた。

そして今、騎士たちは使徒である俺に怯え、道を空けている。

心強いと思う。気持ち良くないわけもない。自分が偉くなったような気さえしてくる。だけど、俺の器は変わらない。

身の丈に合わない力に溺れた悪役の末路は、どの物語だって同じだ。

俺は品行方正で真面目《まじめ》な人間というわけでもないから、完全に自制するとか、一切調子に乗らないとかは絶対にできないだろうけど、人として最低限の一線だけは踏み越えないように生きていこうと、心に誓う。

だってアストレア様が見てるかもしれないから。道を踏み外して、禿げジジイや縦ロール姫と同じ末路を辿《たど》るのだけは絶対に避けたい。

「あの、金庫にはまだ武器とか一〇〇〇枚以上の金貨とかありますので、良かったら貴方《あなた》たちで分け合ってください。主君が亡くなって先立つものも必要でしょう？」

騎士たちにぺこりと頭を下げると、騎士たちは、鎧を脱ぎ捨て、競うように宝物庫に押し入っていった。スキルとかステータスを見るときに使った水晶を回収してから、この部屋を後にした。

3

外に出ると、さっきまでいた建物が小城であったとわかる。

屋敷にしては立派過ぎるが、宮殿や王城にしてはややショボい。あの縦ロールは姫と呼ばれていたから王族とか貴族とかそんな感じの身分で、ここは王都のような首都ではないのかもしれない。なんてことを考えながら、適当に通りをぷらぷら歩いていく。

とりあえず、泊まれる宿を探したい。あと、この世界とかこの国の情報も知りたい。

今日中にってわけじゃないけど、この世界で生活していく方法も考えたい。

ただ、そのためにどこに行けばいいのか、シンプルに地理がわからない。道行く人に道を尋ねたいが、勇気が湧《わ》かない。

通りを歩いているのは、高そうな黒いスーツに身を包んだ赤髪の男性、綺麗なドレスに身を包んだ金髪の女性、数人の従者を引き連れて歩いている白髪の老人。

城が近くにあるだけあって一等地なのか、身分の高そうな人間が歩いている。

街行く人たちは、黒髪黒目の日本人顔が珍しいのか、それともポリエステル繊維のスーツが珍しいのか、注目を集めているような気がして落ち着かない。話し掛けづらい。

結局声を掛けられないまま歩き続ける。通りを歩きながら周りを見ていて、少しだけ気づいたことがある。この通りを歩いているのは、人間しかいない。

猫耳の美少女とか、エルフ耳の美少女とかはいないのだろうか？　異世界なんだし、人間以外の種族とかいてほしいんだけど。人間とは文化が違うから住む場所を分けていて、ここにはいないとかなのだろうか？

それとも、人間以外の種族はいない世界なのだろうか？

俺が注目を浴びているのは、お上りさんみたいにキョロキョロとしていて挙動不審だから説あるな。とはいえ、未知の世界の情報を手に入れようと勝手に首が動いてしまう。

「うわっ……！　……あっ、いや……」

そんな折に、猫耳の女の子を発見する。

赤い髪と毛並みを持つその少女は、金属製の重そうな首輪だけ嵌《は》められ、後ろの商店の柱に鎖でつながれていた。えっ、何の店だろ？

遠目だと露出の多いボロい服を着せられているのかと思っていたけど、近くで見てわかる。この猫耳の女の子、全裸だ。服を着ていない。

異世界で初めての亜人。猫耳の女の子は、胸と股をギリギリ隠せるくらいの大きさの板切れを持って全裸で立たされている。

健康的な褐色の肌や、手から肘、足先から膝上まで生えている頭髪と同じ赤色の毛、発育の良いむっちりとした太ももが白日の下に晒《さら》されてしまっていた。少しでも動けばその大きな山脈がはみ出してしまいそうだ。てかこれ、横から覗《のぞ》けば色々見えるんじゃね？

下卑《げび》た気持ちで覗き込むと、猫耳の少女はムニュッと胸の形が変わるくらい看板に密着させ、もう片方の手は看板の下の方を持ちながら起用に股間を隠した。

赤い毛がブワッと逆立ち、赤い尻尾《しっぽ》がピンと立ち上がる。……！　尻尾だ！

興奮して後ろに回り込もうとするが、少女は首輪の鎖をガシャガシャ鳴らしながら逃げ回って俺とは正面の姿勢をキープした。

日本に生まれれば自撮り系インフルエンサーで一山当てられたであろう可愛《かわい》らしい顔は恥ずかしいのか真っ赤になっており、少し涙目だ。

少し意地悪だったな。俺は、少女が持っている板切れの文字をちゃんと読む。

『ファリウス奴隷商店――若い女の高位亜人種奴隷を多く取《と》り揃《そろ》えております――』

この国の言語なのか、見たことがない文字が並べられているけど、読めてしまう。

ファリウス奴隷商店。

こんな大通りに店を構えながら、女の子を全裸で放り出して看板持たせて客引きさせるとはなんとけしからん。この国の奴隷に対する人権意識は全くどうなっているのか。

俺は、猫耳少女の顔を見た。

「あの……。入っていいかにゃいのですか？」

にゃいのですか？　だと？　……可愛い！

……俺には、城の宝物庫から回収してきた金貨五〇枚がある。

貨幣の価値はわからないが、これだけあれば買えないことはないだろう。客引きがこれだけ可愛いのだから、品質も信頼できる。

ここで、奴隷ヒロインを購入するのも一興だろう。

股間を熱くしながら、商店の扉を開いた。

4

裸の女の子が首輪に繋《つな》がれてショーケースに並べられている、みたいな光景を想像していたけど、内装は普通にお洒落《しゃれ》な喫茶店のようであった。

アラビアンな絨毯《じゅうたん》が敷かれているけど、土足で上がって良いものか……。

玄関で躊躇っていると、ねずみ小僧みたいなおっさんが出てきた。小太りで低身長、大きな前歯が口からはみ出ている、高そうな紳士服がパツパツだ。

「いらっしゃいませ、お客様。私は、ここの店主のファリウスと申します。本日はどのようなご用件ゲスか？」

ゲス……。目を細め、こちらを値踏みするように観察しているし、このファリウスと名乗る男に対しては、胡散臭《うさんくさ》さを感じた。変な口調だし。

「奴隷を購入したくて……」

「ほう、既に購入を検討されている、と。失礼ゲスが、予算はおいくらほどゲスか？」

俺は、この国の金銭の価値がわからない。奴隷の相場も当然わからない。

「例えば、外にいた子を買いたいと言ったら、いくらくらいの値段になりますか？」

「ゲスゲスゲス。アレは私の個人的なペットだから売り物じゃないゲス。反抗的だったから、お仕置きを兼ねて客引きをさせてたのゲス」

自然に相場を聞き出そうと思ったんだけど、上手《うま》くいかない。

ってか、あの娘売り物じゃないのかよ。割とあの娘にしようかなって思ってたくらいには気に入ってたんだけど……。

「ゲースゲス。奴隷は良いゲスよ。特に亜人の奴隷は人間よりも頑丈だから、ちょっとやそっとじゃ壊れないゲスし、あんな風に裸で外に放り出しても、もっと酷いことをしても人じゃないから合法。本当の意味で好き放題にできるゲス」

す、好き放題⁉ 頭の中に、ピンク色の妄想が広がる。

いや、流石に裸で外を歩かせたりとか、女の子を虐《いじ》めたりする趣味はないけどね？

でも、やっぱり俺も男だし、そういう願望がないわけではない。

「それで、予算はどれくらいゲスか？ ウチは高級奴隷専門店だから、安くはないゲスよ？」

お金は、宝物庫でたっぷり拾ってきたからそれなりにある……と思う。外の子は売り物じゃないにしても、購買意欲はかなり高まっていた。

「金貨二〇枚くらいで、護衛を任せられる子だと嬉《うれ》しいですかね？」

俺の『治す』は明らかに後衛向きの能力だ。となると、前線で俺を庇《かば》いながら戦ってくれる奴隷が欲しい。それが可愛い女の子で、偶《たま》にエッチとかさせてくれるならなお嬉しい。

俺の答えに満足したのか、ファリウスは満面の笑みを浮かべて奥の部屋を手で示した。

「お客様のお眼鏡《めがね》に適《かな》う奴隷が用意できると思うゲス」

ファリウスに案内された奥の部屋には、太くて頑丈そうな鉄の柵で隔てられた牢屋がショーケースみたいに並べられていた。畳一畳分の広さの部屋の中には、鉄の首輪と手枷足枷で拘束された、明らかに人間ではない特徴を持つ女の子たちが全裸で鎖に繋がれている。中には轡《くつわ》を嚙《か》まされて涎を垂らしながら息を荒げている子もいた。

「凄い拘束ですね……」

「ええ。先の亜人大粛清《だいしゆくせい》で、次から次へと亜人奴隷が入って来るものゲスから、完全にしつけきれないのゲスよ。『絶対服従紋』で縛られているから、態度が悪いくらいで主人に危害を加えてくることはないゲスがね」

反抗的な娘を命令で服従させるのも楽しいと評判なのゲス、と下品に笑うファリウス。

俺は、ファリウスの説明を聞き流しながら、鎖に繋がれている裸の奴隷を見定めていた。

下半身が白蛇のラミアの少女。値段、金貨七〇枚。

虚《うつ》ろな目をしたロリエルフ（値札にはハイエルフと書かれている）金貨一二〇枚。

常に火花のようなものが飛び散っていて、鉄の枷《かせ》が赤くなっているサラマンダーの少女、金貨四〇枚。うーん。全体的に、凄く高い。全財産である金貨五〇枚でも手が届かないのばかり。しかも全員ガリガリにやせ細っていて、ほとんど性的な魅力も感じられなかった。

「どうでゲスか？　気に入った奴隷はいるゲスか？」

「いやぁ……」

「うちは高位種族のみを取り扱ってて高いゲスからねぇ。でもその分、護衛としても優秀。身体能力が高いから、夜の奉仕の方も通常種族よりずっと優秀でゲス」

護衛だけじゃなくて、普通よりも優秀な、夜の奉仕だと……？

想像するだけで股間が熱くなってくる。

「ゲスゲス。別にお金じゃなくて、金銭的な価値のあるものとの交換でも良いゲスよ。例えば、そのショートソードとかね」

ファリウスはぺろりと唇を舐《な》めた。

なるほど。武器は安全のためにも持っておきたいから手放せないけど、装飾品と交換できるかどうかは交渉の余地があるな。買《か》い叩《たた》かれそうだし、あんまりしたくはないけど。

お金がどうにかなりそうだと思えば、鎖に繋がれている女の子たちも幾分か魅力が増して見えてきた。やせ細っているのも、ちゃんとご飯を食べさせれば肥えるだろうし……。

「でも、やっぱりあの猫耳の子以上に良いと思えるのはいないなぁ」

「……！　お客様は、猫耳がお好きなのゲスか？」

「ん？　まあ」

「でしたらその、一応当店にもいるゲスよ」

そう言ってファリウスは黒い布で隠された檻《おり》を指した。

中には白い髪と毛並みの、猫耳の女の子がいた。右手の肘から先と、両脚がなかった。

「元々、片足が欠損していたんゲスがね、コイツ……更にもう片方の足と手を自分で食いちぎってこの檻から脱出しようとしやがったんでゲス！　馬鹿でゲスよねぇ！　手足を食いちぎっても、首輪があるから逃げられないのに！」

最低なことを宣《のたま》いながら檻の柵を蹴るファリウスを、白い猫耳の少女はピクリと首を動かしてギラギラとした目で睨《にら》みつけていた。

「へへっ、いやぁ、お客様。一応コイツが猫耳の奴隷なんですけど、如何《いかが》ゲスか？」

猫耳は確かに好きだけど、片手と両脚を失っているこの娘を見せて如何ですか？　って悪趣味過ぎる。不快過ぎて吐きそうだった。この店で奴隷を買うのは止めよう。

ファリウスに罵倒の一つでも吐き捨ててから出て行こうとして、ふと思いつく。

そう言えば、この世界に召喚された時に与えられたスキルは『治す』だ。

詳しい性能まではわかっていないけど、回復スキルだ。異世界転移の時に手に入れたスキルなのだから、性能はチート級だろう。俺が読んできた小説ではそうだった。

四肢《しし》欠損《けっそん》しているから値段交渉で安く買えると思うし、治せれば恩も売れる。もし本当に『治す』で再生できるなら、最初から好感度の高い奴隷を安く購入できるということになる。だったら、こんなにお得な買い物もない！

「この子、買います！」

「はへ？　……あの、私の聞き間違いでなければ、コレを買うと言ったでゲスか？」

「はい」

「……この商品は、見ての通りの欠陥品ゲス。歩けないから運ぶのも大変ゲスし、飼い続けるにも介護が必要ゲス。他の奴隷を購入することをお勧《すす》めするゲスよ」

「確かにその通りかもしれませんが……この子が気に入っちゃいましたので」

生ゴミを見るように白猫の少女を見下ろしてから、訝《いぶか》し気な顔をしてくる。

「それで、彼女はいくらで売ってくれますか？」

「そうゲスね……。この商品は、ただの猫獣人ではなく精霊人とのハーフでして。とても希少価値の高い半精霊人なんゲスよ」

「半精霊人？」

「遺伝の関係で猫獣人の特徴の方がかなり強く出ているようゲスが……。一応、鑑定証書も見せられるゲスよ」

精霊人のハーフであることがこの世界においてどう価値があるのか、よくわからないから鑑定証書とやらを見せられても仕方がない。

ただ、それを理由に値段を吊り上げられるだろうことだけは察した。

「これだけ綺麗な白猫獣人の容姿で、精霊人とのハーフ。五体満足であれば金貨二〇〇枚は下らないところゲしょうが、こちらは両脚と片腕を欠損してしまっているお勧め品ゲスので、そうゲスね……大きく値引きさせていただいて、金貨二〇枚とか如何ゲしょう？」

金貨二〇枚。強気に予算ぴったりで吹っ掛けて来たな。

「その子、もう数日以内に死にそうですけど、それまでに買い手がつかないのであれば儲《もう》けにならないんじゃないんですか？」

「それは無用な心配ゲスよ。精霊人の内臓は魔術の素材としても価値があるから、死んだらバラして売れば良いゲス。ゲスが、奴隷商人としては、死体の内臓ではなく生きた奴隷を売りたい。金貨一五枚までは勉強するゲスよ」

「う～ん。金貨一五枚。それなら他所《よそ》の店に行って五体満足の猫獣人の奴隷を買う方が良いかもしれませんね。精霊人とのハーフというのはとても素晴らしいのですが、買った後の介護のことまで考えると……」

「ぐぬぬ……。では、金貨一〇枚はどうゲスか？　流石にこれ以上は内臓を魔術素材として売った時の値段を下回り過ぎるから下げられないゲスよ」

予算の半分。治せるなら超お得な買い物って言えるかもしれないけど、『治す』が全然チートじゃなくて治せなかったりすると、普通に損な額。悩ましいな。

「俺は、女神アストレア様の使徒です。神の思し召《おぼめ》しでもう少し安くなりませんか？」

「アストレア？　それ何でゲス？　この国で女神様と言えばマモーン様でゲス。そんなわけわからない理由で値段が下がるわけないゲしょう？」

アストレア様、知名度ないいんですけど（泣）。

信者がいなくて力が弱まっているって言ってたけど、こういうことなのか……。

「じゃあ、金貨一〇枚で買わせてください」

「はい。取引成立ゲスね！」

満面の笑みで手を差し出してくる。苦笑いで握手に応じた。

もうちょっと値切れたような気もするけど、金貨は拾い物だし、治せたら金貨二〇〇枚が一〇枚で買えたことになるし……まあ、悪くはないだろう。ポケットから取り出した鍵で鉄檻のドアを開けたファリウスは、白猫の少女と壁を繋いでいる鎖付きの首輪を外した。

「手枷《てかせ》は外して良いゲスか？」

「まあ、そうですね」

鉄でできた手枷は見るからに重そうだし。

「袋を取ってくるゲスから、少々待っててください」

そう言って、一度この牢屋が並んだ部屋から出ていく。

白猫の少女と目が合った。屈《かが》みこんで、頭に手を置いてみる。

「……ここを出たら治してやる。もう少しだけ我慢してくれ」

彼女は、俺のことをただ真っすぐと睨みつけていた。

これだけギラギラしてるなら『治す』で回復した後に、精神が参ってて使い物にならないとかは心配しなくてもよさそうだ。

袋を取って戻ってきたファリウスが、麻でできたズダ袋に白猫の少女を詰めていく。

「これ契約書ゲス。そこに血判を押してくれれば、それで契約成立ゲス。これがお客様の奴隷になるゲスよ」

「なるほど……」

茶色くて目の粗い紙に書かれた文章に目を通す。やはり見たことない文字ではあるが、看板同様不思議と意味がわかった。

内容は、店主に金銭を払った瞬間に俺が白猫の奴隷少女の主人になることと、奴隷になった少女が主人に逆らえなくなる魔法が掛かっているとか、奴隷が死んだとしても保証や補塡《ほてん》はしないとかそんな感じだった。

これにサインしたら奴隷にされるとかはなさそうだ。

問題なさそうだったので、出されたナイフで親指を薄く切り、書類に血判を押して、金貨一〇枚を支払った。受け取ったファリウスは、ちゃんと金貨の枚数を確認してにっちゃりとゲスな笑みを浮かべていた。

「はい。これで契約完了ゲスね。こちらは、お客様の奴隷ゲス」

ファリウスに、袋入りの少女を渡された。

袋を背負ってみると、中の少女の呼吸や体温を感じる。あれだけ満身創痍《まんしんそうい》でも生きているのだ。しかし重いな。人一人にしては軽いけど、二〇キロくらいはありそうだ。

ショートソードや地味に重いマジックポーチの重量まで考えると、この少女を背負ったまま宿探しのために街を歩き回るのは辛《つら》そうだな。ものは相談だ。

「そうだ、ファリウスさん」

「なんゲスか？」

「宿を探してまして」

ファリウスは白猫の少女が入った袋を見てからゲスな笑みを浮かべて頷《うなず》いた。

「そういうことゲしたら、隣にある宿をご利用ください。奴隷を買った後、宿を必要とするお客様は多いゲスからねぇ。数年前から運営してるんゲスよ」

まあそりゃ、奴隷を買ったらすぐに使い心地《ごこち》を試したくなるのが男の性《さが》か。

ラブホテルが隣にあるのは、ある意味合理的と言える。重い荷物を持ったままあんまり歩きたくないし、近いというのは俺にとっても都合が良かった。

「結構大きい買い物したわけですし、宿代のサービスとかはないんですかね？」

「そうゲスね。お客様は、買い手のつかないであろう奴隷を金貨一〇枚で購入してくれましたし、一泊無料で泊まって良いゲスよ」

一泊。シケてるな、とは思うが、ないよりは嬉しいか。この街にはあんまり長居するつもりもないので、これで十分だ。

「ありがとうございました」

「ええ、こちらこそありがとうございました。またのお越しをお待ちしているでゲス。ゲスゲスゲスゲスッ」

ファリウスは最後までゲスな笑い声を上げ続けていた。

5

貰った無料チケットを宿の受付の人に渡すと、部屋の鍵を渡される。番号を確認して部屋に入ったら、袋の中から白猫の少女を取り出して、床に寝かせた。

白い毛並みにべっとりとついた赤黒い血はどうしても汚く見えるし、手足に巻かれた布からは黄色い膿《うみ》まで染み出している。いつから風呂に入れてないのか臭《にお》いも最悪だ。

目は既に閉じかかっており、呼吸は荒く苦しそうだ。この瞬間に死んでもおかしくない。どう見ても、一刻を争う状況だった。

「『治す』」

早速スキルを発動する。スキルの使い方は操られて使わされた時になんとなく理解した。

緑色の光が、白猫の少女を包み込む。ちゃんと発動したようだ。欠損していた腕の傷口が沸騰したようにぶくぶくと泡立ち始める。グロテスクな光景に、手を離しそうになる。だが、少しずつ長さを取り戻しつつある腕に希望も見えた。『治す』は欠損まで治せる。

けど、やっぱりグロくて見てられない。目を瞑《つぶ》って光を少女に当て続けた。

水晶玉でステータスを確認するときは、身体のエネルギーを消費しているような感覚があったけど、このスキルは別にそういう感じはない。

使っている感覚が薄くて本当に発動しているのか不安になる。

数分ほど経過しただろうか。再び目を開けた時には、少女の失った両脚と手が生えていた。どうやら、ちゃんと『治す』ことができたみたいだ。

三肢の欠損で見るも無残な姿だった白猫の少女は、五体満足のやせ細った美少女へと変貌《へんぼう》していた。髪と手足の毛並みは頬ずりをしたくなるほどにふわふわのさらさらで、汚れ一つ付いていない、綺麗な真っ白だった。『治す』は、身体の汚れまで綺麗にしてしまうのか。シャワー代わりにも使えるのだとしたら、凄く便利だな……。

汚物のような悪臭も随分と軽減されている。しかし、まだ臭う。白猫少女の両脚の膝部分と、右腕には血と膿がべっとりとついた汚らしい布が巻かれたままだった。どうやら身体は綺麗にできても身に着けているものは綺麗にできないらしい。

それらを取って、ゴミ箱に捨ててしまう。それでもまだ臭い。

臭いの元は、少女が着ている藁《わら》を編んで作ったんじゃないかってくらい粗末な奴隷服だろう。きっとしばらく洗濯していないのだ。

「おーい、起きてるか……?」

頬をぺちぺちと叩いてみる。目を瞑ったまますやすやと寝息を立てている。さっきまで、両脚と片腕のない死にかけだったのだ。無理もない。

寝ている女の子に、二十五歳の俺がこんなことをするのは犯罪臭が凄いが——不衛生過ぎるので、申し訳ないけど脱がせることにする。

少女は全裸になった。パンツも穿《は》いてなかったらしい。

胸は意外に膨らみがあって、腰は細くプロポーションは悪くなさそうだが、あばら骨が浮き出るほど痩せ細っていて性的な魅力はあまり感じられない。

ご飯を食べさせて、肉付きが良くなれば可愛くなりそうな将来性は感じた。

って、いや、寝ているところを脱がせてマジマジ見るのは良くないな。女の子が裸だと思わず魅入《みい》ってしまうのは男の性なのだ。多少は許してほしい。視線を逸らしながら、白猫少女を抱え上げてベッドに寝かせる。想像以上に軽かった。

両脚と腕が再生してさっきよりも重くなったはずなのに、大きさの割に、軽く感じた。目のやり場に困るので布団を掛ける。

しかしこの子、思ったより小さいな。見た目もかなり若く――いや、幼く見える。

いくつなんだろうか？　胸は少し大きかったから、一六歳くらい？

日本なら、高校一年生くらいの年齢。裸で立たされていた猫耳少女に惹《ひ》かれてあの奴隷商店に入った時は、そりゃエロい目的がなかったと言えば嘘になるけど、未成年に手を出さないくらいのモラルはあるつもりだ。

この世界の法律や常識がどうかは知らないけど、俺は日本人だ。

アストレア様が見てるかもしれないし、胸を張れないことはしたくない。エッチなことをするための奴隷はまた別で買うことにしよう。ファリウス曰《いわ》く、上位種族は護衛としても優秀らしいからな。この子には、そっち方面で頑張ってもらいたい。

そうこう考えていたら、ぐぅぅぅとお腹が鳴った。

そういえば仕事帰りにこの世界に召喚されたけど、昼休憩以降何も食えてない。腹が減った。この子が起きた時、服がないのも困るだろうし、飯と服を買いにいくか。

一階に降りて、売店で二人分のサンドイッチ＋果物のジュースのセットと安っぽい女もののパンツとワンピースみたいな布製の服を購入した。サンドイッチは黒っぽいパンに葉野菜とトマトのような野菜と肉の塩漬けが挟んである感じで、サイズはやや大きめ。ジュースはリゴンの実というよくわからん果物を搾《しぼ》ったものらしい。価格は、セットが銅貨二枚で、服もそれぞ

れ銅貨二枚だった。サンドイッチセットは二人分買ったので、計八枚だった。

金貨しか持っていなかったから、会計の時、少し手間取ってしまった。

お釣りは、銀貨八枚と銅貨二枚だった。計算が合わない部分の銀貨一枚は、両替手数料のようなものらしい。

少し高く感じるが、代わりにこの国の貨幣のレートを知ることができた。金貨一枚＝銀貨一〇枚＝銅貨一〇〇枚って感じらしい。

猫耳少女の値段は、金貨一〇枚だったからこのサンドイッチセット五〇〇個分。

日本のチェーン店でこれくらいのサンドイッチとジュースのセットを買うとすれば千円くらいするから、日本円にして五〇万円くらい。安めの中古車一台分くらいか。

奴隷を買った後は、衣服代とか生活必需品とか食費代とか、色々お金が掛かるだろうし、維持費まで考えてこれは安いのか高いのか……。

「食べるもの買って来たけど、起きてるなら一緒に食べるか？」

聞いてみるけど、白い猫耳がひょこひょこ動くだけで起きては来ない。

まだ寝ているのか、それとも俺のことを警戒して狸寝入《たぬきねい》りをしているのか。

「ここに置いておくから、起きたら適当に食ってくれ」

聞こえているかわからないけど、それだけ言ってから机の上にサンドイッチと果物のジュースを置いておく。服は、俺が座ってない方の椅子に掛けるように置いた。

サンドイッチを齧《かじ》った。パンは堅いし中の野菜も苦くて青臭いが、肉の塩気のお陰で辛《かろ》うじて食える。品質の高い日本食に慣れ切った俺の口には合わなかったけど、食えるだけマシだ。贅沢は言ってられない。

果物のジュースにも口をつける。これは美味《おい》しい。シンプルにリンゴのような果実をすり潰《つぶ》して作られたそのジュースは、普通に甘くて美味しかった。

リゴンジュースで口直ししながら、何とかサンドイッチを食いきって腹を満たした。それから、城で拾ってきた水晶を取り出す。

召喚された直後にも見たけど、あの時は操られていたし、ちゃんと見れていなかったから、改めて自分の能力を確認しておきたかった。

取り出した水晶に、魔力を注ぎ込むと、ゲームのウィンドウみたいな画面が出た。

名前　谷川　治太郎
職業　救済者
年齢　２５
レベル　１
スキル　『断罪の剣』
魔法　『裁量の天秤』
固有スキル　『治す』
称号　女神アストレアの使徒

召喚直後に見た時は『なし』だったスキルと魔法が、習得されていた。それに、新しく称号の欄が増えていて、女神アストレアの使徒となっている。

『断罪の剣』と『裁量の天秤』は、アストレア様が王城で禿げジジイと縦ロール姫に天罰を与えた時に使っていたスキルだよな？

あの力を――流石に一〇〇％では使えないだろうにしても、一部使うことができるようになるってことなのだろうか？　少し試してみたくはあるが……。

ここは室内だし、思ったより威力が高くて宿を壊しましたとかなったら困るから、今度外で使うことにしよう。

外を見ると、日は沈み空は茜色《あかねいろ》に染まっていた。もうすぐ夜になる。

会社からの帰宅途中で召喚されて、女神様の存在に圧倒されて、奴隷を買って……なんか、今日だけで色々あった。思えば、朝早くに出勤して一二時間ほど労働した後に異世界であれこれしたわけだから、かなりの活動時間だ。

寝るには早いけど、もう、眠気の限界だった。白猫少女が眠っているベッドのサイズは大きく、大人二人くらいなら横になれそうなスペースがあった。

床に直で寝るのは……なんか虫とか這《は》ってきたら怖いから躊躇われるし、申し訳ないけど半分お邪魔させてもらうか。ベッドを跳ねさせて起こさないようにそろりと転がりこむ。

女の子特有のフローラルな匂いと汗臭さの混じったような匂いがした。別にいい匂いってほどでもないが、少し癖になりそうな匂いだった。いや、女の子が寝ているベッドに入り込むだけでも犯罪的なのに、匂いを嗅ぎ続けるのは変態過ぎるか。

白猫少女に背中を向けてから、身体の力を抜いて目を瞑る。そのあとすぐに意識を手放すように眠りに就いた。

6

何時間寝ていたのだろう？

ぺちぺちと頬と叩かれて、目が覚めた。ぼんやりとした意識の中で、頬に触れている手を見る。人間の手だった。白い毛並みが生え揃った手の甲は、手袋をつけているみたいで可愛いと思った。

ああ、起きたのだろうか？

なんだか、腰のあたりが重たい。少しずつ覚醒してきた意識で、白猫少女が腰の上に跨《また》がっていることをはっきりと理解した。全裸だった。

月明かりがあるとはいえ、照明のない夜。逆光になっていることもあって、肝心な部分は見えないけど、この構図が犯罪的であることだけはわかった。

えっ、いや、服……買ってきてたよね？　なんで着てないの？　これ何？　夜這《よば》い？

何で？　四肢欠損を治したお礼にエッチなことを……って雰囲気ではない。夜闇に光る蒼の瞳は、視線だけで射殺《いころ》さんばかりに爛々《らんらん》と輝いている。

と、そこで初めて、首筋に冷たいものが当たっていることに気づいた。

「動かないで。死にたくなければ」

冷たい声で言い放たれた。首筋には、ショートソードが当てられていた。

まだギリギリ触れてはないのに、既に斬られてるんじゃないかと錯覚しそうになるほど鋭い刃《やいば》だった。

この少女が少し手を動かせば、頸動脈《けいどうみゃく》が斬られてしまうだろう。

『治す』は四肢欠損レベルの怪我《けが》でも治せるほどのチート性能みたいだけど、使うことを意識しないと使えないっぽい。

一気に血が流れたりしたとき、冷静に『治す』を使うことができるのだろうか？

失血で、一瞬で気を失うかもしれない。予測ができないから、怖い。

いや待て。そう言えば、奴隷は主人に逆らえないみたいなこと、契約書に書かれていた気がする。

「とりあえず、いったん俺から降りてくれ」

「無駄よ。『絶対服従紋』を自分で解除したのに、武器を置いて寝るなんて馬鹿ね」

ん？　奴隷が主人に逆らえない理由って『絶対服従紋』なの？

確かにそれなら解除されるのはわかるけど。聞いてないです！　いや、なんかファリウスがちゃんと言っていたような気も薄《う》っすらするような。

いや、今はそこが本題じゃないな。落ち着け。考えろ。『絶対服従紋』が切れていたなら、白猫少女は寝ている俺を殺すことも、俺が寝ている間に逃げることもできたはずだ。

なのに、それをしないってことは理由がある……はず。

「なにが、目的なんだ？」

「妹を、助けるのに協力して」

首筋に刃が添えられているので、頷く以外の選択肢がない。だけど、別に脅されてなんてなくても、そんな事情なら協力するのはやぶさかじゃなかった。

「わかった。協力する」

二つ返事で了承すると、蒼の鋭い眼差しがキョトンと丸くなった。

「でもその前に、目のやり場に困っちゃうから、服だけ着てもらって良いかな？」

指摘すると、〝んにゃっ〟と小さく悲鳴を上げてから左腕で胸を尻尾で股を隠す。恥ずかしいのか、手が震えていた。

しかし、俺の上から退《ど》こうとはしない。服の位置がわからないのか、警戒してるのか……。

「服は、そこの椅子に掛けてある。着替えてる間に逃げるとかはしないから」

「生身の人間くらい、着替えながらでも殺せるから」

ショートソードの切っ先を俺に向けて、目を光らせながら言い放つ。妙な動きは見せるなってことだろう。少女は、俺の上から飛び降りて椅子の傍《そば》に着地する。それから、器用にも武器を構えたまま服を着始めた。

俺が買ってきていたのは、柄なしの白いワンピースだ。銅貨四枚の安物だったけど、美少女が着ると、上等ものに見えてくる。綺麗な白い毛並みが、月の光に照らされてよく映えていた。片手で器用にパンツを穿いている。

「そういや、まだ君の名前を聞けていなかった。名前、教えてくれないか？」

名前を尋ねると、キツく睨まれた。

「普通、自分から名乗るのが礼儀じゃない？」

「それもそうだな。俺は、ジタロー。谷川治太郎って言うんだ」

答えると、白猫少女は驚いたような顔を見せる。剣呑な雰囲気で近づいてきた。なんか機嫌でも損ねて、斬られるんじゃないかと内心ビクビクしていたら、ボソッと小さく名前が呟《つぶや》かれた。

「…………ニケ」

「みけ？」

「ニケ！　私の故郷に伝わる神様から取られてる名前！　間違わないで！」

随分と猫っぽい名前だなぁって思って聞き返したら、毛を逆立てて怒られてしまった。

「ごめんごめん！　聞き馴染《なじ》みない単語だったから、上手く聞き取れなかったんだ。ニケ、だな。二度と間違えないように気を付ける」

「私はいつでもお前を殺せるということを忘れないで」

刃を向けながら言われると、迫力が違う。命が惜しいので、これ以上刺激しないように、両手を上げてコクコクと頷いた。

「ところで、ニケの妹を助けるって話だったけど、具体的に俺は何を協力すれば良いの？」

話題転換も兼ねて、気になっていた本題を尋ねる。

「三日前くらいに私の妹は買われていったの。怪しげな黒いローブを着た男だった。精霊人の血を濃く受け継いでいるから、儀式の触媒になるって会話をしていたのだけ覚えている。早く助けに行かないと、私の妹は生贄にされてしまうの！」

その表情は悲愴《ひそう》そのものだったが、話は少し要領を得なかった。

それと同時に精霊人の内臓は魔術の素材云々《うんぬん》になるみたいな話を思い出していた。ニケの妹が生贄にされるって話は、つまりそういうことか……。

「それで、ニケの妹はどこに買われていったんだ？」

「……わからない」

「なるほど。じゃあ、とりあえずファリウスに聞きにいってみるか」

葛藤している様子だった。

ニケの妹を助けるには、まずどこに売られたかの情報を集めないことには始まらない。けど、俺がファリウスに聞きにいくフリをして逃げないとも限らない。

「なんで、お前はそんなに協力的なの？」

脅すように刃を向けられる。

どうして協力的なのか、か。理由を改めて問われると、自分でもよくわからない。

「俺にも妹がいるから助けたいって気持ちは共感できるし、ニケとはこれから仲良くなっていきたいから……とか、そんな理由じゃダメかな？」

「私を縛る『絶対服従紋』は、お前が解除したのよ。妹を助けてもらった後、逃げ出すとは思わないの？」

「そっか。その発想はなかった。……逃げられるのは、困るかも」

呆《あき》れたような顔をされる。

「まあでも、そこは逃げないって信じることにするよ。だからニケも、信用してよ。俺が、ニケの妹を助けるためにできるだけの協力をするってことをさ」

「…………」

暫《しば》しの沈黙の後に、ショートソードを鞘《さや》に納めてくれた。

「私の妹の名前はミューよ。私がその気になったら、生身の人間くらい素手で捻《ひね》り殺《ころ》せることだけは忘れないで、ジタロー」

「了解」

やっと、名前で呼んでくれたな。

7

ニケとの距離をほんの少しだけ縮めることに成功した俺は、一人で宿を出る。

ニケは、気配を隠して俺の様子を窺《うかが》い続けると言っていたが、今、どこにいるのか全くわからない。とりあえず、真っすぐと隣にあるファリウス奴隷商店に向かう。

昼間はそれなりに人通りが多かったけど、誰もいなく静かだ。

全裸で看板を持たされていた猫耳娘は立たされていなかったが、商店の中は灯《つ》りが点いていた。ドアを勝手に開けて中に入る。

「あのー、ごめんください」

「はいはい！　……申し訳ありませんが本日は閉店の――って、昼間のお客様じゃないゲスか。奴隷の使い心地は如何ゲしたか？」

ファリウスはゲス顔でゲスなことを尋ねてくる。

治したけど脅されてます、なんて馬鹿正直に言えないし、風評被害は我慢するか……。

「いやぁ、上々でした。……それでね、その奴隷から聞いたんですけど、彼女、妹がいるらしいんですよね。是非、購入させていただきたいと思いまして……」

「妹……あの猫の。それでしたら三日前に売れてしまいましてね。購入したのは魔術師の男でした。奴隷商人としては不本意ゲスがね。今頃、生贄として血肉を悪魔にでも捧《ささ》げられてるんじゃないゲスかね？　ゲースゲスゲスッ。いやぁ、あの時のあの奴隷の反応は面白かった。鎖をガシャガシャ鳴らしながら、涙を流して吠《ほ》えてましてねぇ。夜になったら自分で腕と足を食いちぎって脱走しようとしたんですよ。売られていった妹を助けたかったんゲスかねぇ？　ゲスゲスゲスッ。健気《けなげ》で面白いでしょう？」

ゲスゲスゲスと最低な話題で笑い声を上げるファリウスの言葉に、ガタガタと上から物音がした。そう言えばニケの片脚と右腕の欠損は、自分でやったたって言っていたな。

まさかそれが、売られていった妹を助けたいと思ってのことだったなんて。

義憤で腹が立ってくる。今すぐファリウスを殴り飛ばしてやりたい衝動に駆られたが、今は、ミューの売られた先を聞き出さなければならない。

「そうですか。それで、その妹はどちらに売られたんで？」

「ゲスゲスゲス。それを知ってどうするゲスか？」

「いえ、やっぱり姉妹は一緒にいてこそじゃないですか」

「良い趣味してるゲスね。ゲスが、私も奴隷商人。流石にお客様の情報をタダで教えるというわけには……」

「もちろん、ただとは言いませんよ」

マジックポーチから一枚の金貨を取り出して、ファリウスに握らせる。

「金貨！　そうゲスね。買ったお客様はダマカスという名の魔術師ゲスね。この先の通りを曲がった先にダマカス魔法具店という店があるので、そちらに行けば死体の取引交渉くらいには応じてくれるんじゃないゲスかね？　ゲスゲスゲスッ」

その瞬間、商店のドアがバタンッと勢いよく開いた。

「教えてくれてありがとね！」

「なっ！　ドビゲベゲフッ⁉」

ドンガラガッシャーンと音を立てながら吹っ飛ばされていく。気が付くと、ニケが俺の前に立ってパンパンと手を払っていた。ファリウスは顔面から血を流しながら、白目を剝き、泡を吹いて倒れていた。前歯も折れてしまっている。

今の一瞬で、殴ったのか？

速すぎて見えなかった。だけど、ファリウスの惨状から物凄《ものすご》いパワーで殴ったことが窺える。さっき言ってた、生身の人間なら素手で捻り殺せるってのも嘘じゃないのだろう。

とはいえ、こんな殴り飛ばしても大丈夫なのだろうか？

信用できない上に品性が下劣で性格もゲスな奴だったから、殴られて血まみれになった顔を見ても可哀《かわい》そうだとは思わないけど……。

ニケはとても気分が良さそうに、ニコニコと笑顔を浮かべていた。ここに売られていた奴隷だし、色々因縁もあったのだろう。下手なことを言うと地雷を踏みぬいてしまいそうだし、済んでしまったことなので黙っておくことにした。

ゲス野郎の顔面崩壊一つで、ニケの機嫌が取れるなら安いものだ。買った奴隷と仲良くなるためのアフターサービスまで充実しているとは、奴隷販売店の鑑だなぁ。

「とりあえず、ダマカス魔法具店って場所に行ってみるか」

確か、この通りを行って曲がった場所にあるって言ってたな。

「ダマカス魔法具店なら場所を知ってるわ。早く行くわよ！」

風の速さで走っていくニケを、追いかけた。身体の調子が良い。最近は運動不足気味だったし、元々足も遅い方だった俺でも風の速さで走るニケに何とか追いつけている。これも、アストレア様の加護ってやつなのだろうか？

「ここね……」

立ち止まったニケの隣で膝に手をついて息を整えながら目の前の一軒家を見る。

看板には見たことない文字が並んでいるが、それが『ダマカス魔法具店』を意味していることは理解できた。

「ミュー、今助けるわ」

鞘からショートソードを抜いたニケは、当然のようにドアを斬り裂いた。鍵、閉まってたのかな……？

店内はびっくりするほど静かだった。人の気配が感じられない。

レジの奥に二階に続いてそうな階段が見える。他に通路は見当たらないし、とりあえず上がってみないことには始まらないか？

ニケは、床に伏せるようにして耳を当て、コンコンと床を叩いていた。

「やっぱり、地下室がありそう」

レジ奥の階段を見てみるけど、上に繋がる階段しか見当たらない。

「行き方わからないし、床を壊してみる？」

「それはできない。崩れた床が、ミューを圧《お》し潰《つぶ》すかもしれないから……」

「確かに」

じゃあとりあえず、二階に上がってみるか。

「ちょ、ちょっと！」

階段を上がると、ゴミ捨て場と本棚を足して二で割ったような空間が広がっていた。

落ちているのは、魔道具か？　本も散らかっている。腐肉みたいな臭いもする。

「おえっ、臭っ。……『治す』」

部屋そのものに『治す』を掛けてみるが、散らかった部屋が片付くようなことはない。片付けるのは、直すであって『治す』ではないからな。

「あんまり勝手な行動はしないで」

ショートソードの柄に手を掛けながら言ってくる。

「ごめん。地下室への手掛かりがないかなって思って」

この散らかり具合だ。手掛かりはあるかもしれないけど、探すのは骨が折れる。

幸運のご加護とやらで、何かヒントとか見つかんないかな？

お願いします、慈悲深き女神アストレア様。ニケの妹、ミューの居場所を教えてください。

両手を結んで祈りを捧げてみるけど、特に何も起こらなかった。う～ん。

「これじゃあ埒《らち》が明かないわね。ミューは今この瞬間にも酷い目にあってるかもしれないのに。一か八か床を壊す手も……」

「『裁量の天秤』」

焦りが募ってイライラしているニケを尻目に、左手を前に突き出して天秤を呼び出してみる。

現れたのは銅色の天秤。女神様が使っていたのは金色だったから、二段階くらい格落ちしてそうだ。ダウジング代わりになるだろうか？

折角の神器、初めての使い方がこれで良いものかと微妙な気持ちになりながら、ギコギコと左右に揺れる天秤を眺める。

やっぱ何も起こらないよな。何か自分が馬鹿みたいで恥ずかしくなって仕舞おうと思ったら、天秤はガコンッと大きく右に傾いた。

「……!?」

「な、なにをしているの？　勝手な行動はしないでって言ったでしょ」

声を荒らげるニケは鞘からショートソードを抜いて、警戒したように距離を取る。手が震えていた。この天秤に、怯えている様子だ。

（――ジタロー。我が使徒ジタローよ、聞こえておるか？）

脳内に、背筋が伸びるような威厳のある綺麗な声が響いた。

この声は、アストレア様ですか？

（――神託を授ける。その階段を降りた先の壁を破壊すれば、地下に繋がる階段がある。地下には、世界の理から外れ、魔物に成り下がらんとする愚かな魔術師がいるだろう。断罪の剣を以《もっ》て、我の代理人として然《しか》るべき罰を与えよ）

階段の壁を破壊すれば良いんですね？

聞き返してみても返事はない。だけど、今のはアストレア様の声だ。

気が付くと、右手には銀色の剣が握られていた。同じ色ではあるけど、俺が持つと少しくすんで見える。夜だからなのか、それとも神と人との器の差なのか。

「か、勝手にゃ行動はするにゃって言ってるでしょ！」

動揺し過ぎて言葉も噛み噛みだった。にゃっ、てなってるの可愛いって言ったら逆上させてしまうだろうか？　今はそんな場合じゃないか。

「ニケ、神託が下った。階段下の壁を破壊すれば地下に行けるらしい」

「し、神託？　って言うか、その剣どこから出したの？　じ、ジタローってにゃにもの？」

「剣は……なんか勝手に出てた。俺が何者なのかは、後でじっくり自己紹介するよ」

階段を下りていく。ニケは恐る恐る俺の後をついてきていた。

毛が逆立ってる。別に危害を加えるつもりはないし、そんなに怯えなくても……。

この剣と天秤、そんなに凄いものなのだろうか？

本物を知ってるからどうにも型落ち感が否《いな》めないし、自分で使っているからなのか、特段凄い雰囲気も感じ取れない。

ニケは上位種族らしいから、俺には見えないなにかが見えているのかもしれない。

神託の通りに、壁に銀の剣を振り下ろす。豆腐みたいに、すんなりと刃が通った。思ったより、柔らかい？　これ、普通に暖簾《のれん》みたいになってるんじゃね？　そう思って軽く蹴ってみたけど、普通に壁だった。重いし硬いしでピクリとも動かない。

壁の枠に沿うようにして銀の剣で切り込みを入れていく。物凄い切れ味だった。壁が、バターに熱したナイフを当てたみたいに切れていく。

楽しくて何度も切っていると、ボロボロと壁が崩れ落ち、本当に階段が出現した。

「ほらね？」

出現した階段をドヤ顔で指すと、青い顔でコクコク頷いている。

この剣出してから、ずっと怯えられっぱなしだな。

ズブの素人《しろうと》の俺でも硬い壁をサクサク斬れる凄い剣だからなぁ。

脅してた相手が急にこんな強い武器を持ち始めたら怯えるのも無理はないか。別に俺は気にしてないし、ニケも気にしなくて良いのに。

階段を下りる度に、血と臓物《ぞうもつ》が混じったような悪臭が強くなっていく。

「うっ……」

ニケは苦しそうに鼻を押さえた。怯えているのとは別の意味で顔を青くしている。

ラノベだと、獣人系の種族は人間より鼻が利く設定なことが多い。俺でもかなり酷い臭いだし、ニケにとっては想像を絶する悪臭なのかもしれない。

「ニケ、あんまり苦しいなら上で待ってて良いぞ」

「私の妹がいるかもしれないの。待ってるなんて、できないわ。それより、ジタローはどうしてそんなに平然としていられるの？　こんなにキツい瘴気《しょうき》の中で」

「しょうき……？」

聞き返すと、信じられないといった顔をされた。

『しょうき』って何だ？　悪臭と、地下室ゆえの空気が詰まった感はあるけど、我慢できないほどではない。漫画だと、魔法的な毒ガスみたいなイメージあるけど。今のところ身体の不調とかも特にない。まあ、俺は使徒だし加護で守られてるのだろう。

全ての階段を下りきると、木のドアがある。鍵が閉められていたので、断罪の剣で斬る。扉は崩れ落ちるように倒れ、部屋の中が見えた。

流れる赤い血で描かれた幾何学《きかがく》模様は、禍々《まがまが》しく発光しており、部屋を照らす光の色は紫だった。その上には、二人転がされている。

一人は、首と胴体を離され、切断口から血を流している金髪でエルフ耳の男の子。

もう一人は、両手両脚が失《な》く、切られた腹から血が流れ臓物も少しはみ出してしまっている、黒い毛並みの猫耳の女の子。

中央には、王城で見たような黒いローブに身を包んだ男が立っていて、理解不能の呪文を唱え続けていた。こちらの気配には気づいていないのか、背を向けたままだ。異様な光景に身が竦《すく》み、次の一歩を躊躇してしまう。

「な、なにが、あったのよ。ジタロー」

震える声で呼びかけてくる。

そうだ。俺は、ニケの妹を――ミューを助けに来たんだ。

あそこに転がっている黒い毛並みの女の子がきっとそうなんだろう。

臓物が少し出てて、血もかなり流れているようだけど、小さく苦しそうに呻《うめ》き声を上げている。……生きている。なら『治す』が通用するかもしれない。

首と胴体を離されたエルフの少年は、流石にもう手遅れかもしれないけど……。

今踏み出せば、助けられるかもしれない命が目の前にある。

異様な光景に呑《の》まれて恐れている場合ではない。意を決して部屋に一歩足を踏み入れる。その瞬間、銀色の剣が強い光を放った。急に身体が軽くなる。

「判決を言い渡す。汝《なんじ》ダマカスは世界の法を犯し、人の身でありながら魔物へ堕《お》ちようとした罪で、死刑――だそうだ。アストレア様に代わって、斬首の罰を執行する」

自然と、口上が口をついて出る。身体が独《ひと》りでに動き出す。

操られているわけではない。それは例えるなら、道路に飛び出した子供を庇おうとして車の前に飛び出したみたいな。意図してないが、意思に反さない行動。

剣なんて握ったことすらなかったのに、長年戦いに身を置いてきたような……自分でも惚《ほ》れ惚《ほ》れするほど洗練された動きで、黒いローブの男に一閃《いっせん》。

首を一刀両断に刎ね飛ばした。

黒いローブの男の首がころりと落ちる。

小難しそうな顔で目を瞑っている顔は、きっと不気味な呪文を唱え続けていたままのそれで、斬られた首から噴水のように血を噴き出しながらも胴体は立ったままだった。

まるで、斬られたことに気づいていないみたいに。

それにしても、今の動きは何だったのだろうか？

平和な日本で生きていた俺にとって初めての人殺しだったはずなのに、躊躇みたいなのはなかったし、罪悪感も一切湧いてこない。

剣だって素人なのに、綺麗に斬り落とせてしまった。首には硬い骨があって、処刑の時も一刀で首を斬り落とすのは難しいって最近読んだ漫画に描かれていたのに。

これも、加護のお陰だろうか？　正直助かった。

アストレア様、神託で地下室の場所を教えてくれた上に戦う勇気と技術までくれてありがとうございます。聞こえているかはわからないけど、内心で軽く祈りを捧げてから転がっている二人の子たちを見る。

手遅れになる前に、早く治さないと……。

「『治す』ッ！『治す』ッ！」

ニケの妹と思われる黒髪の猫耳少女と、首と胴が離れた少年の二人に手を伸ばす。

両手から緑色の光が発す。同時掛けは試したことなかったから少々不安だったけど、できるっぽい。黒猫少女の切断された四肢と内臓の傷口が、エルフの少年の離された首と胴の切り口がぶくぶくと泡を立てて再生していく。

相変わらずグロい光景だけど二度目だからか、今回は見てられそうだった。

黒いローブの男を倒したと言っても何があるかわからないし、なるべく目は閉じたくない。

「ど、どうなったの……？」

階段を下りてきたニケが恐る恐るといった様子で、この部屋を覗き見る。

「ミュー！」

ニケは黒い毛並みの猫耳少女に駆け寄る。この子がミューで合ってるみたいだ。

「触らないで！　何があるかわかんないから」

「ご、ごめんなさっ……」

「大丈夫。もうすぐ治るはずだから。そのあと、思う存分抱きしめてあげて」

つい出してしまった大声に慌てて手を引いたニケは、俺のことを泣きそうな顔で見る。

ミューの肩口まで欠損していた両腕は既に肘部分まで再生されていた。太ももまで失われていた両脚は脛《すね》まで回復している。腹に開けられた傷は綺麗に治り、飛び出していた臓物は引っ込んでいた。

「欠損が、治っている」

ポツリと驚いたように声を漏らす。それから自分の両手を見た。

「ねえ、ジタロー。今までミューを助けなきゃって必死で、気が動転してて、気付けなかったけど……。私の手足も、ジタローが治してくれたの？」

「まあ、そうだな」

答えると、ニケは腰を抜かしたみたいにその場にへたりと座りこんでしまった。ポタポタと、ミューの顔に雫《しずく》が落ちる。

「それなのに、私……。ジタローに刃を向けて脅して……。ジタローはずっと私に協力してくれていたのに。今もこうして、ミューを、助けてくれているのに」

声が震えていた。ど、どうしよう。泣かせるつもりはなかったのに。

「い、いや、ニケが必死だったから真夜中でも俺は動いたわけだし、急いだからこそミューを助けられたわけなんだから気にするな！」

実際、剣で突かれなかったら明日で良くない？　って二度寝してたかもしれない。遅れて助けられなかった方が俺も辛かっただろうし、結果オーライってやつだ！

あたふたと答える俺を見て、ニケは涙を手で拭きながら可笑《おか》しそうに頬を緩めた。

「なんか、ジタローって神様みたい」

「いやいや、そんなことないから！」

神様とか流石に身に余る。俺なんて、裸で看板を持たされている猫耳少女の痴態に目を惹かれてふらっと奴隷を買いたくなるような、ごくごく普通の一般男性だ。

『せいじん』と言うなら『成人』の方がまだ合っているだろう。

「……ねえ、さま……？」

「ミュー！」

ミューが薄っすらと目を開ける。色々と考え込んでいる間に、傷は完治していた。

「姉様《ねえさま》……」

ニケはミューを思いっきり抱きしめる。ミューもたどたどしい動きで、ニケの背中に手を回した。なんか少しジーンってなる。本当に、助けられて良かったよ。

姉との再会に安心したのか、ミューはすぅと寝息を立て始めた。

「……治った後、凄く眠くなるのよね」

一方でエルフの少年の方は目覚める気配がない。手首の血管に触れてみる。脈はない。胸に耳を当ててみた。鼓動も感じられない。

「……その子はもう、死んでるわ」

目を伏せながら、ニケは言った。

そうだよな。首と胴体が離れていたんだ。あれは既に死んでいた。

そしてどうやら、死んでしまった人間は『治す』では生き返らないらしい。

死者を生き返らせるなんて真似《まね》、どう考えても世界の理に反している。それができてしまったら、それこそ俺がアストレア様に裁かれてしまうだろう。

せめて、首と胴を引っ付けて綺麗な死体にしてやれた分、この少年も多少は喜んでるのではないだろうか？　なんて思いたいのは、エゴなんだろうな。

「もうここに用はないし、上がるか」

「そうね……」

ニケはミューを抱え上げて、階段を駆け上がっていった。

8

一階に上がると、ミューを背負ったニケは魔法具店内の商品を物色していた。一階の中央には、魔法具と思わしきものが集められている。

「何をしてるんだ？」

「使えそうな魔道具を持っていこうと思って探してたの」

「なるほど……」

それって窃盗《せっとう》じゃ……と思ったけど、アストレア様の教えを思い出した。

悪党から物を取るのは盗み、ではなく没収。使徒である俺の行動の全ては、女神アストレア様の名の下に許される。じゃあ、合法だな。

「使えそうなものはあったか？」

「そうね。例えばこれとか、中々よ」

集めていたものの中から巻物のようなものを取り出して見せてくれる。

「それ、なんだ？」

「転移スクロール」

「転移スクロール？」

ゲームでよく登場するテレポートアイテム的な……キ○ラのつばさみたいなものか？

「これは近距離かつ使用者が行ったことのある街にしか行けないものみたいだけど……。まあそれでも馬車で半日かかる距離を一瞬で移動できるからとても便利なものよ。普通はそこそこ値の張る代物だけど、ここなら無料だし」

「それはとても良いな」

「ゲースゲスゲスッ！　ここゲス！　ここに私を殴った凶暴な男が潜んでるはずゲス！　拘束して処刑するゲス！」

ニケが厳選した魔道具をマジックポーチに詰めていると、聞き覚えのあるゲス声が響いた。

奴隷商のファリウスか。あいつを殴ったのはニケだけど、余りの早業《はやわざ》に知覚できなかったか犯人は俺だと勘違いしてる様子だった。

足音を立てないようにしながら入り口の陰に身を隠し、こっそりと外の様子を窺う。

外には、革の鎧を着て槍を持った兵士のような男が五人いた。憲兵を連れて来たのか。

その少し後ろには、歯が何本か折れ、鼻が潰れてしまっているファリウスが何やら叫んでいた。早く突入しろ！　と言っている。……ヤバいな。

「面倒なことになったわね。死なないように少し手加減したけど、手加減し過ぎたわ」

冗談なのか本気なのか、手をグーパーさせながら呟く。

ダマカスを一刀で殺したあの剣なら勝てないことはないだろうけど、あの兵士たちは悪党ではないだろうし、可能な限り殺したくない。

「突入しようとは考えるな！　今、俺たちはダマカスを人質にしている！　こいつの命が惜しくばそこで大人しくしていろ！」

「ぐぬぬ！　卑怯《ひきょう》ゲス、人質を取るなんて！」

咄嗟《とっさ》の嘘を信じてくれたのか、ファリウスは悔しそうに歯噛《はが》みし、兵士たちはこちらに槍を向けながらも慎重に様子を窺っていた。

「とりあえず、時間は稼いだぞ。この場を切り抜けられる良い魔道具はありそうか？」

「転移スクロールを使ってこの場を脱出しましょう！」

ニケはとっくに巻物を開いて魔力を込め始めていた。いつ嘘がバレて突入されるかわからないし、判断が早くて助かる。

「ジタロー、もう準備はできたわ！　〝エンドーの村へ〟『テレポート』」

ニケが唱えた瞬間、身体が浮遊感に包まれる。幾何学模様の魔法陣が足元に広がった。

次の瞬間には、景色が移り変わっていた。

月は高く、とばりが降りたみたいな暗い夜空。

今まで魔法具店の室内にいたはずの俺たちは、小さな村の前に立っていた。

周囲に浅い堀が掘られ、丸太を等間隔に突き立てたものを互いに紐《ひも》で縛って繋げただけみたいな簡素な柵に囲まれている。入り口の前では、鍋のフタみたいな兜《かぶと》を被った兵士がいびきをかいて寝ていた。手元には、空になった酒瓶が置いてある。

しかし、このマジックポーチは重いな。魔道具が追加されたことで、持ち続けるのは中々に骨だ。肩が凝る。

「ニケ、悪いけどこのポーチ預かってくれないか？」

ポーチを渡すと、心底驚いたような顔をされる。

「これ、凄く貴重なものなんでしょ？　そんなの、私に渡して大丈夫なの？」

「ニケの方が俺より力ありそうだから持ってほしいんだけど。迷惑だったか？」

「迷惑ってわけじゃないけど……」

女の子に重いものを持たせるなんてってことかと思ったけど、そういうわけではないらしい。しばらく俺の顔を見てから、おずおずといった感じでポーチを受け取ってくれる。

「これ、意外と重いわね」

「俺にとっては、意外とどころじゃなく重かったから助かるよ。ありがとう、ニケ」

「お礼を言うのは、私の方よ」

「ミューのことか？　それに関しては、どういたしましてと返しておくぜ」

親指を立ててニヒルな笑顔を見せると、ニケはしんみりとポーチを見た。

「そのことだけじゃないわ。それへのお礼は、これからじっくりするつもり」

これからじっくりとはどういう意味ですか？　意味深な言葉に鼻の穴が膨らむ。

いや、落ち着け俺。ここで下心を見せたら、折角上がってそうな好感度がパーになりかねない。

「とりあえず、今夜泊まれる宿を探さないとだな。ニケはこの村に来たことがあるんだろ？」

転移スクロールは近距離かつ術者が行ったことのある場所に――って言ってたしな。

「ええ。亜人大粛清の前に、だけどね……」

亜人大粛清。この世界に来てから僅か一日で度々聞くそれは、物騒な名前から察するに、ニケやミューが奴隷になった経緯と大きく関係がありそうだけど……。大きな地雷が埋まってそうだし、無神経に踏み込む度胸はない。

「それでも、案内してくれると助かるよ」

「ええ。それと、その……悪かったわね」

「何が？」

「私があの奴隷商人を殴ったから、こうして夜中に逃げる羽目になって……」

「まぁ、良いよ。過ぎたことだし。ニケにも事情があったんだろ？　それに、あの商人は下品でゲスな奴だったから、ニケが何もしなけりゃ俺が殴ってたところだ！」

「………」

親指を立てた俺にニケは口をもごもごさせてから、俯《うつむ》いた。

「あの宿じゃ三人で泊まるには狭すぎたしさ、かえって丁度良かったよ。うん。それより、早めに宿探そうぜ。もうかなり遅いし。まだ開いてるかな？」

「遅くまで開いているところに心当たりがあるわ」

そう言って、眠っている兵士を跨いでから村の中に入っていく。

「このまま入って大丈夫なのか？」

「大丈夫よ、多分。これくらいの村なら、通行料とか取られないでしょうし」

「そうなんだ」

まあ、この世界の住民であるニケが言うならそうなのだろう。

そこそこ大きな声で会話をしていたのに、未《いま》だにいびきをかいている兵士を尻目に俺たちは村に入っていった。

案内されて、村を歩くこと数分。

外灯はなく、外を歩いている人もいない。並ぶ家から漏れ出た微《かす》かな灯《あか》りだけが頼りの夜道を歩き続けるのは色々な意味で不安だったけど、無事目的の宿に到着した。

亜人大粛清とやら以降、亜人の立ち入りを禁止している宿が増えてるらしい。なので、宿泊の交渉のために宿には一旦俺だけで入る。もう遅いから誰もいないかもと心配してたけど、受付にはちゃんと人がいた。

「夜分遅くにすみません。今からでも部屋を取ることは可能でしょうか？」

「ええ、可能ですよ。冒険者の方ですか？」

「ああ、いえ。冒険者では、ないです」

この世界じゃ職業も身分も保証されてない身の上だから、はいそうですと詐称《さしょう》したい気持ちを抑えて正直に答える。冒険者証的なのを求められたら詰むからな。

「部屋は二部屋取りたいんですけど、空いていますか？」

「二部屋、ですか？」

「はい。亜人二人と、俺で」

「亜人、ですか……」

受付の人は、目を細めて訝《いぶか》しんでくる。

冒険者でもない男が夜遅くに亜人を二人も引き連れている。……怪しすぎるな。うん。

「その、亜人は奴隷なんですけど……」

「なるほど。そういうことでしたら問題ありません」

奴隷と告げると、受付の人は表情を柔和《にゅうわ》にする。とりあえず疑い？　は晴れたみたいだ。

「それで、お部屋はどうされますか？　奴隷用の安い宿舎もありますが」

「ああ、えっと、空いてたら隣の部屋が良いんですけど」

「なるほど、そういうことですね。わかりました」

受付の人は、ニヤリと意味深な笑顔を浮かべた。何がなるほどなんだ？

「夜も遅いですし、二部屋銀貨三枚で如何でしょうか？」

わざわざ夜遅いを強調されてるあたり足元見られてそうだけど、変ににごねて泊まれなくなっても面倒だ。交渉はせずに銀貨三枚払う。受付の人がニヤリと狡猾《こうかつ》な笑みを浮かべたことで、結構吹っ掛けられたことを察した。拾ったお金だし、別にいいけどね。

「では、鍵をお渡しします。それと、奴隷が器物を破損したり問題ごとを起こした場合、責任は主人である貴方《あなた》に問われるのでそこはご注意ください。事前に『絶対服従紋』でしっかりと言い聞かせておくことをお勧めします」

「わかりました」

受付の人にぺこりと頭を下げて、一度宿を出る。

「部屋、取れたよ」

「そう、良かった。それで、私たちの部屋はどこ？」

「隣の部屋にした。だから、部屋まで一緒に行こうぜ」

蒼い瞳をくりくりと丸くさせた。

「私たちのために、態々《わざわざ》一部屋分取ったって言うの？」

「ああ。二人で一部屋だから、少し窮屈《きゅうくつ》かもしれないけど……」

「そういうことじゃなくて！　別に私たちは奴隷用のボロ小屋で良かったのに。お金も掛かったでしょ？」

「お金に関しては心配しなくて良いぞ。そのポーチに結構入ってるし」

宝物庫でいっぱい拾ったからな。銀貨三枚くらい、大した出費じゃない。

「ジタローは、そんな大金が入ったポーチを軽々しく私に預けたの？」

「ああ。重かったしな」

ニケは絶句していた。

それから俺たちは、取った宿の部屋に入った。宿に入ると、すぐにベッドの上に転がる。疲れてるような気がするけど、さっき思いっきり寝ていたから、眠くはない。

転がりながらぼんやりと天井を眺めていると、コンコンと部屋のドアがノックされた。

9

ドアを開けると、ニケが立っていた。

「起こしたかしら？」

灯りの点《つ》いていない俺の部屋を見ながら聞いてきた。

「い、いや、寝れなくて。天井を眺めてたところだった」

こんな時間に、一人で……何の用だろう？

さっきじっくりお礼をするとか何とか言ってたけど、そのために来たということなのだろうか？　内心期待して、思わず舐《ねぶ》るようにニケを見回してしまう。

俺が売店で買った白無地の薄手のワンピースを着ている。抱くようにして持っているショートソードが意外に小さくない双丘を圧迫しその形を浮き彫りにしていた。

治した時から綺麗だとは思っていたけど、こうしてしおらしい感じで大人しくされていると正統派な美少女って感じだ。

い、いや、ダメだ。俺は紳士だ。未成年には手を出さない男だ。

でもまだニケの年齢を聞いたわけじゃないし、精霊人のハーフらしいからもしかしたらこう見えて齢《よわい》ウン百の可能性もある。頭なでなでとか、耳、尻尾、手足の毛並みをもふもふするくらいなら、未成年でもセーフの可能性はある。

ペッティングは即アウトだけど、もふもふなら健全なスキンシップの範疇《はんちゅう》だよな……？

「とりあえず、中に入るか？」

「うん」

ドアを開くと、控え目に頷いてから部屋に入ってくる。すれ違い様にいい匂いがする。ドキドキする。緊張で少し手も震えてる。

入り口にある宝石に魔力を注いで、明かりを灯した。魔力の注ぎ方は、ステータスが見れる水晶を使った時に覚えた。部屋のベッドに座る。気が逸《はや》ってニケを追い越してしまった。後から来たニケが俺の正面にしおらしい態度で正座した。

ポンポンと隣を叩いてみるけど、俯いていて気付いてくれない。

「そんな床じゃなくて――『ジタロー！　……様』」

そんな床じゃなくて隣に座れよって、渾身《こんしん》のイケボで直接伝えようとしたら、両手と額を床につけて土下座をしてきた。ショートソードが俺の足元に差し出される。

「私に、罰を与えてください」

「え？　え？」

とても困惑していた。じっくりとお礼（意味深）を期待していたのに、いきなり土下座された挙句《あげく》、罰を与えろなんて言われて。えっ、どゆこと？　罰？

「えっと……どういうこと？」

「女神の使徒様で、私の主人でもあるジタロー……様に刃を向けたことや、礼を失した言動をしてしまった私に然るべき罰を。煮るなり焼くなりしてください」

動転する思考をなんとかまとめて質問を絞り出すと、再び頭を下げられた。

「あー。本当にそれは気にしなくて良いぞ」

「そういうわけにもいかないわ」

女の子に土下座させてる構図が居心地《いごこち》悪いから頭を上げるように促してみるけど、ニケは強情に頭を下げ続ける。

「ニケが俺を脅して急かしたから間一髪間に合ってミューが助かった。むしろ遠慮されて間に合わない方が哀しかったし、全然気にしてない。だから頭を上げてくれ」

あと一歩遅かったら、あのエルフの男の子みたいに間に合わなかった可能性がある。俺の『治す』は死んでしまったら生き返らせることはできないみたいだからな。今は、ミューが助かって良かったとしか思わない。

手を差し出すと、拒絶するように頭《かぶり》を振られる。

「脅されたのに、ミューが助かったから良かったって……。なんでそんなこと言えるのよ。ジタロー様は本当に聖人ね。でもだからこそ、その優しさは受け取れない」

「な、なんでだよ。何か勘違いしてないか？　別に俺は聖人でも聖者でもないぞ？」

「確かに。今まで〝聖人〟を自称する聖職者を何人も見てきたけど、みんな尊大《そんだい》で驕《おご》っていて、強欲で、何かにつけて寄付と称してお金を徴収し、罰と称して無辜《むこ》の民に理不尽な暴力を働いていた」

「俺は、そんなことしないぞ？」

ってか、この世界の聖職者ってそんな感じなのか。嫌だな。

「わかってるわ。ジタロー様は、私が今まで見てきた自称〝聖人〟たちとは違う。凄い力を持っているのに全然威張らないし、ずっと私に優しさを向けてくれている」

「お、おう……」

褒められてるようだし、悪い気はしない。でも、誤解は解けてない気がする。

「別にそんな大それたもんじゃないぞ？　俺はただ――」

「そうね。ジタロー様にとってはそうなのかもしれない。だけど。いえ、だからこそ――ジタロー様のその優しさに、私は甘えたくないわ」

「えっと……」

「私はジタロー様に手足を治して、『絶対服従紋』まで解除してもらったのに、剣を盗んでその刃を向けたわ。なのにジタロー様は、私を部屋に上げたり、金貨や魔道具が入った魔導袋を預けたり……まだ、信用しようとしてくれている！」

言われてみれば確かに全財産が入ったポーチをポンって渡したのは不用意だったかもしれない。せめて持ち逃げされた時用に金貨何枚かポケットに入れるくらいはしても良かった。でも、戸締《とじま》りしないのがデフォの田舎《いなか》生まれで、スリにすら遭ったことのない平和な日本生まれの日本育ちだからこういう危機感が薄いんだろうなぁ。

明らかに年下の子に心配掛けてしまった。反省しないとなぁ。

「でも、そういう風に思いつめてくれてる辺り、ニケは信頼できると思うけどな」

「そう言ってくれるのは嬉しいわ」

「う、うん……」

「だからこそ、きっちりケジメをつけたいの。だって私は恩人に対して刃を向けてしまった。ジタロー様は優しいから、広い心で許してくれてるけど、私は何のケジメもなしにジタロー様の信頼を受け止められるほど面の皮は厚くないつもりよ」

「う～ん」

そう言われると困ってしまう。だってこれはニケの気持ちの問題だし、そうなると俺が良いって言っても丸く収まるものじゃない。と言っても、罰ってどうすれば良いんだ？

こんな健気なことを言うニケに酷いことなんてしたくないし。あ、そうだ！

「じゃあその、ニケが俺のために今後頑張ってくれるってことがケジメってことで……」

「頑張るのは、当たり前のことじゃない。ケジメにならないわ！」

「で、ですよね」

どっかで聞いた陳腐《ちんぷ》な落としどころでは、やはりニケは納得してくれなかった。

「と言ってもなぁ」

「ジタロー様を困らせてるのは、わかってるわ」

落としどころが見つからず頬をポリポリしてると、ニケが申し訳なさそうに眉を下げる。

「でも、お咎めなしってわけにはいかないの。……私は、ジタロー様に助けてもらった恩を返すためにこれから仕えていきたいと思ってる。そしてミューも、これからジタロー様の御世話《おせわ》になるわ」

「あ、ああ……」

仕えるなんて大袈裟《おおげさ》なこと言わず、護衛としてついてきてくれるだけで良いのだが。話の腰を折りそうなので、黙って続きを聞く。

「ジタロー様は、これから私たち以外も助けるつもりよね？」

「ど、どうだろ……？」

「……もし私とミューだけだったとしても、助けてもらって本来は恩に報いなきゃいけない立場の私が刃を向けたのに、結果的に丸く収まったからお咎めなしっていうのじゃ道理が通らないわ。ここでジタロー様が私をなあなあで許してしまうと、今後本当の意味での信頼関係を築くのが難しくなると思うわ」

確かになぁ。言われてみると、結果的に丸く収まったから、喫緊《きっきん》の用事だったから、お咎めなしって前例を作るのは良くないような気がしてくる。だってそれは、必要があれば俺を暴力で言うことを聞かせることを許すってのと同義だからだ。

こんだけ熱心に言ってるし、ニケはそんな真似はしないだろう。でも、これを許したらニケが俺を信頼できなくなるんだと思った。亜人が差別されてるっぽいこの世界で、俺はこれからニケたちを必要とあらば守っていかなければならない。そんな立場で締めるところを締めれないのはやっぱり頼りないと感じられるだろう。

だから、なあなあで済まさずちゃんとしたケジメは必要だって理解した。理解したけど……どうすれば良いんだ？

下げた頭の猫耳が、ひょこひょこ動いてるのが目につく。

「そう言えば、ニケって歳《とし》はいくつなの？」

「一五、だけど……」

一五歳。未成年かぁ。顔を上げたニケのつぶらな瞳に、ゲスな男の顔が映った。

あっ、いや！　成人してても、こんな誠心誠意謝罪してるニケに〝罰〟と称してエッチなことを要求するのは人として最低過ぎる。なんで年齢聞いたんだよ、俺……。

罪悪感で胸が痛い。でも……ケモ耳もふもふの誘惑は抗いがたい。セクハラおじさん認定されるかもしれないけど、ダメ元で提案してみる。

「いや、その……ニケの耳とか尻尾をもふもふさせてもらうのが罰、とかどう？」

「ジタロー様が、私の耳とか尻尾を触るってこと……？」

ニケは頬を染めて、耳をひょこひょこさせながら尻尾を振る。かわええ。触りたい。

「う、うん。ダメかな？」

「ジタロー様、私は罰の話をしてるの！　ふざけないで！」

一五の女の子にとって、二十五のおっさんに頭撫《な》でられたり身体の一部を触られたりするのって結構な罰ゲームではあるだろうけど、やっぱりダメだったか。理由は思ってたのと違ったけど。

しかし、罰らしい罰ってどうすれば良いんだ？　罰、お仕置き……う～ん。あっ！

「じゃ、じゃあお尻ぺんぺんとか？」

「……ッ!?　そんな、子供みたいな……」

ビクッ、とニケの身体が震えた。よっぽど嫌なのか、耳が丸まっていた。

待って。子供の頃自分がされてたお仕置きと言えば、押し入れに閉じ込めるかお尻ぺんぺんだから〰〰みたいなノリで提案したんだけど、冷静に考えて年頃の女の子のお尻を叩くってヤバいんじゃないか？

「あ、いや、ごめん。嫌なら良いんだ」

「嫌じゃないと言ったら嘘になるけど、ジタロー様が提示した罰だもの。受け入れるわ」

そう言って、ようやく頭を上げて立ち上がってくれた。

罰としては、納得したようだ。女の子のお尻を叩くなんてあんまりやりたくないけど。他にニケが納得できる罰を思いつかないしなぁ。

かと言って「どういう罰なら良いんだ？」って聞いたら、想像を絶するようなグロい罰を提案されそうで怖いし、バランス的にはいい塩梅《あんばい》だったと思うことにする。

「ニケ。こっちおいで」

背を向けて壁に手を突こうとしたニケに、ポンポンと膝を叩いてみせた。顔を赤く染めながら後ろの壁と俺の顔を交互に見ている。

「ジタロー様の膝の上。……本当に、子供のお仕置きみたいにするのね」

「不満か？」

「いいえ。……恥ずかしいけど罰だもの。受け入れるわ」

そう言って、するりと買ったばかりのパンツを脱ぎ落とし、流れる動作で白いワンピースをはらりと脱いだ。胸と下腹部を細く小さな手で隠し、逸らした横顔は火照《ほて》るほど赤く染まっていた。

「は、裸。ふ、服……」

「じゅ、獣人の子供は、お仕置きの時、服を全部脱がされるのよ」

「そ、そうなんだ」

ぶ、文化ならしょうがないか。で、でも、ニケはもう子供なんて年齢じゃないし。

裸は、怪我を治すときにもちょっと見たけど、こうやって恥ずかしそうに大事なところを隠されると見え方が変わってくる。目のやりどころがわからない。誠意を見せたニケを辱《はずかし》めるような真似はしたくなくて必死に逸らしてるけど、男の性かどうしても目が行ってしまう。

「は、早く膝に乗ってくれ」

あんまり長引かせると理性が持たない。パンパンと強めに俺の太ももを叩くと、今度こそ腹ばいに乗っかってきた。抱え上げた時はもっと重く感じた身体は、遠慮されてるからか、羽根のように軽く感じた。

背中は、痩せているけど猫のようにしなやかな筋肉をしていて、白く細い。お尻は若いだけあって小ぶりだけどキュッと引き締まっている。その尾骶骨《びていこつ》のあたりから生えた白い尻尾がお尻を守るようにちょろちょろ動いていた。動物の尻尾には細い骨があるらしいけど、叩いたら怪我するかもしれないよな……。

いくら『治す』があるとはいえ、怪我はさせないことに越したことはない。左手で尻尾の付け根を摑《つか》んだ。

「んにゃぁ、あんっ」

艶《なま》めかしい声が上がる。

「あっ、ご、ごめん！　尻尾を巻き込まないようにって！」

「き、気にしにゃいで。少し、驚いて声を上げただけよ」

気を取り直して、右手をニケのお尻に乗せる。お尻に毛は生えておらず、人間と同じような質感の肌は白くてすべすべだった。今からこれを叩かないといけないなんてな……。

「じゃあ、叩くぞ。一〇回。それで終わりにしよう」

「三〇回。三〇回でお願い」

「三〇回……」

ギラギラとした目をしていた。今日のことなのに、少し前にも感じられる、初めて会った時のことを思い出した。態々罰を追加したがるなんてな。

かなり強情だから、三〇回と言えば三〇回しないと納得しないだろう。

「じゃあ、叩くぞ」

「お、お願い！」

ペチンッ。平手でニケのお尻を打つ、白いお尻に薄ピンクの手形の跡がほんのり付く。

「んっ。ジタロー様、手加減は止めて。思いっきりやって。じゃないとケジメにならない！」

「……わかった」

無言で手を大きく振り上げて、息を吐く。ニケが納得してくれないから、もう手心は加えない。容赦なく白いお尻に手を打ち付けた。パァンと銃声のような音が響く。

「にゃぁんっ」

尻尾を踏まれた猫みたいな悲鳴を上げるニケの白いお尻に、今度は赤い手形がくっきりとついた。手の平がヒリヒリする。けど、ニケはもっと痛いだろう。

「ニケ、数えて」

「にゃ、にゃいっ、い、いちっ」

パァン！　パァン！

「にぃっ、にゃんっ」

尻を叩く度〝にゃん〟と可愛い悲鳴が響く。

強情で、気が強くて、律儀《りちぎ》で、根が真っすぐとしているニケが、俺の膝の上で尻を打たれるたびににゃんにゃん鳴くのは、なんだかゾクゾクする。

い、いや、これは、あくまでニケに納得してもらうための儀式だ。俺が妙な気を起こしてはいかん。

パァン、パァン、パァン。

手加減していると指摘されないように、妥協せず全力で、四、五、六と叩いていく。

アストレア様の加護で力が増している平手の威力は相当なのか、ニケのお尻はたった六回で真っ赤に染まっていた。

目にはうるうると涙が溜《た》まっていて、今にもこぼれそうだった。

「なあ、ニケ。あと二四回も耐えられるか？　やっぱりあと四回にしないか？」

「いにゃ、自分で言っておきながら、減らすにゃんて――」

パァン！　パァン！

「――んにゃぁっ⁉　痛ぃっ……にゃにゃ……はちぃ」

「あと、二二回もしたらニケのお尻が壊れるぞ。別に壊れても『治す』で元に戻せるけど……いい加減、俺の手も痛くなってきた」

ニケのお尻は真っ赤に染まって充血しているけど、俺の手も皮が少し剝けてきている。『治す』で治せるけど、痛いには痛いのだ。

ニケは暫く逡巡《しゅんじゅん》する。

パァン！　パァンッ！

「んにゃぁっ、痛いッ。きゅうっ、じゅっ」

痛そうに悲鳴を上げる。一〇回は完了する。

「な、なあ、もう終わりにしないか？　あと二〇回だぞ？」

「で、でも……」

ニケは強情だから、自分で言ったことを〝思ったより痛かったのでやっぱり止めます〟なんて簡単に認められないのだろう。でも、俺もいい加減手が痛いし……。大粒の涙を溢《こぼ》してるニケの尻をこれ以上叩くのは、心が痛い。

強情なニケを納得させるには、良い感じの代替案を出すのが一番だろうけど。う～ん。

「……じゃ、じゃあ、ニケが〝にゃーにゃー、ごめんなさいなのにゃん。許してほしいのにゃん〃って可愛いポーズをしながら謝ってくれたら、俺が絆《ほだ》されて、回数を減らすってのはどうかな？」

……なに言ってるんだ。俺。それは冷静に考えておかしいだろ。

ニケが、凄い顔で睨んでくる。い、嫌、ですよね。強情で強気なニケさんがそんなこと言ってくれるわけないですよね。ちょっと、欲望に正直になりすぎたかもしれない。

「い、今のは嘘！　でも、これ以上は手が痛いし、もう終わりに――」

「や、やる……。凄く恥ずかしいし、嫌だけど……。これ以上ジタロー様に痛い思いをさせるわけにもいかないし」

そう言ってニケは膝から降りて、少し前屈《まえかが》みになりながら立ち上がる。拳《こぶし》をギュッと握りしめた。手がぷるぷると震えている。

はぁーと息を吐いてから、手首を折って猫の手のポーズをした。

「にゃ、にゃー、にゃー。ごめん、なさ、い、なの……にゃん。ゆ、ゆる、して、ほし、いの、にゃん……」

控え目に小さい身振りをしながら、蚊の鳴くほどに細い声で言った。

恥ずかしいのか顔は真っ赤で、その目にはさっきとは別の理由で涙が溜まっている。

一糸まとわぬ姿の少女に俺はなんてことさせてるんだ。誠意ある子にイケナイことをさせている背徳感と、猫媚びニケの可愛さに理性がガシャンと崩壊した。

「声が小さくて聞こえなかったなぁ。もう一回やってよ」

「…………ッ！」

俺のアンコールに、ニケは面食らった顔をする。

「恥ずかしかったら、やめても良いんだぞ？」

揶揄《からか》うように煽《あお》ると、ネコ科の八重歯で悔しそうに唇を噛みながらももう一回ポーズを取ってみせた。

「……ぅぅ。にゃ、にゃーにゃー！　ごめんなさい、なのにゃん！　ゆるして、ほしい、のにゃん！」

くっくっく。そうだよなぁ。ニケは拒まないよなぁ！

「ジタロー様、これで、許してくれる……にゃん？」

「あ、ああ、勿論《もちろん》だ！」

両手を広げ立ち上がる。興奮のボルテージは最高潮だった。だってそうだろう？

ニケが未成年だろうと、誠意ある謝罪をしに来ただけだろうと、ここまでされて理性を抑えてられるほどの鋼の精神を持ち合わせていない。脳は一つ。金玉は二つ。多数決三対〇で欲望が勝ってしまうような、どうしようもないけどこれが男って生き物なのだ。

性欲に任せて飛び上がり、ニケとこのままベッドイン。そう伸ばした俺の手は、ニケの柔肌に触れることはなかった。

「じゃ、じゃあ、その。ケジメはしっかりつけたから。明日からは、ジタロー様の下僕として、恩返ししていくわ！」

俺の魔の手を躱《かわ》したニケは、ワンピースを回収して、そそくさとこの部屋を出ていってしまった。ボフリ、と虚しく一人でベッドにダイブする。

それで良い。欲望に任せて一夜の過《あやま》ちを犯してしまえば、これから一緒に旅をする俺とニケと、ミューとの関係が気まずくなってしまう。興奮が一周回って少し冷静になったら、床に白いパンツが落ちているのが視界に入った。

お尻を叩く前に、ニケが脱ぎ捨てたやつだ。こっちは回収し忘れたのだろう。

さっきまでニケが穿いていたやつか……。

ふむ……。

第二章 エルリンへの旅

1

コンコンと、ドアがノックされる音で目が覚めた。あの後中々寝つけなかったせいで、あまり疲れが取れていない。とぼとぼ起き上がって、ドアを開けた。

「おはよう、ジタロー様」

「おはよう。昨日も言おうと思ってたんだが、その〝様〟って止《や》めないか？」

「何で？　私はジタロー様の忠実な下僕よ。敬って、様をつけるのは当然じゃない」

こうなるとニケは強情で、説得するのは骨が折れる。寝起き一番でそれをするのは面倒くさいし、諦めることにした。

一緒にいれば、俺のだらしなさに気づいて様付けにもすぐ飽きるだろう。

「敬語は苦手で使いこなせないけど、練習して上達したら敬語にも直していくつもり」

「いや、いいよ。苦手なら特にね。自然体のニケが一番好きだし」

「好き⁉」

　顔を赤くして口をパクパクさせる。好きっていうか話しやすいっていうか、寝起きだから適切な言葉が咄嗟《とっさ》に出てこなかった。

　軽薄っぽかったけど、可愛《かわい》い反応見れたし良しとしよう。

「それで、何の用？」

「そ、そうだったわね！　挨拶させたいから、ミューをこの部屋に連れて来て良いかしら？─」

「ああ、良いぞ……あ、いや、ダメだ！」

「……？　理由を聞いても良い？」

　訝《いぶか》し気《げ》に目を細めてくる。

　昨日助けたニケの妹、ミュー。仲良くしたいし挨拶は大歓迎なんだけど。俺の部屋には、昨日ニケが忘れていった下着がある。絶対に見られるわけにはいかない。

「理由も、言えない。俺の方からそっちに行くよ。準備するからちょっと待っててくれ」

「なら、聞かないわ」

　少し寂しそうな顔をした。罪悪感で胸がチクリと痛む。誠実であろうとケジメを要求してきたニケに、俺はなんてことを……。

　ニケの使用済みパンツを、ゴミ箱に捨てる。ちょっと勿体《もったい》ない気もするけど、洗って返すのも不自然だし、証拠隠滅を優先する。それから机に置いてあるソードホルダーを腰につけ、シヨートソードを携える。ホルダーには、ちゃんとマジックポーチもついている。

……やっぱこれ重いな。持てなくはないけど、持ち続けるのは辛《つら》い重さだ。

ホルダーを腰から外して、手に持ちながらニケの元に戻った。

「おまたせ。これ重いから預けても良いか？」

「このマジックポーチ、金貨いっぱい入ってるわよね？　……いいの？」

「ああ。ニケのことは信頼してるからな」

「…………そう」

嬉《うれ》しそうな顔でソードホルダーを腰に付けた。少しホッとする。

「あ、剣はどうする？」

「剣もニケに預ける……っていうか、あげるよ。俺よりニケの方が使いこなせそうだし、それで俺を守ってくれ」

「ジタロー様の信頼と期待に必ず応えてみせるわ！」

細い腕で力こぶを作ってみせてくれた。痩せすぎていて少し頼りなく見える。

「そんなに気負わなくてもいいからな……。そのポーチも、結構重いと思うけど大丈夫か？」

「獣人は人間よりも力があるし、これくらいの重さじゃ何ともないわ！」

「そうか。なら改めて、よろしく頼むよ」

「ええ。任せてちょうだい！」

女の子に荷物持ちをさせるのは申し訳なさを感じるけど、適材適所ということで素直に頼ることにする。

「ところで、ジタロー様。昨日から私のパンツが見当たらないんだけど、ジタロー様の部屋にないかしら？」

ギクッ。

「し、知らない。でも、探すのも面倒だし、後で新しいの買ってやるよ」

「そう。せっかく買ってもらったのに、失《な》くして悪いわね」

「いや……」

俺が使っちゃったから返せないだけなんだ。ごめんよぉ。猫耳をシュンとさせて落ち込んでいるニケに、心の中で土下座する。

小さく頭を下げたニケは、ミューがいる部屋のドアを開けた。

「紹介するわね。彼こそが私たち姉妹の大恩人、ジタロー様よ。下僕として忠実に従うように」

いきなりぶちかましやがった。

人間関係やっぱり第一印象が一番重要だと思うし、ミューとも仲良くしていきたいから無難に好印象な挨拶をしようと思ってたのに。

抗議の意思を持ってニケを見る。誇らしげな良い顔をしてた。対する黒い毛並みの猫耳の少女、ミューは明らかに不服そうな顔をしていた。第一印象かなり悪そう。

「ミュー、ジタロー様の前で失礼でしょ。早く起き上がって挨拶なさい」

ミューはニケを見てから、ゴロゴロとベッドから降りてひょこひょこと可愛い足取りで俺の前まで来た。

「ミューの名前はミューなのです。ミューを助けてくれたことと、姉様の足を治してくれたことは深く感謝するのです」

やや舌足らずな口調で、ぺこりと頭を下げて挨拶してきた。

年齢は、見た感じだと一〇歳くらい……いや、九歳くらいか？

身長は俺の腰上ほどと小さく、頭を上げると丁度手を置きたくなる位置にぴこぴこ動く猫耳が。

ペシッ。なんだこの可愛い生き物。めっちゃ撫《な》でたい。

無意識にミューの頭へと伸びていた手が、無慈悲《むじひ》に叩《たた》かれた。

「ミュー！」

「……恩人でも、気安くミューに触らないでほしいのです。ミューの頭を撫でて良いのは、姉様だけなのです」

不機嫌そうに睨《にら》んでくる。手に刻まれた爪痕《つめあと》を『治す』俺は、涙目になってると思う。。

「ごめんなさい、ジタロー様。ミューはかなり人見知りする子で――」

「い、いや、今のは俺が悪いよ。ミュー、ごめんな」

言ってることは尤《もっと》もだ。初対面のおっさんにいきなり頭を撫でられるなんて、嫌がられて当然だ。

「……わかってくれたなら良いのです」

仏頂面ながらも、許してくれた。ホッとする。

「ミュー、ジタロー様に対してその態度は何？」

「何、と言われても、いきなり下僕として従えって方が無理な話なのです。いくら恩人でも、姉様の言葉でも、こればっかりは改められないのです」

「ミュー？」

「痛《い》たっ、み、耳を引っ張られると痛いのです。姉様！」

「じゃあ、ジタロー様への態度改める？」

「改めないのです！」

「ニケ、俺は別に気にしてないから。喧嘩《けんか》は止めてよ」

そもそも下僕になって従え云々《うんぬん》もニケが勝手に言っただけで俺はそこまで求めてないし、いきなり奴隷になれって言われたら、誰だって反感持つだろう。

「ジタロー様がそう言うなら……。ミュー、ジタロー様は寛大だから許してくれるけど、あんまり態度が悪いと私がお仕置きするからね」

「わかったのです。ちゃんと謝りたいから、耳を貸してほしいのです」

しゃがんで、ミューに耳を貸した。

「お前の部屋に行って帰って来てから姉様はずっとお前の話ばかりなのです。姉様を誑《たぶら》かしたこと、絶対に許さないのです」

「………」

「ミュー、ジタロー様になんて言ったの？」

「……ちゃんと謝ったのです」

平然と嘘《うそ》を吐《つ》いたミューは〝余計なこと言ったら、呪うのです〟と口パクで伝えてきた。随分と嫌われちゃってるみたいだ。よしっ。頭を撫でさせてもらえるくらい仲良くなるのを目標にしよう！

「ジタロー様、ミューが何か失礼なことを言ったなら私が代わりにお仕置きしておくから」

「イヤ、チャントアヤマラレタヨ」

大好きな姉が俺の味方をしてミューにお仕置きなんてしたら、ミューはもの凄《すご》く哀《かな》しいだろうしな。

「そう。疑って悪かったわね、ミュー」

「別に、なのです」

不機嫌そうな顔をしつつも、ニケに撫でられたミューは尻尾《しっぽ》を振っていた。嬉しそう。

「俺も自己紹介をして良いか？」

尋ねるとニケがコクリと頷《うなず》く。ミューも俺の目を見てる。一応聞いてくれるらしい。

「えっと……俺の名前はジタロー。別に助けたこととか治したことを恩に着せるつもりはないし、下僕になれと言うつもりもない。ただ、俺には女神アストレア様に与えられた使命があるから、それを手伝ってもらいたい」

「アストレア……？　聞いたことない女神様なのです」

「ジタロー様の使命は、私の使命よ。何だってするわ！」

「その使命っていうのは一体何なのです？」

思考停止で頷いたニケを半目で見るミューが、尋ねてくる。

「ああ。アストレア様の知名度が低いから布教することと、勇者を探すこと、あとは……世界の法を犯した勇者の召喚者を裁くことって感じかな？」

指折りしながら軽く説明すると、ニケは驚愕《きょうがく》、ミューは愕然《がくぜん》としたような顔をしていた。

「じ、ジタロー様。勇者の召喚者を裁くって、意味、わかって言ってるの？」

「そ、そんなの、口にしただけで不敬罪。衛兵に聞かれていたら速攻で監獄送りなのです。だってそれは、この国の王様を殺すって宣言と同じ意味なのです……」

ニケの服の裾を強く摑《つか》み手を震わせてるミューは、頰を吊《つ》り上がらせていた。

ミューの言葉で、俺は初めて事の重大さを理解した。

確かに、勇者召喚をするのって小説とかでも王族とか王様のイメージあるわ。俺を召喚した縦ロールも姫って呼ばれてて王族っぽかったし。漠然とアストレア様に頼まれた使命だから果たさないと、って思ってたけど考えてみればそうだよな……。

「因《ちな》みに、勇者は探してどうするつもりなのです？」

「勇者は『絶対服従紋《ぜったいふくじゅうもん》』で操られているから、俺の『治す』で解放する」

「……そういうことなら、ミューは全力で協力したいのです。母様と姉様を苦しめて、父様を殺したこの国には恨みがあるのです」

ミューの黒い瞳はメラメラと復讐《ふくしゅう》に燃えていた。

ニケは剣を強く握りしめて、震えながら俯《うつむ》いていた。

「私は、ジタロー様に凄く感謝している。私をあの暗い檻《おり》から出してくれて、ミューも助けてくれて。だから、どんな目的でもついていくつもりだった。なのに、私たちに仇討《あだう》ちの機会まで与えてくれるなんて。ジタロー様こそ、私にとっての神様よ」

ニケは開いた目から涙を流しながら、満面の笑みを浮かべていた。

ミューの反応も結構物騒だったけど、ニケのは輪を掛けて怖い。カッと開いた瞳孔《どうこう》には狂気が滲《にじ》んでるような気がして、気圧《けお》されそうになる。

でも、使命が二人の利害と一致しているのは僥倖《ぎょうこう》だった。敵の敵は仲間になるからな！

そこまで話したあたりで、ぐぅぅとお腹《なか》が鳴った。そっぽを向いてるニケの顔が赤い。そういえば俺もお腹が空いた。

「とりあえず、飯にするか！」

「ご飯！　……食べさせてくれるのです？」

「ああ。衣、食、住……はあれだけど宿は保証するぞ」

「姉様、もしかしてコイツ、良いやつなのです？」

「最初からそう言ってるじゃない。あと、コイツ呼ばわりは止めなさい」

「ひゃぁっ、尻尾摑むのは止めるのです！」

そういうことで、俺たちは宿を出て飯を食べるために村に出た。

閑散とした田舎《いなか》に飲食店は多くなく、あったとしても亜人入店禁止。奴隷ですら入店を拒む店もあったし、入店を認める店も亜人には特別メニュー（クズ野菜の切れ端とか、生肉が少しこびりついた骨とか）しか出せないと言い出したので断念。

屋台も、亜人に食わせるなら売らないとか言ってくるので、一度ニケたちには人目につかない場所に移動してもらって、俺が一人で三人分買い込むことになった。

薄々気付いていたけど、この世界、亜人に対する差別が酷《ひど》いな。

ミューは、この国に父親を殺されたと言っていたけど……それと同時に人間そのものを恨んでいたっておかしくない。仲良くなるには、俺はこの世界の人間みたいに酷いことをしないと態度で示して、信頼を勝ち取っていくしかないだろう。

「お待たせ」

買ってきた何かの肉の串焼きと、めちゃくちゃ堅いバゲットを二人に配っていく。俺は朝から串焼きは食えないので、堅いパンだけだ。

二人とも、もの凄くお腹が空いていたのか、凄い勢いでパンと串焼きを食べ始める。

俺が堅いパンをもそもそと唾で濡《ぬ》らして柔らかくしながら齧《かじ》ってる間に、二人ともペロリと完食してしまっていた。

「ご主人様。おかわりが欲しいのです。姉様にも買ってあげてほしいのです」

「ちょ、ミュー……」

ミューを窘《たしな》めながらも、ニケ自身も物足りなそうにしていた。

「おかわりな。買ってくる。そう言えば、二人は牛乳飲める？」

「飲めるけど、どうしてそれをミューたちに聞くのです？」

「このパン堅すぎてそのままじゃ食えないから牛乳でふやかして食おうと思ってな」

答えると、ミューが不愉快そうに眉をすぼめる。

……何か気に障るようなこと言った？

ああ、そっか。ここ異世界だから牛を家畜化してなくて、あの白い飲み物も牛乳じゃない可能性があるのか。やべ。

「えっと、あの白い飲み物は牛乳だよな？」

「そうね。この国にあるミルクは基本的に、牛からとれたものだと思うわ」

牛はこの世界にもいるのね。じゃあ、どうしてミューは不機嫌そうなのだろうか？

もしかして俺の分しか買わないとか思われてる？

「ついでだからお前らの分も買おうかと思ったんだが」

「ミルクは好物なのです！　見直したのです！」

「私を助けてくれたのがジタロー様で本当に良かった……」

そう言うと、ミューはパッと笑顔になってはしゃぎ、ニケに至っては小さく涙すら浮かべていた。牛乳くらいで大袈裟《おおげさ》な……。

でもこれなら、ミューと仲良くなるのはそこまで難しいことでもないかもしれない。

「ふぅ。久しぶりにお腹いっぱいになったのです。ありがとなのです」

「ジタロー様、本当にありがとう。私たちにここまで食べさせてくれて」

ミューが腹太鼓を打ちながら、ニケはやや大袈裟に跪《ひざまず》いてお礼を述べた。

「ど、どういたしまして」

結局あれからミューはパンを三回串焼きを三回牛乳を二回おかわりしていて、ニケは遠慮しながらもミューより更に一個ずつ多く食べた。

細身で小柄な女の子が大量のご飯をあっと言う間に腹に収めていく光景は壮観だった。

「じゃあ次は服を買いに行こうか」

「服、買ってくれるのです？」

「ああ。言っただろ？　衣食住は保証するって。とりあえず、下着と普段着、寝間着《ねまき》と装備一式は揃《そろ》えるぞ。他に必要なものがあれば、教えてくれ」

そう言うと、二人は驚いたように目を丸くしていた。

「ジタロー様、奴隷にそれは大盤《おおばん》振《ぶ》る舞《ま》いが過ぎるわ。下着と戦闘用の装備だけ買ってくれればそれを普段着と寝間着にするわ」

「姉様、この人変なのです。亜人の奴隷に対する扱いじゃないのです」

「この人、じゃなくてジタロー様ね。昨日から言ってるでしょ。彼は特別だって」

奇異の目を向けてくるミューに、ニケは俺が特別だとか吹き込んでいた。

丈が足りない奴隷服のままだと目のやり場に困るし、一緒に歩いてる俺まで恥ずかしいからまともな服を買おうってだけなのに……。

この程度のことで感謝されると、逆に居《い》た堪《たま》れない気持ちになる。

「亜人なんぞに売る服はないよ。その奴隷服すら贅沢《ぜいたく》なんじゃないかい？」

この村にあった唯一の服屋に行くと、門前払いされてしまった。

「ごめん。他に服屋はなさそうだし、着替え買うのは次の町に着くまで我慢《がまん》してくれ」

「お前が謝ることじゃないのです。この国の亜人に対する扱いなんてこんなものなのです。むしろ、お前がおかしいくらいなのです」

「ジタロー様にその口の利き方は止めなさいって言ってるでしょ！」

「み、耳を引っ張るのは止めてほしいのです！　ごめんなさいなのです！」

謝ったことで解放されたミューは恨みがましい目をこちらに向けて来ていた。そんなだと、またニケに耳を引っ張られるぞ……。

「ジタロー様、とりあえず近隣の大きめな町に移動することを提案するわ」

「まあ、そうだな。服や装備を買うにしても、勇者の情報を聞くにしても人の多い場所の方が便利だろうし。この辺だと、どこに行けば良いんだ？」

「この辺だと『エルリン』って町が比較的大きいんじゃないかしら？」

「エルリン……」

正直、この世界に来て一日しか経《た》ってない身だから地名を言われても全然ピンと来ない。

「エルリンなら行ったことあるし、案内できるわよ」

「ならそこで頼む」

「わかったわ」

2

「エルリンは、この舗装《ほそう》された道を真っすぐ辿《たど》って行けば着くはずよ」

入るのに使ったのとは別の門から出ると、雑草と石ころが排除されただけで結構ガタガタな道路……というのも烏滸《おこ》がましい悪路が続いていた。

「なあ、徒歩で行くのか？」

「当たり前なのです。他に、どう行くつもりなのです？」

「馬車とか？」

「あったとしても、ミューたちが居たら普通に乗車拒否されると思うのです」

「そうなの？」

「そうね。亜人は基本的に人間と同じ馬車には乗れないわ」

「そうなのか……」

酷い差別なのに、憤《いきどお》るでも哀しむでもなく当たり前のように答える二人に面食らう。

村では飯も服も、亜人というだけで売ってもらえず、馬車にも乗れない。

まだニケやミューとは出会って　丸一日すら経ってないのに、これだけの差別が目につく。

きっとこれまでも、今みたいな……いや、今以上に酷い思いをしてきたに違いない。

エルリンに着いたら、二人には良い服を買って美味《おい》しいご飯をご馳走《ちそう》してあげたい。

「と言っても、この村には馬車自体なさそうだけどね」

「そりゃそうなのです。牛飲馬食《ぎゅういんばしょく》って言葉があるくらいに馬は餌《えさ》をいっぱい食べるから、こんな寒村じゃ養ってる余裕はないのです」

牛飲馬食ってこっちの世界にもあるんだ。でも確かに、エルリンに向かおうとしている馬車は疎《おろ》か馬すら全然見当たらない。村の中に牛がいるのは見たけど。

「牛はいたけど、牛車《ぎっしゃ》とかもないのか？」

「あれは畑を耕す鋤《すき》を引くための牛で、移動用ではないのです」

「じゃあ、歩くしかないのか……。エルリンまではどれくらい歩くんだ？」

「大体半日くらいかしら？」

「それは姉様の足での話じゃないのです？　人間の足ならもっと掛かると思うのです」

「ジタロー様を普通の人間とは思わない方が良いわ。少なくとも、私と足の速さは同じくらいだったわ」

「人間が、姉様と⁉」

驚き、怪訝《けげん》な視線を向けてくるミュー。

「だとしても、長い距離を走り続けるとか俺はしたくないぞ」

加護のお陰で今は多少早く走れるが、元々遅い方だったから走ること自体そんな好きじゃない。持久走大会とかめちゃくちゃ嫌いだった。

「大丈夫よ！　ジタロー様が疲れるようなことがあれば、私が負ぶってあげるわ！」

ニケは細腕で力こぶを作るフリをするけど、やっぱり筋肉はついてない。

ミューが断れと圧を掛けてくるけど、言われなくてもそこで頼るつもりはない。痩せ細った女の子に背負われる成人男性って絵面《えづら》はあまりにもみっともないからな。

「気持ちだけ、受け取っておくよ」

「そう」

少しシュンとされる。その様子にミューは面白くなさそうに「早く歩かないと日が暮れるのです」と足を速めてスタスタと道の先へと進んでいった。

「ちょっと、ミュー！」

「まあ、あれくらいの速さなら俺としてもそんな苦じゃないから」

最悪なのは、辿り着かずに夜になることだ。外灯がないから暗くなるだろうし、未知の異世界で準備もないままいきなり野宿とか嫌すぎる。

距離あるみたいだし、走らないにしても早歩きくらいはするべきだろう。

ミューのペースでスタスタと道を歩き進んでいく。一面に広がる畑と、石と雑草がないだけでガタガタな道。景色も大きく変わらない中無言で歩き続けるのは、割と退屈だ。

「なあ、ミュー。さっき牛飲馬食って言ってたけど、馬は養えないのに牛は養えるのか？」

「この辺には川が流れてるから水には困らないと思うのです。それに、鋤を引かせたいだけなら、食事も水もそんなに多くは必要ないのです」

「鋤を引かせたいだけなら？」

「肥えさせないといけない食肉用と違って、農業用は少ない食料でも動けるように改良されてるのです」

へー、この世界にも品種改良とかあるのか。

「そんなことを知ってるってことは、ミューは農家の生まれだったりするのか？」

「違うわ！　ミューはね、精霊人の里の賢者たちに色んなことを教えてもらっていたから物知りなのよ。凄いでしょ？」

何故《なぜ》かニケがドヤ顔で解説した。

「凄いな」

「これくらい、一般教養の範疇《はんちゅう》なのです」

照れ臭そうに頬を掻《か》く。だが、それよりも気になることがあった。

「なあ、ミュー。賢者の教えを受けたってことは……魔法とか使えたりするのか？」

「当たり前なのです」

「ジタロー様、実はね、ミューは里にあった魔導書の全てを読破してその内容を完全に記憶している上に、魔法の扱い自体も里の賢者から天才のお墨付きを得ているのよ」

自分のことみたいに、ニケは誇らしげに胸を張った。

「マジか！　凄いな。なあ、ミュー。試しに魔法を見せてもらうことってできるか？」

「触媒がないから、大した魔法は使えないのです」

「そんな大それたのじゃなくて良いから。例えば火を出したり、水を出したりみたいな」

「着火《ティンダー》と、注水《ウオーター》のことです？」

言いながら、ミューは右手の人差し指にマッチ棒ほどの小さな火の玉を灯しながら、もう片方の人差し指でちょろちょろと水を零《こぼ》していた。

「すげぇえ！　マジックみたいだ！」

「みたい、じゃなくて正真正銘の魔法《マジック》なのです」

「ミューは涼し気な顔でやってるけど、同時に別々の魔法を使うのって二重詠唱って言ってるなんかすごいことらしいのよ。しかも火と水みたいな相反する属性でそれをするのは、とっても難しいらしいのよ！」

「へぇ。じゃあミューって本当に天才なのか、凄いな！」

「二重詠唱は複合魔術の基礎だから、言われてるほど大それたものでもないのです」

謙遜《けんそん》しながらもニヨニヨと頰を緩めていた。黒い尻尾がうねっている。

ミューが魔法使いとして物凄《ものすご》いことをやってるらしいことは何となく感じ取れるけどそれが如何《いか》ほどのものなのか、俺にはちゃんとわかってやれない。

だけど、この世界に来て初めて見た魔法らしい魔法にとても感動していた。

本当にすげぇ。ひたすらにクソな『絶対服従紋』とは違って夢があるな！

「そう言えば、エルリンってどんな町なんだ？」

「そうね……。私が行った当時は炭鉱夫の町って感じだったわ。六年も前の話だから、今は違うかもしれないけど」

「炭鉱夫の町？」

「ええ。近くに結構大きな鉱山があるのよ」

「へぇ。……ってことはミューも行ったことあるのか？」

『ないのです』

「ミューはね、あんまり里を出たことなかったのよ」

「そうなの？」

「そうね。ミューはいつも里の図書館に籠《こも》っていたから」

精霊人の里にあった魔導書の内容全てを読破して記憶してるって言ってたな。ミューはインドア気質《きしつ》らしい。

「じゃあその時は、ニケは誰と行ったんだ？」

「パパよ。私は魔法の才がなかったから、腕利きの冒険者だったパパに狩りの仕方とか前衛での戦い方とか習っていたのよ。色々と連れ回されたわ。これも修行だとか言われて」

「へぇ、楽しそうだな」

「ええ。当時はキツいと思うこともあったけど、今では良い思い出よ」

笑って話すニケは、どこか泣くのを堪《こら》えているようにも見えた。

そう言えば、使命を話したとき父親を喪《うしな》ったって言ってたな。この話は、地雷だったのかもしれない。油断して、デリカシーに欠けることを聞いたかもしれないな。

「エルリンには、なんか美味《うま》い飯とかあるのか？」

「そうね。特産品というほどのものはなかったけど、労働者に向けた塩味の利いた脂っこい肉の串焼きとかの屋台はあるわ」

慌てて話題を逸《そ》らすと、ニケは気にした様子もなく乗ってくれた。

「串焼きなのです？」

ピクリと耳を動かしたミューは期待するように、俺の方に振り返る。

一日歩き詰めた後に食う塩味の利いた脂っこい串焼きはさぞ美味いんだろうな。

「エルリンに行ったら串焼きは絶対に食おうな」

「ミューたちの分もあるのです？」

「当たり前だろ。腹いっぱいになるまで食っていいぞ」

「やったーなのです！」

「ジタロー様、その、良いの？」

無邪気に喜ぶミューと心配そうに聞いてくるニケ。

「金の心配ならしなくて良いぞ。それなりに余裕はあるからな」

名も知らぬ縦ロール姫の城の隠し倉庫で拾った金貨五〇枚のお陰で、衣食に不自由しない程度には経済的な余裕がある。相場より高い値段を吹っ掛けられ続けると、早々に尽きてしまいそうな額でもあるけど……。

エルリンまでの道中、ニケやミューにこの国の物価の相場を教えてもらおう。

3

「あの峠を越えれば、エルリンが見えてくるはずよ」

道の先にある山の入り口をニケが指した。空を見上げるとまだ日は高い。

よっぽど串焼きが楽しみらしいミューが何度も走り出したから、持久走大会気分を味わう羽目になった。加護のお陰で二人のペースになんとか追いつけはしたものの、疲れたしお腹も空いた。まあでも、考え方によっては町でゆっくりする時間が増えたわけだし、遅いよりかは早めに着く方が良いか。

でも、次からは間食を持ち歩くようにしよう。ミューを落ち着かせられるかもしれないし、足場の悪い長い道を歩き続けてると途中でエネルギーをチャージしたくなったしな。

「なんかこの辺、ちょっと暗いな」

「山道なんてこんなものなのです。あっ、もしかしてお前怖いのです？」

「ちょっとミュー、ジタロー様にお前呼びは止めなさいって何度言えばわかるの？」

「痛っ、耳を引っ張らないでほしいのです！」

ニケとミューがじゃれているのを見ると、心が癒《いや》される。

木々が生い茂っていて、乾いた涼しい風が吹きつける峠道はそれなりに快適ではある。峠を越えるなら炎天下より、日陰の方が楽なのは確かだ。

「しかしこれだけ涼しいと何か出そうだな」

「何かって？」

「お化けとか？」

「お、お化けなんているわけないのです。お前、馬鹿なのです？」

ミューが顔を青くする。えっ、いないの？　お化け。日本にいた時は幽霊とか信じる方ではなかったけど、ここは異世界だ。

「レイスとか、アンデッドとかいるだろ？」

「アンデッド系の魔物とお化けは全然違うのです！」

「そうなのか？」

「そうなのです。アンデッド系の魔物は生き物を素体にした禁術によって生まれる魔術的な生物であって、恨みとか哀しみとかそういった人間の気持ち的な問題で呪いになったり祟《たた》りになったりって言うのは非魔術的で迷信なのです！」

「そ、そうなのか」

それがどう違うのかあんまりわかんなかったけど、ミュー的には大いに違うらしい。

非魔術的って言葉がちょっと面白かった。科学じゃなくて魔術が基本の異世界だとそういう表現もあるのか……。

「この峠にアンデッド系の魔物がいるって話は聞いたことはないけど、万が一出ても私が倒すからジタロー様は心配しなくて良いわ！」

「そうか。頼りにしてるぞ。ちなみに、他の魔物はいるのか？」

「わかんないけど、人の手が入ってるし、大した魔物はいないと思うわ。クレイジーボアとかホーンラビットみたいな獣系は出るかもしれないけど。むしろ、山賊や野盗に遭遇する可能性が一番高いいんじゃないかしら？」

「野盗？」

「生活に困った人間の場合もあるけど、昨今では生活を追われた亜人が盗賊に身を落とすことも少なくないのです」

「そうなのか……」

大粛清《だいしゆくせい》とか差別とか、普通に生きていくの大変そうだもんな。この国の亜人は。

それを何でもないように解説するミューがこの国の現状を物語ってるようで少しショックを受けた。噂《うわさ》をすれば影とでも言うのか、ザザッ、と後ろの方から、俺たちのものではない足音が聞こえた。

ニケの耳がピクリと動き、剣を抜きながら俺を庇《かば》うように構えた。ミューは半身になって坂の上の方も警戒しながら変な構えを取った。俺も後ろを振り向く。

「おう、兄ちゃん。亜人の奴隷を二人も連れてるってこたぁ、結構な金持ちなんだよな？」

現れたのは、手負いの女性だった。左目には小汚い布を当て眼帯代わりにしており、右腕がない。赤い鱗《うろこ》が生え揃ったワニのような太い尻尾も半分から先は切れているようだった。燃えるような赤い髪と、坂の上からでも大柄に見える体格。質の悪い革鎧《かわよろい》もどきに押さえつけられた胸部ははち切れんばかりに大きい。

身綺麗《みぎれい》にしていれば相当な美人なのだろうと思わせる女性は、喉奥から獣のような唸《うな》り声《ごえ》を鳴らしたと思えば、左腕から真っ赤な鱗を生やす。創作で見て来たドラゴンの鉤爪《かぎづめ》を彷彿《ほうふつ》とさせるような姿に変形させていく。

ロマン溢《あふ》れる変身に上がりかけた俺のテンションは、鱗が禿《は》げた痕が見える手足の痛々しさにスンと下がった。

「オレに殺されたくなかったら、身包《みぐる》み全部置いていけよ！」

遭遇した女性の惨憺《さんたん》たる姿に呆気《あっけ》に取られている間に、女性が飛び掛かってきた。勢いよく降り降ろされた鉤爪をニケがショートソードで防いでくれる。

「拘束《バインド》」

「うわっ、しまった！」

ミューが繰り出した縄のような魔法によって、油断していた赤い鱗の女性の足が拘束される。既に満身創痍《まんしんそうい》だった女性は、そのままバランスを崩して、地面に転げてしまった。

「卑怯者《ひきょうもの》が！　自分は隠れて、操った少女二人に戦わせるなんて！」

足を縛られた女性が怨嗟《えんさ》の声を上げる。

「盗賊に身を落としたような貴方《あなた》が正々堂々を望むなんて笑えるわね」

吠《ほ》える女性をニケが嘲笑《ちょうしょう》した。

「なんだとテメェ！　今のは操られて無理やり言わされたのか？」

「まさか。私の意思よ。そもそも私、最初っから操られてないし」

「なっ……。じゃあお前は、自分の意思でソイツを守ったとでも言うつもりか？」

「そうよ」

「なぜだ！　そいつは人間だぞ！　人間のせいでオレたちは故郷を追われて、こうでもしないと生きていけない身になったんだ！　なのに……お前は憎くないのか!?」

「貴方の言い分はわからないでもないわ。私も亜人大粛清で散々嫌な思いをしてきたし。でも、それをしたのはジタロー様じゃない」

「そいつは人間だろ？」

「そうね。でも、ジタロー様は私を助けてくれた。『絶対服従紋』を解除して、この剣もくれて、その上で私を傍《そば》に置いてくれている」

「……いや、嘘だ」

「嘘じゃないわ」

「おい。おい、そこの黒い方」

「……何なのです？」

「拘束を解いてくれ。そしたらそこのクソ野郎をぶっ殺して、お前ら二人も解放してやる」

「断るのです」

ミューは一〇秒ほど考えてから、首を横に振った。

「なっ!?　なぜだ？」

「コイツは、次の町に着いたらお腹いっぱい串焼きを食べさせてくれるって言ってるのです。今朝もお腹いっぱいご飯を食べさせてくれたのです」

「なっ……クソッ。う、嘘だ。そんな人間、いるはずねえ」

「私も最初はそう思ってたけど、いるのよね。ここに」

「まあ実際、破格の待遇だとは思うのです」

「そ、そんな……。そんなはずじゃ。オレは……」

ニケとミューの言葉に、赤い鱗の女性が絶望したような顔で呟《つぶや》いている。

朝ご飯をお腹いっぱいになるまでご馳走しただけで破格の待遇って……。改めてこの世界の亜人に対する扱い、酷過ぎるな。

「ねえ、ジタロー様。コイツ、殺して良いかしら？」

「えっ？　殺すの？」

「だってコイツ、ジタロー様の財産を奪いに来た盗賊なのよ？」

「いや、でも……」

可哀想《かわいそう》じゃない？　傷だらけでボロボロだし、性格も曲がってる感じじゃない。勘違いとはいえ、俺から二人を助けようとしてたあたり良い人な気がする。

盗賊をしないといけない事情も、この国の情勢とか考えると察するに余りあるし……。

「殺してくれ。頼む」

赤い鱗の女性はニケに殺されるのを受け入れる様子だった。

「これは、姉様なりの優しさでもあるのです。憲兵に突き出された亜人盗賊の最期《さいご》は死よりもずっと無惨で恐ろしいのです」

なるほど。酷い拷問を受けるくらいなら、ってことだったのか。

「ここで見逃すからどこかでやり直す、とかはできないのか？」

「ハッ、なんだソレ。できるわけないだろ。こんなご時世で片腕と片目を失ってる。行く宛《あて》も食う術《すべ》もねえ。ここで見逃しても、オレはここで野盗を続けるだけだぞ」

「行く宛がないなら、俺たちと一緒に来るか？」

手を差し出すと、橙《だいだい》の目を丸くさせた。

「ハッ。馬鹿じゃねえのか？　オレは『隻眼隻腕《せきがんせきわん》の盗賊』として指名手配もされてるんだぞ。アンタらについて行っても、迷惑を掛けるだけだ」

「……それは、俺たちに迷惑を掛けないなら一緒に来ても良いって解釈《かいしゃく》で良いか？」

「まあ、そうだな。オレもこのままじゃ野垂れ死ぬだけだ。嬢ちゃん二人が言ってるみたいに腹いっぱい飯食わせてくれんなら、是非ともついて行きたいね」

「そうか。アンタは『隻眼隻腕の』で通ってるんだったよな？」

「そうだな。見ての通りだろ？」

「じゃあ、治せば特徴もなくなってバレないってことだよな？」

「まあそうだな。でもこの国の聖職者は亜人を治さねえ。もしお前に治せるってんなら、そうだな。奴隷にでも召使にでもなって一生かけて恩を返してやるよ！」

「いや、治しても急に襲い掛かってこないって約束してくれるだけで良いんだけど」

「まあ、お人好《ひとよ》しのアンタに今更襲い掛かったりはしねえけど」

どこか戸惑ってる様子の女性に、手の平を向けた。

「『治す』」

緑色の光が溢れ、この女性の腕や尻尾の切断口、ボロ布が貼り付けられている片目がブクブクと赤い泡を立て始める。三回目ともなれば慣れてはくるけど、でもやっぱりグロい光景ではある。喪われていた腕も尻尾も再生していた。赤い鱗の女性が起き上がると、目を覆ってたボロ布も落ちる。元あった片方と同じ色の綺麗な瞳だった。

「な、治ってる……」

生えたばかりの左手をグーパー動かし、竜の鉤爪のような形に変化させてからまたグーパーさせる。赤い鱗もぴっちりと生え揃っていた。それから、目から大粒の涙を溢した。

「う、嘘、治ってる。手が。目も両方、見える」

怪我《けが》が治り喜んでいる人を見ると、俺も嬉しい気持ちになる。

「ミュー、拘束を解いてやってくれ」

俺の言葉にニケがウンと頷くと、ミューは拘束を解く。

足を拘束していた魔法の縄が解かれる。一頻《ひとしき》り喜びの涙を流したら次は、両手で俺の肩をぐわしっと摑んできた。

「ありがとう！　もう一生、目も手も治らないと思ってた。本当に、ありがとう」

「ああ。それで、どうする？　もう『隻眼隻腕』の盗賊じゃないだろ？」

「勿論《もちろん》ついていくぜ！　アンタは大恩人だ。約束通り、奴隷にでも召使にでもなってやる！」

「いや、普通に護衛をしてくれるなら対等な仲間でも……」

「そういうわけにもいかねえ！　ダンナは恩人だ。竜人族《ドラゴニュート》は受けた恩を忘れねえ。最低でも、ダンナが上でオレが下。これだけは絶対に譲れねえ！」

「は、はぁ……」

　なんか、ニケと同じ雰囲気を感じる。もうこうなったら、何を言っても聞いてくれないだろう。諦めて、手を差し出す。

「まあ、とりあえず俺はジタローだ。これからよろしくな」

「おう。オレはファルニーフだ。昔の仲間からはファルって呼ばれてた」

「じゃあオレもファルって呼んでいいか？」

「勿論だ。ジタローのダンナ！」

　ファルは快活な笑顔で握り返してくれた。

「あっ、間違えた。多分奴隷はこうだな」

　そう言ってファルは片膝を突いて頭を下げた。

「いや、やめて！　普通に握手で良いから！」

「そうか？　悪いな。竜人族には目上の人への礼儀って文化がなくってな。奴隷のマナーとか、

実はよくわからないんだ。間違いとかあったなら、厳しく指摘してくれ」

人通りのある町中で頭下げられたり跪かれたりしたらなんか恥ずかしいから、奴隷とか遜《へりくだ》らないで普通に接してほしい。ニケとミューにもだけど。

「私はニケ。私もファルニーフ？　と同じで、手足がない奴隷だったところをジタロー様に助けられたわ。こっちは妹のミュー。同じくジタロー様が助けてくれたわ」

「そうだったのか。その……さっきは悪かったな。事情も知らず罵《ののし》ってしまって」

「気にしてないわ。こんな世界じゃ、ジタロー様みたいな人間がいるって聞いてもすぐには信じられないもの。私も逆の立場なら同じこと言ってたと思うわ」

「そう言ってくれると助かる。それと、ニケもオレのことはファルって呼んでくれ」

「わかったわ、ファル。よろしくね」

ニケはファルと握手を交わした。

「ミューもファルに挨拶しなさい」

「……よろしくなのです」

ミューはニケの後ろに隠れながらぺこりと挨拶した。

「ごめんなさいね。かなりの人見知りなのよ」

「これからよろしくな、ミュー」

気にせず笑顔で差し出されたファルの手をミューはニケの後ろに隠れて握り返さない。でもファルとニケは打ち解けてるし、そのうち和んでくるだろ。

「ニケ、事後承諾の形になって悪いけど……」

「ジタロー様がそんな人だから今の私たちがあるわけだし。文句はないわ」

あの状態のファルを見捨てるなんてこと俺にはできなかったけど、一緒に連れていく以上事前に話は通しておくべきだったと思いなおす。

こういう気配りをちゃんとしてないと、後々大きな不満に繋《つな》がったりするんだよな。

「ところで、この峠を通ったってことはダンナたちはこれからエルリンか？」

「そうだな」

「オレの背中に乗っていくか？　速いぞ」

「背中？」

問い返すと同時に、グググッとファルの姿が変形していく。

片翼三メートルほどある大きな被膜《ひまく》が生え、尻尾が伸び、手足だけじゃなく顔までドラゴンのものに変形していく。もう、完全にドラゴンそのものじゃん！　胴体の大きさは一二〇センチ程度。翼は大きく、尻尾は長くなったけど、全体的なサイズ感というか質量自体は人間の姿だったファルとそう大きく変わってなさそうだった。

「うぉぉ、すげぇ」

ファンタジーな光景に、テンションが上がる。

「……真竜化。見るのは初めてなのです」

ミューは感心したように呟いた。ニケは驚きに目を見開いていた。

「私たちも乗って大丈夫なの？」

「すぐそこのエルリンまでだし、ダンナと子供二人乗せて飛ぶ分には問題ないさ」

恐る恐るニケが尋ねると、ファルは弾んだ声で快諾した。ドラゴンの姿になっても、喋《しゃべ》れるんだ。すげぇ。

「すぐって言っても、歩けば一時間以上は掛かるのです」

「オレなら三分で着く。さぁ早く乗ってくれ」

「じゃあ、お願いするよ」

最初に俺がファルの上に跨《また》がる。硬い鱗に覆われていると思ったけど、座った感触は思ったよりも柔らかく、人肌よりも温かい。続いて、ニケとミューも乗る。

「じゃあ、飛ぶぞ」

翼をはためかせ、そのまま空へ舞い上がった。峠の木々をあっと言う間に抜け、青空と広がる緑の草原が目に入ってきた。離れたところに、赤い屋根の家が立ち並ぶ城壁に囲まれた円形の都市が見えた。

「アレが、エルリンか？」

「そうだ」

ファルが首肯すると同時に、町の方目掛けて急降下を始めた。強烈な風圧が身体を包み込む。ジェットコースターのようだ。怖いと楽しいが七：三ってところか。

「姉様ぁぁぁ！」

「ミュー、振り落とされないようにちゃんと私に摑まって！」

後ろから悲鳴が聞こえる。ニケがギュッと俺の背中に抱き着いた。小さいわけではない胸の感触が背中に当たる。怖いと楽しいの比率が逆転した瞬間だった。

そのままミサイルのように滑空したファルは、人目のつかなそうな適当な場所に降り立った。

4

降りた場所から道に出て、一〇分ほど歩くとエルリンの入り口が見えてくる。

門には衛兵が二人立っていて、並んでいる人はいない。俺たちは衛兵の前まで歩いた。

「止まれ。猫獣人二人と、蜥蜴人《リザードマン》……いや、竜人族か？　が一人。お前は変わった服を着ているが、人間か？　後ろの三人は奴隷なのか？」

「はい。亜人はこの町に入れなかったりしますか？」

「いや、奴隷なら入っても構わない。だが、首輪をつけてないようだが？」

「買った時からついてなかったんですけど、首輪って必要なんですか？」

「買った時から？　ってなると『絶対服従紋』でも刻まれてるのか？」

「？　奴隷って『絶対服従紋』で縛られてるものじゃないんですか？」

尋ねると、何かおかしなことでも言ってしまったのか衛兵二人は顔を見合わせた。

「おいおい、世間知らずかよ。『絶対服従紋』で縛られてる奴隷なんて高級品だぞ」

「だよな。『絶対服従紋』は強力故《ゆえ》に、マモーン教会の専売特許になってるからな。使うには多額の寄付金が必要なんだ」

「へー。そうなんですね」

「お前、どこのボンボンだ？」

「特にそういうわけではないですけど……」

「変な服を着てるし、高そうな奴隷を連れてるし。身分証は持っているのか？」

「えっと、持ってないです」

衛兵さんは眉をひそめていた。そりゃそうだ。身分証出せないって怪しすぎる。自動車免許なら持ってるけどこの世界で有効だとは思えないしなぁ。どうしよう。腹も減ったし、野宿も嫌だし町に入れないのは困るんだけど。

テンパった俺はポケットから一枚の金貨を取り出して、衛兵さんに握らせた。

「これで通してくれませんか？」

「は？　き、金貨!?」

「えっ、いや……マジか。金貨をこんな気軽にポンって渡すなんてお前、いや、貴方は一体何者なんですか？」

「すみませんが俺たちは賄賂《わいろ》は……」

「おい、これ本格的にお忍びの貴族っぽいぞ。ここは素直に受け取って深く詮索《せんさく》しない方が身のためだ」

「そ、そうだな。……じゃあ、通って良いですよ」

衛兵二人がコソコソと耳打ちをしたと思ったら門が開かれた。

都合良く勘違いしてくれたようだ。金貨一枚は安くない出費だったけど、とりあえず町には入れて良かった。

「ニケ、金貨一枚俺にくれないか？」

「わかったわ」

今使った分の金貨を、マジックポーチから補塡《ほてん》する。その様子にファルが驚いていた。

「おい、お金の入った袋を奴隷に持たせてるのか？」

「ニケのことは信頼してるからな」

「凄いな……」

「でしょ！」

ニケが上機嫌そうに胸を張った。どう言い繕っても女の子に重い荷物を持たせてるだけだから良心の呵責《かしゃく》が少々。信頼してるのは嘘じゃないけど。

「そんなことよりお前、いやご主人様！　串焼きなのです！」

「そうだな。腹減ったし、飯にするか」

通りには屋台が並んでいて、肉を焼くいい匂いが漂っていた。それを買っていく、武器を持った大柄な男たちは労働者というよりも冒険者という風体《ふうてい》に見える。彼らは俺の格好が珍しいのか、亜人を嫌がっているのか、こちらをチラチラ見ていた。

「おい――」

「やめとけ。貴族とかだったら後々面倒だぞ」

「チッ」

絡んできたチンピラ冒険者を転生チートで返り討ち、みたいな展開は読者としては好きだったけど、現実だと普通に怖いから絡まれなくて助かった。待っていると、俺たちの番が回ってくる。

「何本食う？」

「一〇本は食べたいのです！」

「ミュー、ちょっとは遠慮しなさいよ。私は、五本だけ……」

「遠慮しなくて良いぞ。俺としてはちゃんと食べて、護衛を頑張ってくれる方が助かる」

「そ、そう。なら私も一〇本良いかしら？」

「オレは、二〇本って言っても大丈夫か？」

「わかった。じゃあすみません、串焼き四一本ください」

「四一本⁉　……うちは前払いしか受け付けてないぜ」

「一本いくらですか？」

「銅貨一枚だ」

「わかった。じゃあ、銀貨四枚と銅貨一枚だな」

確認すると、ニケがマジックポーチからお金を出す。

「奴隷に財布持たせてるのか？　いや、紋で縛ってるならそれで良いのか……」

お金を受け取った店主は、慣れた手付きで肉を焼き始める。

「亜人に食わせる飯はないとか言わないんだな」

「金さえ払ってくれるなら、そんなことは言わねえさ。そいつら愛玩奴隷なのか？」

「護衛を任せてます」

「へえ、それだけ見た目が良くて戦闘奴隷か。相当高かっただろ？」

「運よく安く買えました」

「ふーん。まあ戦闘用だろうが、愛玩用だろうが良いもんは食わせねえとな。やせ細ってちゃ使い物にならねえ。維持費も高いだろ？」

「まあ、そうですね」

今朝も銀貨三枚くらい使ったし、今も銀貨四枚。一日三食食べるとしたら、毎日金貨一枚の出費が必要なペースだ。ニケを買ったのに金貨一〇枚。門番への賄賂で金貨一枚。宝物庫《ほうもつこ》からたっぷり拾ってきたつもりだったけど、もっと拾ってくれば良かったと少し後悔。

このままだと、一か月でお金が尽きるな。金策も考えていきたいところだ……。

「っし、とりあえず二〇本だ」

おっちゃんから受け取った串焼きを、配っていく。ファルに一〇本、ニケに五本、ミューに四本。そして俺に一本。受け取った串焼きは、太い串に刺さっていてかなりデカい。

「うぉぉ、ありがとう。これ、全部オレが食って良いのか？」

「良いぞ。って言うか、追加でまだ一〇本あるからな」

「ジタロー様、ありがとう。……ジタロー様はそれだけで大丈夫なの？」

「ああ、俺の腹じゃこれ一本でいっぱいになるな」

脂が滴《したた》る串焼き。少し獣臭い。俺が熱さに少し躊躇《ちゅうちょ》している間に、ファルががぶりと一本を豪快に一口で食べた。

「あふっ、あふっ」

ミューも串焼きを口いっぱいに放り込んで必死に咀嚼《そしゃく》している。

「ちょっとミュー、ジタロー様にお礼言ってないでしょ？」

「あっ、あひはほはほへふ（ありがとなのです）」

「たーんとお食べ」

美味しそうに頬張るミューを見てると、凄く心が癒される。

「追加のも焼けたぞ」

あっと言う間に追加の二一本も渡される。俺はまだ串焼きを七割程度しか食べきれていないのに、ニケと、その倍あったはずのファルの串からは肉が消え失《う》せていた。

「あー、この串焼き最高に美味かったな！」

「ジタロー様、ごちそうさま」

「はいはい」

ニケに新しく渡した追加の五本と、ファルに渡した追加の一〇本はすぐに完食された。

ニケは苦しそうにお腹を擦《さす》っているけど、ファルはあれだけ食べたというのに満面の笑みで大はしゃぎの様子だった。

「ダンナ、本当にありがとうな！　こんなに美味い飯、久々だった」

「それは俺じゃなくて、店主に言ってくれ」

「たくさん食って肉付けて、ご主人にちゃんと恩を返してやんな」

「ああ、勿論だ！」

店主の言葉に、ファルは両手を握って意気込んだ。

「……ふぅ」

一方で、ミューは七本目を食べ終わった辺りで残った串を辛そうに見ていた。

「ミュー、それ食べきれないの？」

「うぅ……」

「なんで食べきれない分まで頼んだの？」

「凄くお腹空いてたから、一〇本くらい食べきれると思ったのです」

それ、わかる。腹空いてると調子に乗ってメニュー一杯頼んで食いきれないこと、あるよな。

俺は内心ミューに共感してたけど、ニケのミューに向ける目は厳しかった。

「な、なあ、それ食べないならオレが貰っても良いか？」

「も、勿論良いのです」

ミューが渡すと、ファルはあっと言う間に串三本分を平らげた。

「はー、やっぱ美味いな」

「ファル、あんまりミューを甘やかさないで」

「いやぁ。でも、串焼きが食べたかったんだよ」

不服そうにジト目するニケに、ファルが困ったように笑う。ミューはそっぽを向いて、いつの間にかニケとの間にファルを挟むような位置に立っていた。

「なあファル、足りないんだったら……パンでも買うか？」

提案すると、ファルはパァァと笑顔を咲かせた。

「良いのか？」

「ああ。ちゃんと腹いっぱいになるまで食ってくれ」

「ううっ。本当に、ダンナはオレの大恩人……いや、神様だよ！」

ファルは大粒の涙を流しながら、感動したように咽《むせ》び泣《な》いていた。

大袈裟だなぁ。腹いっぱいに食わせたくらいでこんなに喜ばれると、今までのファルの凄惨な生活が察せられて、胸が痛い。

「足りなかったら遠慮なく言ってくれよな？」

「本当に良いのか？　オレ、結構食うぞ？」

「ああ」

「ありがとう！」

結局ファルは、バゲット五つに加えてリンゴのような果物リゴンの実を一〇個ほど食べてようやく満腹になった。追加で銀貨二枚飛んだけど、満足してくれたようでなによりです。

「ジタロー様、本当にごめんなさい。ミューにはちゃんと言い聞かせるから」

リゴンをシャリシャリと齧《かじ》るミューを指して、ニケが申し訳なさそうな顔をする。

「別に良いよ。デザートは別腹だろうし」

「別腹？」

「肉食った後は果物食べたくなる気持ちは俺もわかるってことだよ」

「おっ、お前、話が分かるのです」

「ミュー。いくらジタロー様の懐が深いからってその厚意に甘え過ぎよ」

「ひゃ、ひゃめっ。尻尾は、アイツの前で尻尾は本当にダメなのです！」

ニケに尻尾を引っ張られたミューがお尻を突き出しながら、甲高い声を上げる。

ミューって小学生くらいの年齢だろうし、これくらいのわがまま可愛いものだ。むしろ今までの境遇を思うと、多少甘えてくれるくらいの方が俺としては嬉しい。

5

「じゃあ次は服を買いに行くか」

腹ごしらえを済ませた俺たちは、日が沈む前に服まで買ってしまうことにした。

「服も買ってくれるのか？」

「いつまでもそんな格好させるわけにもいかないだろ？　下着と装備だけで良かったんだったか？　本当に、普段着や寝間着は買わなくて良いのか？」

それ以外にも必要なものがあれば申し出るように言うと、ファルは目を丸くしていた。

「ダンナの懐の深さには度々驚かされるな」

「そうでしょう？　ジタロー様は、本当に伝説の聖者様みたいな人なのよ」

いや、服買うって言ってるだけだから。こいつら一々大袈裟過ぎる。

「自分の身を犠牲にして世界を救ったというあの聖者様か。確かにダンナに似てるかもな」

「買ってくれるって言うなら黙って受け取っておけば良いのです……」

「ミュー？」

「ひっ、下着と装備だけでも買い揃えてくれる主人はあまりいないと思うのです」

ニケに尻尾の根元を撫でまわされたミューが言葉を訂正する。装備が普段着で寝間着って不便だろうし、本当に別で買っても良いんだけどな。

「そもそも奴隷とか関係なく、普通の冒険者だって装備一張羅《いっちょうら》が基本なのよ？」

「そうだな。あんまり貰い過ぎると、流石《さすが》にオレたちも気が引けるしよ」

あんまり萎縮されても困っちゃうし、それがこの世界の常識でもあるというのならとりあえず下着と装備だけ買うことにする。必要性を感じたら、また後で買えばいい。

というわけで、早速買い物を始める。まず最初に向かったのは下着屋だ。

理由は下着屋の方が近かったのと、装備を試着するときに下着があった方が便利だろうということだったからだ。

しかし困ったことに下着屋さんは、エンドーの村の店みたいに亜人の入店不可の店だったから、俺が一人で店に入って買い揃える羽目になった。下着屋の店主曰《いわ》く、奴隷に着る服を自分で選ばせるようなことは常識であり得ないことだそうな。

女性三人を下着なしで歩かせるわけにはいかないので、羞恥心《しゅうちしん》に耐えながら頑張って選んだ。着替えと予備で、三着ずつ買った。

パンツのサイズは目測と勘で選び、色やデザインはなるべくシンプルで適当な感じのものを選んだ。あんまり派手なの買って、三人に変態だと思われるのは嫌だしね。

ブラは、ミューにはキャミソールタイプのを、ニケにはスポーツブラタイプ、ファルにはサラシというか大きなバンドみたいなデザインのを購入した。

正確な胸のサイズは聞けなかったから、サイズが多少合わなくても問題なさそうなものを優先して選んだ。なので、俺の趣味とかではない。

ファルは成人してそうだし、下心でエッチなやつを買って渡したい衝動もあったけど、理性で抑えた。ファルなら断らないだろうけど、それは俺に恩義を感じてくれてるからだ。そこに付け込んでセクハラするような真似《まね》は自重したい。

俺は、ニケ用、ミュー用、ファル用に分けてもらった三つの紙袋をそれぞれに渡す。

「サイズとかなるべく合いそうなやつ選んだけど、合わなかったらごめんな」

「ううん。ジタロー様が選んだ下着だもの。大事に着るわ」

「オレは着れれば何でも良いし、何ならなくても良いぞ！」

「いや下着はつけてくれ」

ファルは特に胸とか大きいから、慎みを持ってほしい。

「うわっ、なんかいっぱい入ってるのです。これ、何着買ったのです？」

「着替え用と予備用に三着？」

「買い過ぎなのです」

「これだけ買ったら結構高かったんじゃない？」

「まー、必要経費だな」

占めて金貨一枚。安くはないけど女の子に汚れた下着を着回しさせるわけにもいかないし、後悔はしていない。

「なあ、ダンナ。オレたちの装備も買ってくれるんだろ？　早く装備屋行こうぜ！」

待ちわびたとばかりにファルが俺の袖を引いて子供みたいな顔で言った。驚いたのが顔に出てたのか、ファルは照れたように頬を掻く。

「その、オレがダンナに恩返しできるとしたら、荒事くらいだからな」

「じゃあ、ちゃんとした装備を揃えないとな」

「恩に着る」

「これは俺の安全のためでもあるんだからな。ニケもミューも遠慮はするなよ」

「わかったわ。その分、必ずジタロー様の役に立ってみせるわ」

「ダンナの気持ちに応えるためにも、良い装備を見つけないとだな！」

「ちょ、ファル！」

意気込んで一人走り出したファルを、ニケが追いかけた。続いて俺も追いかけようとしたけど、ミューはゆっくりと歩いていた。

「装備屋はここから見えてるし、ミューはゆっくり歩いて向かうのです」

「……俺も走るのはあんまり好きじゃないし、歩いていくことにするよ」

二人を追いかけるのを止めて、ミューと一緒に歩いて装備屋に向かった。

「いらっしゃいませ。あの、貴方はアレの主人でございますか？」

装備屋に着くと、気弱そうな店員が出迎えた。

「そうですけど」

「その、うちは奴隷であれば亜人の入店を拒否することはしないのですが、あまり目は離さないでください。もし暴れたら、貴方の責任ですからね？」

「奴隷は『絶対服従紋』で縛られてるから、安全なんじゃないんですか？」

「そ、そうですけど、万が一ってこともありますし」

なるほど。それがこの町の人の一般的な認識ってことなのだろうな。

「すみません。気を付けます」

まあ『絶対服従紋』は俺が『治す』で解除してるんだけどな。

買い物を済ませる前に追い出されても面白くないので、店員に表面上だけ謝ってから、陳列されている剣に目を輝かせているファルの元へ行く。

「ファルは剣を使うのか？」

「いいや。オレは素手で戦うから、武器は使わねえ。でもカッコイイから見てた！」

めっちゃわかる。俺も宝物庫の武器にかなり目移りした口だしな。

「ニケはどこだ？」

「あっちだ」

ファルが指さしたのは、軽戦士用の防具が置かれているコーナーだった。革鎧や、鎖帷子《くさりかたびら》まで置かれている。ミューは魔法使い用のローブを見ていた。防具を見ていたニケが、俺に気づいてぴょこぴょこ近づいてくる。

「ジタロー様、何を買えばいいかしら？」

「あー、えっと……防具に関しては全然わかんないから、各々適当に選んでくれ。予算は気にしないで、ちゃんと良いやつを揃えてくれ」

軽く見てみた感じ、高くても金貨一枚。安いものだと銀貨四枚くらいのものもある。

「……オレたちにそんな金使って大丈夫なのか？」

「遠慮して安いの買って、いざというときに壊れる方が困る」

「わかった。じゃあ遠慮はしないぞ？」

特にニケとファルは安いのを買いそうだったから釘《くぎ》を刺しておく。何かと治安が悪そうなこの異世界。命に関わるものは、ケチりたくない。

ニケとファルは真剣な表情で、装備を手に取って物色を始めた。

俺も買おうかな。ワイシャツとスラックス、着慣れてるけどこの世界では結構目立つっぽいしな。装備を吟味してる二人を見て、羨《うらや》ましくなったってのもある。

問題はどんな装備を買うかだけど……やっぱりヒーラー系かな？　『治す』あるし。

ヒーラー装備を探してみる。あった。なんか、結婚式の神父とかが着ていそうな感じの服。でも神父のより派手めで、日本人の感覚だとコスプレっぽく見える。けど普通に売られてるってことはこの世界だと普通の格好ってことなのだろうか？

ヒーラー装備を手に取り、店員さんの所へ行く。

「すみません、これ、試着は可能ですか？」

「勿論です。……ところで、その装備。お客様は神職の方だったんですか？」

「え？　ええ、まぁ」

アストレア様の使徒は、神職……と言っても過言ではないよな？

「そうですか。てっきりお貴族様だと思ってましたが、神職でその格好となると教会で高い身分の方なんですかね？　もしやあの亜人奴隷は、ご自分で調達されたとか？」

店員は、下卑《げび》た笑みを浮かべて揉《も》み手《て》で近づいてくる。このワイシャツ、そんな貴族っぽく見えるのかな？

「因みに、彼女たちの試着も可能ですかね？」

「ああ……それはすみません。亜人が着てしまうと商品価値が下がってしまうので……。ご理解いただけると幸いです」

ナチュラルな亜人差別に絶句してしまった。

とはいえここで一々噛《か》みついて揉め事を起こすほど若くはないので、一旦飲み込む。

ニケたちも装備の選定が終わったようで、俺の所に集まってきた。

値札に書かれている金額はニケのが銀貨一二枚、ミューのが銀貨一五枚、ファルのが銀貨七枚。俺のが銀貨一三枚。計金貨四枚と銀貨七枚だな。

「じゃあ、試着はいいので全部購入します」

「本当ですか？　ありがとうございます。では、金貨四枚と銀貨五枚となります」

「あれ？　ちょっと安くありませんか？」

「ええ、私も敬虔《けいけん》なるマモーン様の信徒ですから」

店員さんはそう言ってお辞儀をする。俺はマモーンじゃなくて、アストレア様の使徒なんだが……。こちらに有利な勘違いだったので、正さないでおいた。

「神のご加護がありますよう」

適当に十字を切る仕草をしてから、金貨四枚と銀貨五枚を支払った。

「そう言えば、装備していきたいんだが更衣室は使って良いか？」

「勿論ですとも。……但《ただ》し、亜人奴隷も着替えさせたい場合は同じ部屋で、目を離さないようにお願いします。万が一にも、暴れられたら大変ですからね」

流石に、一緒の更衣室で着替えるってのはな……。

嫌だよね？　と、確認を兼ねて三人を見る。ミューはフルフルと首を振って嫌がっていたけど、ニケは頬を赤く染めて満更《まんざら》でもないような顔をしている。ファルに至っては、もう更衣室に入ってしまっていた。

「何してんだ？　早く着替えようぜ！」

「ジタロー様なら問題ないわね」

「えっ、ちょ、ちょっと姉様、待つのです」

嫌がるミューの手を引いてニケたちも更衣室に入っていった。マジか……。

更衣室に入ると、ファルは既に全裸になっていた。紙袋の下着をガサゴソと取り出しているようだ。痩せてるとはいえ、よく鍛えられている背中は筋肉の形が浮き出ていて、結構ゴツい。けど、お尻はぷりんとしてて大きい。エロい、けどそれ以上に女戦士って感じで格好いい身体だった。

「なんだ？」

ファルは俺に見られてても恥じらう様子はなく、、ブラを巻きながら首だけ振り返る。

「良い筋肉だなって思って」

「はは、ありがとな。でも、昔はもっとキレてたんだぜ」

長い間まともな食事にありつけてなかったっぽいし、痩せてはいるからな。そう言いながらもファルは、手際よく装備に着替えていく。

「見てくれ、かなり良くないか？」

ファイティングポーズを決めながら、ファルは見事なドヤ顔を見せてくれた。革の胸当てと革製のショートパンツのような腰装備という、ビキニアーマーとはいかないまでもそれに近しいくらい露出の多いビジュアルをしていた。今までもボロい服で露出は多い方だったけど、ちゃんとしたものを買ったからか、様になっている。

「凄く綺麗で格好いいぞ」

「お、おう。格好いいは兎《と》も角《かく》、綺麗ってのは初めて言われたな」

ファルは照れ臭いのを誤魔化すように、頭を掻いて大きく笑った。

「良い装備を買ってもらった分、頑張らないとな！」

「おう、頼りにしてるぞ」

「ジタロー様、私はどうかしら？」

いつの間にか着替え終えてしまったニケが、俺のスーツの袖をちょんちょんと引っ張ってくる。さっきまで〝アイツがいる前で着替えるなんて嫌なのです〟って言ってたミューの耳を引っ張って喧嘩してたのに……。いやまあ、女の子の着替えなんてあんまりジロジロ見るもんじゃないし、惜しいとか全然思ってないですけどね？

ニケの装備は、白い半袖のシャツに革製の半ズボンというとてもラフなものだけど、腰のソードホルダーが良いアクセントになっている。さながら近代式の軍人の軽装備みたいな感じだ。シャツも、軽装に見えてなんとかフロッグとかいう魔物の素材を使ったりしているから見かけ以上に頑丈らしい。

「美人訓練教官って感じで、格好いいぞ！」

「美人……あ、ありがとう。命に代えても、ジタロー様を守るわ」

「お、おう。でも死んだらダメだぞ」

少し心配になる反応をしたニケに言い聞かせるように頭を撫でると、目を細めて受け入れてくれた。

ミューがむっすーと不服そうな顔で睨んでくる。ミューの装備は、膝下丈の紫色のワンピースの上から丈の長い黒いコートを羽織るという何ともお洒落《しゃれ》なものだった。

「ミューの装備も、格好良くて可愛いぞ」

「お前の感想は別に聞いてないのです」

「またジタロー様にそんな口利《き》いて！　何度言えばわかるの⁉」

「い、痛い！　耳を引っ張らないでほしいのです！　姉様ごめんなさいなのです！」

「謝るなら私じゃなくてジタロー様に謝りなさい！」

なんか、このやり取りも見慣れて来たな。

「ダンナの装備も見せてくれよ！」

「そうだな……」

ファルの着替えをマジマジ見てたせいで、自分の着替えがまだ済んでなかった。

着替え始めるとファルだけじゃなくて、ニケとミューにもジロジロ見られる。俺の着替えなんて見ても何も面白くないと思うけど……。

巻頭衣のようになってたので、頭から被って着ていく。生地は結構ゴワゴワしていて、思ってたより重い。我慢できないほどではないけど、着心地《きごこち》は悪い。

「どうだ？」

着た服を見せると、ファルが口をへの字に曲げてあからさまに嫌そうな顔をした。

「心底反吐《へど》が出る不愉快な格好なのです」

ミューは唾を吐き捨てんばかりの勢いで言い放つ。ミあミあ酷い物言いだけど、ニケも今回ばかりはミューに注意しない。これ以下はないって程の大不評だった。

——ジタロー。私の声が聞こえていたら、その不愉快な格好をいますぐ止めろ。

脳内に、アストレア様の声まで響く。……えっ、アストレア様まで⁉

「こ、この格好、そんなにダメなのか？」

「ダメ、というか。それはマモーン教徒の神服だから。私たちは、その服を着た人間に多かれ少なかれ嫌な思いをさせられてきたのよ」

ニケの言葉に、ミューとファルが頷いた。そっか……。じゃあこの服着れないじゃん。だったら買う前に教えてくれよ。いや、店員さんが自分も敬虔なマモーン様の信徒ですからとか言ってた時に気づくべきだった。割引されて得したと思っていたのに、却《かえ》って損をしてしまった。

——ジタローよ。裁量の天秤《てんびん》を出しなさい。

しゃーなし、と神父服を脱ごうとしたらまたしても脳内に声が響いた。

サァッと、俺の頭から血の気が引いていく。俺は、アストレア様の使徒だというのに異教徒の祭服を着てしまった。きっと、不届きな行いをしたとして然《しか》るべき天罰を与えるつもりなのだろう。

「さ『裁量の天秤』」

抵抗すると更に罰が厳しくなるかもしれないので、震えながら天秤を出した。

「(し、知らなかったんです。この服が異教徒の服だって。日本にいた頃は無宗教だったからあんまり自覚がなくて。す、素直に罰を受け入れますので、ど、どうか恩赦《おんしゃ》を……)」

涙が零れないように目を瞑《つぶ》り、両手を握り合わせて許しを請うた。

ほわほわと、優しい温もりが身体を包み込む。

――その祭服を、我が使徒に相応《ふさわ》しいものに仕立て直すだけだ。そう怯《おび》えるな。

呆れたような声が脳内に響いた。

目を開けると、悪趣味なマモーン教仕様だった祭服は、アストレア様が着ていた法服を男性向けに仕立て直したような上品なデザインへと変貌《へんぼう》していた。

「い、今の気配……なんだ⁉」

「ふ、フシャー」

ファルは顔を青褪《あおざ》めさせ、ミューは震えながらニケの後ろに隠れ威嚇していた。

「今のは、アストレア様……俺が信奉している女神様の気配だ」

「アストレアなんて女神、聞いたことないけど、気配は尋常じゃなかったのです」

「い、今のが女神様の気配か……。姿もないのに、凄まじいな」

「ジタロー様は、本物の神様の遣いなのよ！」

「なんでニケが得意げなんだ……」

「なるほど……道理で」

「ファルも納得するな？」

降臨した御姿を見た時は俺も心臓止まりそうになったし気持ちはわかるけど……。

「アストレア様に新しくしてもらったこの格好ならどうかな？」

「凄く格好良くなったって思うぜ！」

「ジタロー様って感じの格好で、凄く良いと思うわ！」

「まあ、マモーン教の服じゃないなら文句はないのです」

ファルとニケの反応はとても好意的なものだった。ミューも不快ではないらしい。

実際アストレア様の法服を思わせるこの衣装は、綺麗で格好いいと思う。

強《し》いて不満を挙げるなら、出来が良すぎて着て歩けば目立ってしまいそうなことくらいだけど、直々に仕立てて下さったありがたみを考えれば文句の余地はない。

「他に必要なものとかないか？」

尋ねると、ミューが遠慮がちに小さく手を挙げた。

「魔導書が欲しいのです」

「魔導書？」

「魔法を使う上で媒体となる武器なのです。杖《つえ》とか指輪の人もいるけど、ミューは魔導書が好きなのです」

「良いぞ。好きなの選んできてくれ」

「魔導書はもっと大きな町に行かないとないのです。それに、凄く高価なものなのです」

「そうなのか」

「だから、またの機会でも良いのです。ただ、魔導書がない間は細々とした魔法くらいしか使えないと思ってほしいのです」

「そうか……」

どちらかと言えば、魔法に制限が掛かる旨の方が本題だったのだろうか？

道中に見せてくれたミューの魔法だけでも十分強力に見えたたし問題はないけど、更に上があるなら見てみたくもあるな。

あっ。いや、待てよ。魔導書？　一つ、心当たりを思い出した。

「ちょっと失礼」

ニケの腰にあるマジックポーチをガサゴソと漁《あさ》って、二冊の本を取り出す。一冊が辞書くらいに分厚い本。縦ロール姫の城の宝物庫から持ってきたやつだ。

「これ、魔導書だったりするか？」

「そ、それは『増魔の書』と『合魔の書』！　王家の武器庫とか禁書庫にあるような超一級の代物なのです！　どうしてお前がそれを持ってるのです？」

ポーチから本を取り出すと、ミューがあからさまに態度を変えた。確かにお城の宝物庫からパクって来たものではあるけど。そんなにヤバい代物だったの？　だったらあんまり大きな声を出さないでほしい。

「そ、それをミューに寄越してくれるなら、ミューはお前のことご主人様と呼ぶのです。た、偶《たま》にならら頭を撫でさせてやっても良いのです」

尻尾をピンと立てながら、ミューがかってないほどに媚《こ》びてくる。

これがどれほどの代物かイメージが湧《わ》かないから多少怖くはあるけど、護衛のミューが強くなるのは望むところだし、頭を撫でさせてくれるという条件も魅力的だ。

「頭撫でて良いって言葉、忘れるなよ」

二冊の本を手渡すと、ミューは奪うように取ってから大事そうに抱えた。嬉しそうにしているミューの頭に手を伸ばすと、少し嫌そうな顔をしながらも撫でさせてくれる。

「ご主人様、偶にい、なのです」

「わ、わかってるよ」

やり過ぎて嫌われたら元も子もないからな。でも、このふさふさでサラサラの撫で心地。我慢するには抗いがたい魅力が……。

際限なくなでなでしてるとペシッと手を払われてしまった。

「……分厚い本持って歩くのも大変だろ？　なんかいい感じの入れ物買ってやるよ」

「それは、助かるのです」

というわけで魔導書を収納できる腰巻、ブックホルダーも購入した。宝物庫で回収した金貨は二日で、三三枚にまで減ってしまった。うーん。金策を考えないとだな。

「ありがとうございました。またのご来店をお待ちしております」

ほくほく顔の店主に見送られながら外に出る。

空は茜色《あかねいろ》に染まっていた。金策も大事だけど、とりあえずは今日の宿だな。

6

装備屋の店主に、亜人奴隷とも泊まれるおすすめの宿を聞いてそこに泊まることにした。俺の部屋、ニケとミューの部屋、ファルの部屋で三部屋取った。

節約しなきゃいけない中で贅沢な取り方だとは思うけど、年頃の女の子と同室ってわけにもいかないし、二人部屋に三人詰め込むのも可哀想だしでこうなった。

時刻はまだ七時くらいだろうけど、外は暗い。今日は一日中歩き詰めで村から町まで移動したり、買い物したりで結構疲れた。ベッドに転がってうつらうつらしていると、ドンドンと扉がノックされる。起き上がって扉を開けると、ファルが立っていた。

大きいとは思っていたけど、目の前に立たれると俺よりも顔一個半分くらい背が高い。ファルは、水の入った大きめの桶《おけ》とタオルを抱えていた。

「どうしたんだ？」

「ダンナ、水浴びは済ませたか？」

「あ、いや、まだだけど……」

身体の汚れは『治す』で綺麗にできるから、この世界に来てから身体を拭くことすらしていない。日本人として風呂に入りたい気持ちはあるんだけどな。

「じゃあその、ダンナの背中、拭かせてくれないか？」

身体は硬い方だから背中は中々届かないだろうし、お願いしたくはあるけど……。少し戸惑いながらも部屋に招き入れ、灯《つ》りを点ける。

部屋の中央に桶を置いたと思ったら、いきなり服を脱ぎ始めた。

「ふぁ、ファル!?」

胸部に装着していた革鎧と、革の腰巻を外しさっき俺が買ってやった下着だけの姿になる。そして、その下着も躊躇なく脱ぎ始めた。

痩せ細ってはいるが、筋肉質で女性としての起伏ある綺麗な身体付き。艶《つや》があって血色のいい肌。長く伸ばされた赤い髪。筋肉質なのに大きくぷりんとしているお尻の尾骶骨《びていこつ》の辺りからは、真っ赤な鱗のワニのように太い尻尾が生えている。

わかってるのか？　男の部屋で躊躇なく裸になるって意味が。わからないはずがないよな？……この身体付きで成年してないってことはないだろう。とうとうしてもらえるのか？　エッチなお礼。

俺の方から恩を着せてそういうことを頼むような真似は絶対にしないと決めているけど、向こうの方からどうしてもと言うのなら据え膳を頂くのは吝《やぶさ》かではない。

期待に胸がドキドキする。ゴクリと生唾を飲んだ。全裸になったファルは、ヴィーナスの誕生みたいに片腕で胸をもう片方の手で陰部を隠し、正面から向かい合う位置を取る。

躊躇なく脱いだ時は羞恥心がないのかと思っていたけど、赤く染まった頬を見るにそういうわけでもないらしい。

「その、昔、世話になってた傭兵団《ようへいだん》の中にはお互いに裸になって身体を拭き合うことで親交を深める、みたいな文化があってな」

「裸の付き合いってやつだな」

「知ってるのか？」

「俺の故郷にも似たような文化があったんだ」

「そうか、なら……ジタローのダンナも服を脱いでくれないか？　オレ一人だけ裸というのは、馬鹿みたいで少し恥ずかしいんだ」

「ああ、すまん」

照れ臭いのを誤魔化すようにいそいそと法服を脱いで綺麗に折り畳み、ベッドに置く。肌着とパンツは少し迷ったけど、思い切って脱ぎ捨てた。

股間を手で隠す俺が、ちょっと前屈《まえかが》みになっているのは抗えぬ生理現象だ。

ファルは少し目を閉じてから息を吐き、身体を隠していた両腕を徐《おもむろ》に下ろしていく。手を離しても綺麗な形を保っている大きな乳房の先端についている乳首は鮮やかな桃色で、透き通

った肌によく映える。ファルは、一糸まとわぬ姿で俺の前に立っている。

「その、そこに座ってくれ」

「ああ」

言われた通りに、桶の前で胡坐《あぐら》をかく。

ファルは目の前でタオルをちゃぷちゃぷと水で濡らしてからギューッと強い力で水を絞っていた。一度水で濡らしたとは思えないほどにカラッとしている。

俺の後ろに座って、ほんのりひんやりとしたタオルで背中を拭いてくれる。

「その、力加減は大丈夫か？」

「ああ。まあ大丈夫だ」

力が結構強くて、柔らかいタオルなのに荒い垢《あか》すりで擦られているような気分だ。でも『治す』で落とせなかった老廃物がこそぎ落とされているような感じがして悪くはない。振り向けば、秘密の花園が広がっている。そう思うと気持ちが落ち着かない。

ゴシゴシとタオルが背中を擦る音だけが響く沈黙は、照れくさくて耐え難い。

「なあ。さっき傭兵団に世話になってたって言ってたけど、ファルも傭兵だったのか？」

「そうだな。竜人族には、一二になったら武者修行の旅に出る風習があってな」

「その一貫として傭兵をやっていたと」

「そうだな」

「傭兵団にいた頃は、こんな感じで裸の付き合いとかしていたのか？」

「いや。傭兵やってた頃は、オレは自分が女であることを隠してたし、自分より弱いやつらと馴《な》れ合《あ》うのも嫌で……実は、こういうことするのは初めてなんだ」

「そ、そうなんだ。じゃあその、俺とするのは嫌じゃないのか？」

「オレからしたいって言ったんだし、嫌なわけないだろ」

「なんというか、その。俺の前で裸になんの嫌じゃないのかなって。ファル、女の子だし」

「そういう意味か！　まあ正直、なんとも思わないっつったら嘘になるな」

アハハ！　と照れ隠しするように、ファルはバンバン背中を叩いてくる。ちょっと痛い。

普段から露出の多い格好してるし俺の前で躊躇なく服も脱いだ辺り人より羞恥心は希薄そうだけど、それでも全くないわけじゃないのだろう。

「じゃあ、どうして？」

「どうしてって、野暮なこと聞くなぁ！　まあ、その、なんだ。これはオレなりの誠意のつもりなんだ」

「誠意？」

「ああ。オレは里では友達がいなかったし、傭兵でもはみ出し者でずっと一匹竜だった。上下とか関係なく生きて来たから、ダンナに尽くすって言ったのに、どうすればいいかわかんねぇんだ」

「そんなの気にしなくても良いぞ。別に俺は、奴隷になってほしいなんて思ってないし」

「だろうな。ダンナはそういう奴だって、今日一日の付き合いでよくわかった。人間なんて亜人を見れば奴隷にしたがる奴ばっかりなのにな」

「俺はそういうことは」

「わかってる。ダンナがそういうことを求めてない奴だってことは。でもだからこそ、オレはその優しさを受け取れない。これはオレの気持ちの問題なんだ」

その言葉に、既視感を覚えた。

「オレはな、片目と片腕を失っていつ死んでもおかしくない身体で、ただ人間への恨みだけを原動力に野盗を続けて生き永らえて来た。そんなオレをダンナは治してくれただけでなく、真っ当に人生をやり直せるよう道を示してくれた」

いや、道を示すなんて大層なことした覚えはないけど。

「腹いっぱい飯を食わせてくれて、服を用意してくれた。宿だってある。ダンナについていけばオレはもう生きるために略奪をしなくても良くなったんだ。ダンナのお陰でオレは『隻眼隻腕』でも『野盗』でもなくなったんだ。もう恨みだけで生きてかなくて良いんだ」

背後にいるファルの顔は見えないけど、タオル越しの手は震えていた。

「要するに、オレはダンナが思ってる以上にダンナに恩を感じてるってことだ。ちょっと押し付けがましいかもしれねえけど、返させてくれ」

ファルが野盗をしていた時、どんな気持ちで、どんな風に生きてたのかほんの少し想像する。目も腕も片方なくて、指名手配されてたから町にも入れなかったのだろう。きっと山の中で野ざらしの中夜を過ごしたはずだ。毎日人から食料を奪えたとは限らないし、時には雑草を食べて飢えを凌《しの》いだかもしれない。

そんな境遇のファルの傷を治し、食料を与えたのだから、ファルが俺に物凄く感謝しているのは察しが付く。でもそれは砂漠で乾いている人に水を与えたみたいなものだ。

もし俺が、同じく砂漠の中にいて僅《わず》かな水を分けたのならそれは聖者の所業だろう。だけど、俺は砂漠にいないし乾いてもいない。

少し突飛な例えだけど、現代日本の街中に急に砂漠で行き倒れて乾いてる人が現れたら近くの自動販売機で水くらい買ってあげるだろ？　或《ある》いは砂漠でも水がたっぷり入ってるタンクを引いてたら、乾いてる人にコップ一杯分け与えるくらい躊躇わないはずだ。

ファルの感謝の理由は察せるけど、それを当然のように受け取ることは俺にはできない。俺がしたことなんて、日本人なら誰でもする程度の親切でしかない。

「『治す』は別にデメリットがあるスキルでもないし、金も拾ったやつだから本当に気にしないでくれ」

「ははっ。だとしてもオレのために使ってくれたのはダンナの優しさだ。ダンナにとって大したことじゃないとしても、感謝の大きさは変わらねえ」

「そんな……」

「恩は大きく高く売ろうって奴らばっかなのに、ダンナは変な奴だな！」

ファルはカラカラと楽しそうに笑う。なにを言っても、気持ちは変わらないらしい。

ニケもだけど、奴隷になるとか言ってるのになんでそこだけ強情なんだ……。

「前も拭くぞ」

「えっ、前も⁉」

そう言って正面に回り込んできたファルが、タオルを桶の水に浸してから絞る。

「ダンナの身体、全然汚れてないのな。水が全然汚れねえ」

「『治す』は身体の汚れも綺麗にできるみたいでな」

「そいつは便利だな。じゃあ、オレが拭いてもあんま意味なかったか?」

「タオルで擦られるのは気持ち良いし、意味ないってことはないよ」

「そうか」

少しひんやりとしている乾いたタオルを胸板に押し当ててくる。

綺麗な橙色の瞳と、すらっとした端整な鼻立ち。至近距離で見て思うけど、すごく美人だ。

正面に裸で立たれてるから、色々と見えてしまってる。

「な、なあ、ダンナ。これ……。その、オレの裸でこうなっちまったのか?」

「そりゃ、そうだろ……」

俺も男だし、性欲がないわけでもないからな。

「ファルも、男の部屋に入って来て裸になることの意味がわからないわけじゃないだろ?」

「い、いやぁ、その……。こんな筋肉しかないような男女に興奮するなんて、ダンナも物好きだな!」

「こんなでっかい乳房ぶら下げて男女は無理があるだろ!」

「あっ、だ、ダンナ、目が怖いぞ？」

手を伸ばし、ファルの大きな乳房を摑んで揉みしだいた。弾力があるのに柔らかくて、柔らかいのに全然型崩れしない理想的なロケットおっぱい。

喋り方が男っぽいとはいえ、こんな大きなセックスアピールぶら下げておいてどうして自分が女として見られないと思えるのか。

一度触れてしまうと、理性のタガが外れてしまう。

溢れ出た欲望の奔流のままにファルをベッドに押し倒す。ファルは抵抗することなく、身を俺に委ねようとしてくれている。その顔は、蕩《とろ》け切《き》ったメスのそれだった。

「ファル。俺は別に、立場を利用してこういうことを強制するつもりはない。嫌だったらいつでも押しのけてくれ」

「あっ……」

艶めかしい嬌声《きょうせい》が甘く響き渡る。もう片方の手を身体に這《は》わせて脚を開かせ――。

そう言えば、最近は仕事が忙しくって風俗にも行けてなかったな。随分とご無沙汰だ。そんなところで差し出された極上の肉体を持つ最上の美女。空腹の前に差し出された焼き肉を貪《むさぼ》るように、俺は内なるパトスを滾《たぎ》らせて――。いただきま……

「だ、ダメだ！」

ようやく満たせると触れかかった手は、すんでのところで押しのけられた。

想像以上に強い力で拒絶された俺は軽く吹っ飛び、尻もちをつく。少し痛かったので『治す』で治療した。

「……嫌、だったか？」

断ってくれ、と言ったのに、いざ断られると結構傷ついてしまう。

「嫌、ではない。ダンナには感謝してるし、オレで喜んでくれるなら身体くらいいくらでも捧《ささ》げたって良い」

「なら、どうして？」

「竜人族は、人間よりも遥《はる》かに力が強いんだ。ダンナに抱かれて昂《たかぶ》った時に、ちゃんと加減できず怪我でもさせちまったらオレは……」

確かに、アストレア様の加護を受けて身体能力が強化されているのに、こうも軽く吹っ飛ばされてしまったんだ。背中拭いてもらってる時から力は強かった。申し訳なさそうにしているファルを見るに、その言葉は嘘ではないのだろう。

チクショウ。成人してて、やっと手を出しても良いと思ったのに……今度は種族の差でできないのかよ！　といっても行為中にそのまま絞め殺されるとか絶対にごめんだし、それでもとチャレンジする度胸はないいんだけど。

「いや、ファルは気にしないでくれ。その、悪かったな」

「ダンナが謝ることじゃない！　オレのことを女として見てくれてるってのは悪い気しなかったし、それに応えられなかったのはオレの問題だから」

ファルはそそくさと下着をつけ、装備を着ていく。態々《わざわざ》隠すようにしている辺り、以前よりも恥じらいを覚えているように見えた。

「その、邪魔したな」

そう言ってファルは部屋を出て行く。部屋には水が入った桶と、さっきまでファルが握っていたタオルが残っていた。……ふむ。

間章

ファルがジタローの背中を拭いていた頃、ニケとミューもまた一日の汗を流そうと服を脱いでいた。

痩せ細っていた身体は、一日のまともな食事のお陰で少しだがマシになり血色も良くなっている。ニケの容姿は、美少女と言って差し支えないものであり、彼女の下着姿はやや細すぎとはいえ目にした異性の劣情《れつじょう》を煽《あお》るだろう。この部屋にいるのは妹のミューだけなので、ニケに厭《いや》らしい視線を向ける者はいないが。

ミューもニケに倣って服を脱いでいく。

黒いコートと紫のワンピースを脱ぎ、更にキャミソール型の下着も脱いだ。

それから、宿に備え付けられていた二枚のタオルを水魔法で濡らし、火魔法で良い感じの温度に温める。ミューは魔法で、即席の温タオルを作り出していた。

「これ、姉様の分なのです」

「ありがと」

ミューからタオルを受け取ったニケは身体を拭いていく。ミューも自分の身体を拭く。

「ミュー、背中ちゃんと拭けてないじゃない。ちょっと貸して」

ニケはミューのタオルを少し強引に奪い取って、ミューの身体を拭いていく。

「ミュー、ジタロー様は良い人だったでしょ？　私たち姉妹を助けてくれて、ご飯もくれて、装備まで買ってくれたわ」

「破格の待遇だとは思うのです」

「なら、その待遇に見合うような態度を取りなさい」

「うっ……」

「ジタロー様をお前呼ばわりしたり、生意気な口を利くのは控えなさい」

「で、でも、アイツは人間なのです……」

「アイツじゃなくてジタロー様」

「痛いっ。頰を抓《つね》らないでほしいのです」

「ジタロー様は人間だけど、私やミューが亜人でも関係なく接してくれたでしょ？」

「それは……。それは、アイツが世間知らずなだけなのです」

「だとしても、それが私たちにとってありがたいことなのは変わらないでしょ？」

「ううっ……」

「わかった？」

「…………」

「わかった？」

「あひゃひゃっ、く、くすぐったいのです、姉様」

返事をしないミューをニケがくすぐると、ミューは艶めかしいような可愛い声を上げた。

「じゃあわかった？」

「あひゃひゃっ、わかった。わかったのです！　明日からはちゃんとするのです！―」

「ならよろしい」

背中を拭かれ、最後に尻尾を拭かれたミューはちょっと艶めかしい声を漏らす。思いの外《ほか》大きい声が出てしまったミューの顔はほんのり赤かった。

「ミュー、可愛い声出すじゃない」

「うるさいのです。次は姉様の番なのです」

揶揄《からか》われたミューは、照れ隠しをするようにニケからタオルをひったくる。

「姉様、背中を向けるのです」

「い、いい。自分で拭くから！」

「姉様とこんな風にできるのは久々だから、背中くらい拭かせてほしいのです」

「うぅ……じゃあお願いするわ」

諦めてしゃがみ込み、ミューに背中を向ける。

ミューはニケの背中を拭き始めた。白い毛並みが生えた背中を、タオルで拭く。ブラの中に手を突っ込んで、そこまで念入りに拭いていく。

「ちょ、そこまでは、ひぅっ、く、くすぐったいじゃない。仕返しのつもり？」

「違うのです。でも、姉様の声は、すっごく可愛いのです」

そう言ってミューはニケの背中をタオルでなぞり、尻尾を掴んで拭き上げる。

「んにゃっ」

腰がビクッと跳ねてお尻が持ち上がる。赤い手形が付いたニケのお尻が、ミューの眼の前に突き出された。

「姉様、これ、どういうことなのです？」

「へ？」

「これ、お尻叩かれた痕なのです。誰にやられたのです？　もしかして、アイツが……？」

「ち、違うの！」

「姉様のお尻を叩くなんて、やっぱり人間は人間だったのです！」

目に怒りの炎を灯して部屋のドアに手を掛ける。大好きな姉の尻をあんな赤くなるまで叩いたジタローに、報復をするためだ。

「ち、違うの！」

怒りに狂うミューを、ニケは抱くようにして止めた。

「わ、私からお願いしたの！　ジタロー様に！」

「姉様が、自分からお尻を叩いてほしいとお願いするわけないのです。それじゃあまるで変態なのです」

「うぐっ……ち、違うの」

「何が違うのです?」

ミューに直接『変態』と謗《そし》られて軽く泣きそうになるニケは、説明に困ってしまう。

ジタローに罰を頼んだのはケジメのためだが、その理由の最たるものはミューを助けるために刃《やいば》を向けてしまったからというものである。

事情をそのままに伝えると、自分のせいで私がお尻を叩かれる羽目になったと考えるんじゃないか。ミューに気負わせるのを嫌ったニケは、言葉に詰まった。

「い、いや、その、本当に違うのよ」

涙目で手を握るニケの必死さに、ミューは何かを察したように肩を落とした。

ミューはニケのことが大好きだ。生まれた時から一三年間ずっと一緒にいるから、辛いのを我慢して本心を隠してたとしたらわかる。でもそうは見えなかった。

「一先《ひとま》ず見なかったことにするのです。でも、本当に嫌なことをされたら絶対に言うのです。ミューは姉様の味方なのです」

「ミュー。本当に、大丈夫なのよ」

お尻に残るジンジンとした痛みは、ニケの頬をぽかぽかと熱くする。

「ミューは、もう寝るのです」

恍惚《こうこつ》とした顔で愛おしそうにお尻の手形を撫でるニケを見て、顔を顰《しか》めたミューは布団にもぐり込んだ。大好きな姉をポッと出の人間に奪われたような気分がして、ミューにとっては面白くなかったのだ。

第三章 結成！　アストレア教団

1

町に入るのに金貨一枚、装備を買《か》い揃《そろ》えるのに金貨五枚弱。一日の食費だけでも、金貨一枚必要なことが判明した翌朝。

出費ばかりが嵩《かさ》んであっと言う間に資金が尽きてしまいそうだったので、良い感じの金策案はないかと、朝食を摂《と》りながら尋ねてみるとニケが答えてくれた。

「それなら、冒険者ギルドに登録してみるのはどうかしら？」

冒険者ギルド。よく読んでいた小説でも、転生主人公の金策と言えばコレのイメージがあった。この世界にもあるらしい。

「冒険者やるのか⁉　あ、いや……」

身を乗り出して大声を出したファルを見ると、顔を赤くして視線を逸《そ》らされる。昨日はあんなことがあったから、少し気まずい。

「早くこの魔導書の試し撃ちがしたいのです」

ミューがふんすと荒く鼻息を漏らす。とりあえず反対意見はなさそうなので、ニケの提案を受け入れることにした。

以前にもこの町に来たことがあるらしいニケに、ギルドまで案内してもらう。

冒険者ギルドは、町のはずれの治安が悪そうな荒れた通りにあって、場違いなほど立派な二階建ての建物だった。

「ここ、前に来たときは亜人村があったのに……」

少しショックを受けたようにニケが呟《つぶや》く。どうやらこの荒れたスラム、以前は亜人の居住区だったらしい。

「たのもー！」

乱暴に扉を開けたファルが先陣を切ってギルドの中へ入っていった。

「ギルドはね、舐《な》められないように大声で挨拶するのが大事なのよ」

突飛な行動に少し驚いてるとニケが説明してくれる。

ギルドの中は、血と酒と汗の臭《にお》いで充満していた。

武器を持ったガラの悪そうな男たちが豪快に酒を飲んだり、下品な笑い声を上げたりしている。方々から視線も感じた。目を合わせると絡まれそうなので、なるべく見ないようにして真っすぐと受付へ進んでいく。

受付は、美人とまではいかないけど赤茶髪の地味可愛《かわい》い感じのお姉さんだった。

こんな臭くて治安も悪そうなギルド、若い女性の就職先としては不向きに思えるけど給料が高かったりするのだろうか？

「あの……」

「はい。冒険者ギルドエルリン支部の受付です。他の町から来た冒険者の方でしょうか？」

「いえ、冒険者になりたいんですけど……」

「なるほど、ご登録ですね。この国では、亜人が個人として冒険者登録することは不可能ですが、そちらの方々は奴隷でしょうか？」

「はい」

「であれば主人である貴方《あなた》だけ冒険者に登録して、そちらの奴隷たちはパーティメンバーとして申請する形になります。よろしいですか？」

「それでお願いします」

地味な見た目に反して、テキパキした感じの人だ。

「登録には手数料として銀貨一枚をいただきますが……」

「はい」

目で合図をすると、ニケが銀貨を一枚渡してくれる。それをそのまま支払った。

「はい。銀貨一枚お預かりします。では、登録しますのでまずお名前を教えてください」

「ジタローです」

「ジタロー様ですね。では次にパーティ名をお願いします」

「パーティ名、ですか」

「はい」

どうしよう。特に考えてなかったから、パッと思いつかないな。

「なにか案あるか？」

「はい！　私は『聖者ジタロー様とその下僕たち』を提案するわ！」

元気よく挙手をして発表したニケは、無駄に自信満々な良い顔をしていた。

「絶対却下なのです！」

「オレは別にそれで良いと思うけどどな」

ミューは即座に反対するけど、ファルは賛同してきた。ニケが期待の籠《こも》った眼差《まなざ》しを向けてくる。俺が頷《うなず》けばこんなバカみたいなパーティ名が採用されてしまいそうだ。

「却下で」

「なんで⁉」

「当たり前だろ」

採用されないとは思ってなかったみたいに愕然《がくぜん》とするニケの方が、なんでって感じだ。

「他に案はないか？　ミューとか」

博識なミューなら、良いアイディアを考えてくれるかもしれない。

「……銀の天秤《てんびん》とかどうなのです？　ご主人様が昨日出した天秤、とても印象的だったし、これなら無難でパーティ名っぽくもあるのです」

「むむむ。悔しいけど、良いセンスね……」

「銀の天秤、アレの気配は凄《すご》かったからな」

ミューの提案に、ニケとファルは唸《うな》っていた。

確かに『銀の天秤』は、異世界ものでモブ冒険者のパーティ名として出てきそうな感じだし悪くない。無難っぽいしそれで良いか、と思ったところでふとひらめいた。

「パーティ名、『アストレア教団』とか、どうだ？」

「ジタロー様の意見だから反対はしないけど、理由を聞いてもいいかしら？」

「いや、その……俺たちが活躍すればパーティ名が売れるかもしれないだろ？　だったらアストレア様の名前を入れた方が、信者を増やせて一石二鳥だと思ったんだが……」

「少し物騒なパーティ名だとは思うが、まあ反対はしないぜ」

「物騒？」

「ミューはそれで良いと思うのです」

ファルとミューが何故《なぜ》か好戦的に笑みを浮かべている。少し引っかかるけど、アストレア様の名を広めて信者を増やすのは大事な使命でもあるから、これで通したい。

「悪いな、ミュー。折角良い名前考えてくれたのに」

「ご主人様の神様を尊重するつもりなのです」

なんか、今日のミューは大人しいな。魔導書のプレゼント効果だろうか？

「パーティ名はアストレア教団で登録お願いします」

受付嬢は凄く微妙そうな顔をしていた。

「本当に『アストレア教団』でよろしいでしょうか?」

「あ、やっぱり『神聖アストレア教団』にしてください」

「は、はい……」

受付嬢は少し引いたような顔で、パーティ名を書類に書き込んでいく。

「ジタロー様。どんなに困難な目に遭っても、この剣に誓って私が守るから」

「ダンナは好きなようにやってくれ。そのためにオレたちがいるんだ」

ニケはショートソードを握りしめ、ファルは笑顔で親指を立てて来た。

え、神聖アストレア教団ってパーティ名あんま良くなかった？　受付さんのドン引きしたような表情も相まって凄く不安だ。後悔はしてないけど。

「では最後に、血判をお願いします」

ナイフを渡してくれた受付嬢は、書類の一部を指さした。

痛そうだし抵抗はあるけど、女の子三人の前でこんなのでビビってる格好悪い姿を見せられないため一思いに指を切って、血判を押した。

「(痛《い》ってぇ……)『治す』」

「これで、登録は完了です。適正ランク試験はお受けになりますか?」

「適正ランク試験?」

「はい。本来ならFランクからですが、適正ランク試験を受けるとその成績次第で上のランクからスタートすることができます」

「つまり、最高のSランク相当だと認められればいきなりSで始められるみたいな？」

「いえ、Cランク以上は依頼達成実績が必要なので最大でDランクまでです」

「そうですか……」

ランクは、上からSABCDEFと七段階に分かれているらしい。

受けれる依頼は自分のランクプラマイ一つ程度のものまで。依頼達成の報酬はランクが高くなるほど大きくなるシステムらしい。ここら辺のルールは、好きだった小説と同じような感じだったのですんなり理解することができた。

受けるかどうかか……。

貯金はまだまだあるから焦ってランクを上げなくても良いだろうけど、Fから地道に薬草採集とかしていくのも面倒くさいし、受けるだけ受けてみても損《そん》はないだろう。

「わかりました。では受けさせてください」

「試験料は銀貨五枚掛かりますが、よろしいでしょうか？」

「はい」

「ケヒヒヒ。話は聞かせてもらったぜぇ～」

銀貨を五枚支払うと、下品な声が背後で響いた。振り向くと、耳と鼻と出された舌にピアスをつけているガラの悪そうな大男が抜き身のナイフをひらひらチラつかせてくる。

「その試験官、俺様にやらせてくれよぉ～。ケヒヒヒ」

「セッカマさん。確かに貴方はCランクなので、試験官の資格はありますけど」

「良いじゃねえか。コイツ、パーティ名で『教団』を名乗るような世間知らずだぜ？　俺様が教育してやった方が、ギルドとしても助かるんじゃねえかぁ？　ケヒヒヒ」

「まあ、そうですね。じゃあセッカマさん、試験官をお願いします」

「それで良いんだ。ケヒヒヒ」

「というわけで、彼が今回の試験官となりました。セッカマさんと模擬戦をしてもらって、どれだけ戦えたかを我々が判断し貴方の適正ランクを測らせていただきます」

如何《いか》にも三下な冒険者が、試験官か。この世界に来て、ここまでテンプレっぽい展開も初めてなので、正直ちょっとワクワクしてる。

「おいおい、アイツ。適正ランク試験受けるらしいぜ」

「銀貨五枚もするアレを！　金持ちか？」

「でも試験官、あのセッカマだぜ」

「ギャハハハ！　そりゃ運がねえな！　セッカマは素行最悪だから冒険者ランクはCだけどその実力はB……いや、Aにすら匹敵《ひってき》するこの街最強の冒険者なのに！」

広場に出ると、見物に来た冒険者たちが俺たちを嘲笑《ちょうしょう》する。

どう見ても三下のチンピラにしか見えないけど、セッカマとかいう冒険者の実力は相当なものらしい。アストレア様のご加護がある俺に、不安はなかった。

「模造剣などはないので、真剣でやり合ってもらいますが、あくまでこれは試験。殺しはご法度とします」

　俺とセッカマは三メートルほど離れて向き合っていた。見物人の冒険者たちが結構いて、ニヤニヤと笑っている。中には、下卑《げび》た視線をニケたちに向けている人もいた。

「これは取引の提案なんだがよぉ。お前さんの奴隷、見た目は良いからよぉ、俺様……いや、俺様たちに丸一日貸し出してくれるなら、手加減してやってもいいぜ！　ケヒヒヒ！」

　ギャラリーからギャハハハと下品な爆笑が起こる。

「そりゃ最高だぜ！　セッカマ！」

「今度酒驕《おご》るぜ！」

「どうせセッカマはちっこいの目当てなんだろ？　残り二人は俺たちのだぜ！」

　ピアスの空いた舌を垂らしたセッカマは、下卑た視線をミューに向けていた。

「断る、って言ったら？」

「そん時は、お前が俺様たちに奴隷を貸したくなるまで痛めつけるだけだぜぇ！　ケヒヒヒ！」

「『断罪の剣』」

　下品な笑い声を上げているセッカマが、隙だらけに見えたので銅色の剣を出現させてそのまま振り下ろした。

「ケヒヒヒ！　そんな甘い太刀筋《たちすじ》当たるかよぉ！」

　輝きのない銅の『断罪の剣』は、攻撃を受けるために出されたナイフの刃をバターのように切り裂いて、そのままセッカマの右腕を切り落とした。

「う、腕がぁぁああ！　あぎゃぁぁぁぁあああああ！」

潰《つぶ》れた鼠《ねずみ》のような悲鳴を上げる。斬られたセッカマの腕が地面に転がっていた。

剣道の経験すらない素人《しろうと》の俺でも、鉄のナイフの防御を腕まで貫通してしまう恐ろしいまでの切れ味。流石《さすが》、アストレア様の権能《けんのう》と言ったところか。

「止め！　止め！　戦闘は終了です！　貴方はD級の資格があると認めます！」

斬られた手首からドバドバ流れる血を必死に止めているセッカマを庇《かば》うように受付が割って入ってきた。俺としても、試験の最高装備であるD級に認定してもらえるならこれ以上戦う理由はない。ゲスなこいつらのように、相手を甚振《いたぶ》って喜ぶような趣味はないのだ。

「ぐぬぉぉおお！　こんなので、終われるかよぉ！　お前はここで死ねぇ！」

断罪の剣を収めようとしたとき、セッカマは怒り狂いながら斬られていない方の左手でナイフを拾い、自分を庇う受付の後ろから不意打ちで投げてきた。狙いは正確で、俺の心臓の位置に命中していた。本来ならこのまま貫かれて致命傷だったのだろう。しかし、法服の守りに阻まれ、何の痛痒《つうよう》もなくナイフは落ちた。カランカランと虚《むな》しい音が響く。

実力だけならBランクにも勝るらしいけど、神が仕立てた法服を貫くほどではなかったのだろう。軽くて着心地《きごこち》がいいのに、素晴らしい防御力だった。

「………………は？」

「不意打ちとは卑怯《ひきょう》だな。これは天罰だ」

愕然とするセッカマに剣を振り下ろし、もう一本の腕も切り落とす。

「あぎゃぁぁぁっ！　腕がぁ、俺様の腕がぁっ‼」

「もう止めてください！　殺しはご法度です。これ以上は問答無用で失格にしますよ！」

「今のは、不意打ちしてきたこいつが悪いだろ？」

「そうかもしれませんが……」

先ほどまでギャハギャハ下品に盛り上がっていた冒険者たちは静まり返り、空気は凍てついていた。セッカマがまともな人間なら斬った腕を『治す』で元通りにしても良かったんだけど、ニケたちによからぬことをしようとした上に、不意打ちまでしてきたんだ。逆恨みで復讐《ふくしゅう》されるかもしれないし、治してやる義理はない。

「ギルドマスターの元まで案内するのでついてきてください。奴隷たちも一緒に」

「流石ね、ジタロー様。圧倒的ね！」

「剣が強かったんだよ」

強いのは剣であって俺じゃない。あんな素人丸出しの太刀筋でもこの町最強の冒険者らしいセッカマに勝ててしまうんだからな。あれ？　でも、今回はダマカスの時みたいに特別動きが良いとかはなかったな？　色も銀じゃなくて銅だった。

「ここから先は、奴隷の立ち入りはお控えください」

「わかったわ。じゃあ私たちは外で待ってるわね」

案内された『ギルドマスター室』と書かれた部屋に入ると、スキンヘッドでムキムキな上裸を晒《さら》してるおっさんが眼鏡《めがね》を掛けて書類仕事をしていた。

「オズカムさん。お話が――」

「なんだ？　亜人大粛清《だいしゅくせい》なるクソッタレのせいでいくらやっても書類仕事が片付かないから、書きながら聞かせてもらうぞ」

　オズカムと呼ばれたギルマスは爆速でペンを走らせながら、こちらを一切見ずに応対する。スキンヘッドには血管が浮かび上がっていた。本当に忙しそうだ。

「――ええ、では。まず彼は新人冒険者なのですが、適正ランク試験で少なくともDランク以上が適正がであると認めました」

「なるほど。期待の新人か。即戦力なら大歓迎だ」

「試験官は、セッカマでした」

　ピタリと、オズカムの手が止まった。

「なんだ？　また八百長《やおちょう》でもしやがったのか？　弱い奴にランクだけ下駄《げた》を履かせても犬死《いぬじに》させて始末書が増えるだけだぞ」

「いえ、彼はセッカマを打倒しました。セッカマは今、両腕欠損の重傷です」

「何だと？」

　顔を上げたオズカムは、俺を見る。受付嬢から書類を受け取って、目を落とす。

「セッカマは、素行は最悪だが実力だけなら間違いなくBランク並みだ。少なくとも腕を斬り落とされるようなヘマはしない。パーティーメンバーに竜人族《ドラゴニユート》がいるな。亜人奴隷に戦わせたのか？」

「いえ、彼一人で戦っていました」

「マジか。服装を見るにマモーン様の信徒って感じではなさそうだが、僧侶系だろ？　剣を持っている様子もない」

「剣はスキルのようなもので出していました」

「スキル？」

「ええ。私は、見たことそのままを報告しているつもりです」

「ああ、それはわかっている。お前が報告で嘘《うそ》を吐《つ》くような女じゃないこともな。信じがたいが、事実なのだろう」

首を捻《ひね》ったオズカムは、何かを飲み込むようにウンと頷いた。

「まあ、良い。今は人手がいくらあっても足りてねえんだ。有用な戦力なら歓迎するぜ」

「あ、はい。よろしくお願いします」

「しかし、セッカマを倒したってんならDでも適正ランクたぁ言えねえよなぁ。ギルマス権限でCに上げてやろうか？」

「ギルマス！　依頼を受けたことがない人をCランク以上に上げるのは越権行為です！」

「そんなこと、わかってるよ。お前、名前何て言うんだ？」

「ジタローです」

「ジタロー、早速依頼を受ける気はないか？　Cランクの依頼だ。……本当はセッカマの奴に頼むつもりの案件だったんだがな」

オズカムは、俺のせいで行き場をなくした仕事だからお前がやれと言わんばかりの雰囲気で、書類の山から一枚の紙切れを取り出して渡してくる。依頼書か。

依　頼：盗賊団を壊滅させせよ
難易度：Cランク
内　容：商業道路で馬車を襲っている盗賊団のアジトが、先日の調査でエルリン廃鉱山にある可能性が極めて高いことが判明した。推定構成人数は一五人未満。受託者はエルリン廃鉱山に乗り込み、盗賊団を捕獲もしくは討伐して、その首を憲兵隊に差し出すように。
報　酬：金貨五枚＋アジトにあった財産の二割。

地図も描かれており、エルリン廃鉱山と書かれた場所には赤い丸が付けられていた。

「この町は大きいわけでもねえから、強い冒険者も少ねえんだ。責任を取れとまでは言わねえが、その依頼を受けてくれると助かる。達成してくれたらジタローを俺の権限でCランクに上げてやるし悪い話ではねえと思うんだが……」

見た感じ距離は遠くなさそうだ。

報酬は金貨五枚。装備に使ったお金の総額と丁度同じくらい。

大金を拾う楽さを覚えてしまってるせいでややしょっぱく思えるが、依頼難易度はC。D以下はもっと報酬が低いのだろう。

どの道食費のために毎日金貨一枚以上使う俺たちは収入源を確保する必要があるし、効率良く稼ぎたいならランクを上げることは不可欠になるだろう。そう思えばすぐにCランクに上げてくれるって条件も悪くない気がしてくる。

「わかりました。この依頼、承ります」

「助かるぜ」

それだけ言って、オズカムさんはまた書類仕事を再開した。

「というわけで、盗賊退治の依頼を受けることになったが……問題ないか?」

ギルマスの部屋を後にして、外で待機していた三人に依頼書を見せる。

「私は、ジタロー様の意志に従うわ」

「それはオレも同じだが、戦闘系みたいで嬉《うれ》しいぜ！」

「試し撃ちしたいのです！」

三人ともやる気は十分の様子だった。頼もしいな。

2

「オラァ、これは女を寝取られた恨みだ！」

「ギャハハハッ！　今まではデカい顔させてきたが、これからは俺たちの時代だァ！」

「両腕を失ったセッカマなんてちっとも怖くねぇ！」

「クソォ。クソォォッ」

ギルドを出ると、セッカマが袋叩《ふくろだた》きにされていた。身に着けていたナイフや装備を奪われ、失った両腕を地面に叩きつけて悔しそうに涙を流している。いやらしいことをしようとしたクズだし、勝敗がついた後に不意打ちしてくるような卑怯者だ。助けてやる義理なんてない。だけど、さっきまで味方だった冒険者たちにここまでズタボロに痛めつけられている姿はあまりにも哀れで見てられなかった。

セッカマの元まで歩いていく。冒険者たちはスッと避けて道を空けた。

「お前……俺様を、嗤《わら》いに来たってのか？」

恨みと悲哀の籠った目で睨《にら》みつけてくるセッカマに無言で手を向ける。

「『治す』」

「う、腕が、治っていく」

両腕がひっついてみるみる再生していく様子に、セッカマは驚愕《きょうがく》の表情を浮かべる。

「欠損を治すレベルの回復魔法。枢機卿《すうききょう》レベルの実力。教団なんてイカれたパーティ名。あ、アンタまさか……。いや、それより、どうして俺様を助けてくれたんだ？」

「女神アストレア様の慈悲だ」

「アストレア？　……あ、アンタは、名前は何て言うんだ？」

「ジタローだ」

「ジタロー。アンタ聖者様だ。伝説の聖者様の再来だ……」

嚙《か》みしめるように呟いて、変なことを口走りながら涙を流し五体投地をしていた。

踵《きびす》を返して、ニケたちの元へ戻る。

「どうしてアレを治してあげたのです?」

「そんなの、ジタロー様が根っからの聖人様だからに決まってるじゃない!」

ミューの疑問に、ニケが勝手に答える。いや、そんな大層なもんじゃないから。単純に、俺が腕斬ったせいでリンチされてたセッカマを見殺しにするのが後味が悪いってだけで。

「お、おい、これ、ヤバくねえか?」

「せ、セッカマ? いやセッカマの兄貴、さ、さっきのはちょっとした冗談でさぁ」

「お前ら、よくも散々俺様を痛めつけてくれたなァ!」

恐る恐る、セッカマにナイフを返却した冒険者がブン殴られてド派手に吹き飛ぶ。それから次々冒険者たちを血祭りにあげ始めた。これが冒険者流の仲直りなのかもな。うん。

「早く行こうぜ、盗賊退治!」

ファルがうずうずとした様子で町の出口の方を指さした。

「ファルもやる気だな」

「オレが頼りになるってところ、ダンナに見せてやる!」

「期待してるぞ。ところでニケ、盗賊のアジトの場所、わかるか?」

渡した依頼書の地図を眺めているニケに尋ねる。

「エルリン廃鉱山みたいね。そこならわかるわ。本当にすぐ近くよ」

出口とは逆方向を指さして言った。ニケがわかってるぽいし、迷うこともないだろう。じゃあ行くか、盗賊退治――！

3

ニケの案内に従って歩くこと約三〇分。エルリン廃鉱山に到着した。

「盗賊のアジトってもっと辺鄙《へんぴ》なところにあると思ってたけど、意外と近いんだな」

「盗賊も生きた人間なのです。あんまり人里から離れると生活できないのです」

盗賊が生きた人間だと言われてドキリとする。ダマカスの時は神託《しんたく》があったから躊《ちゅう》躇《ちょ》はなかったけど、改めて言われると、少し怖気《おじけ》づいてしまう。

「よし、盗賊いっぱいぶっ殺すぞー！」

「試し撃ちするのです！」

堂々と鉱山の入り口に入っていくファルに、ミューが続く。

「ちょ、ちょっと待てよ」

二人に置いていかれそうだったので、慌ててそれを追いかける。ニケが後ろに続いた。

「なぁ、そんな堂々と入って大丈夫なのか？」

「どういう意味だ？」

振り返ったファルが心底不思議そうな顔をする。

「盗賊団のアジトがあるんだろ？　奇襲とか怖くないか？」

「それなら大丈夫なのです。既に探知魔法を展開してるのです」

「オレも熱源感知ができるから、安心してくれて良いぜ！」

ミューがドヤ顔で、ファルが親指を立てて答えてくれる。まあ、大丈夫そうだ。

「あ、それとダンナ。今回は手は出さないでくれ。オレたちに任せてほしい」

「そうね。私たちだけでジタロー様を守れるって証明したいわ」

「そうか。なら、任せるよ。でも、少しでも怪我《けが》したらすぐ『治す』からな」

「ありがとう。でも、ジタロー様の手を煩わせるつもりはないわ」

「だな」

ニケとファルが顔を見合わせた。やる気十分の様子だ。正直、盗賊と戦うのは怖いし、任せて良いなら心強い。

「ご主人様に、試し撃ちの的は渡さないのです」

ふんす！　と、ミューが鼻を鳴らした。

「‼　敵発見、一〇メートル先右の角なのです」

「了解！」

「ファル、生け捕りにしてほしいのです！」

「わかった！」

魔法で感知したのか、ミューが敵の在処《ありか》を言うとファルがすごい勢いで走っていった。そして一〇秒も経たずに戻ってくる。ドラゴンの鉤爪《かぎづめ》みたいに変形した大きな手には、白目を剝《む》き頭から血を流している半裸の狼《おおかみおとこ》男が握られていた。

「狼、獣人……」

この人も、ファルみたいに『亜人大粛清』によって生活を追われて、やむにやまれず盗賊に身を落としたのかもしれない。その境遇を想像して、胸が痛くなる。

「ガフッ。ゲホッ、ゲホッ」

気絶していた狼獣人の男が息を吹き返した。

「なんだ、お前ら。俺らと同じ亜人……いや、人間が混じってるな。死ねっ！」

血だらけのままに暴れ出しそうになった男にミューが魔法をかけると。大人しくなる。

「操り人形《マリオネット》」

「アジトまで案内するのです」

ミューが指示を出すと、狼男は黙って頷いてから奇妙な動きで歩き始めた。

「あんっ、あんっ。きゃぁぁ、嫌っ、あぁっ……」

歩いていると、女の叫ぶような悲鳴交じりの嬌声《きょうせい》が聞こえて来た。

「多分、この奥なのです。透過視《クリアアイ》」

ミューが魔法を使うと、分厚い土の壁が透明になり中の様子が見える。

中では狼や虎など肉食獣系の獣人を中心とした亜人集団に、人間の女性たちが寄《よ》って集《たか》って凌辱《りょうじょく》されていた。凄惨《せいさん》な光景にはエロいよりも忌避感《きひかん》が勝って吐き気がする。

「生活を追われて野盗に身を落とした亜人が、必ずしも善人とは限らないのよ」

俺の内心を見透かしたようにニケがそう説明する。思わずファルの方を見てしまった。

「オレが世話になってた傭兵団《ようへいだん》もな、生活を追われて野盗に身を落とした。あいつらは、自分たちが酷《ひど》い目に遭った復讐だと言って自分たちは人間相手ならなんでもして良いと思ってた。オレはそういうのが我慢《がまん》ならなくて、一人で抜けたんだ」

「そうだったのか？」

「亜人だけじゃ食料も買えないから生きるために強奪はしたが、不要な殺しはしてこなかったつもりだ」

「つまり、ファルみたいに良い野盗ばかりじゃないってことなんだな？」

「まあ、概《おおむ》ねそういうことね」

「いや、野盗に良いとかはねえと思うけど……」

「まあでも、あいつらがファルとは違うってことはわかったよ」

最初に見た時はファルの境遇が重なって胸も痛んだけど、泣き叫ぶ女の子を寄って集って凌辱してる様子を見てると、同情心みたいのが消《き》え失《う》せていく。

「お前らはあいつらを殺すことに抵抗はないか？　キツかったら、俺がやるが……」

「大丈夫だ。いや、むしろオレと似たような境遇にあるからこそ、こんな酷いことをやるこいつらが許せねえ」

「そうね。亜人大粛清で酷い思いをしたのは私とて同じだけど、だからと言って悪事が正当化される道理はないわ」

「ミューも、クズには容赦しないのです」

三人ともやる気の様子だった。自分に境遇を重ねて躊躇するんじゃないかと過《よぎ》ったけど、要らぬ心配だったようだ。先行するファルとミューが、部屋に入っていく。

「まずはオレが一撃噛ますぜ！　食らえ！　必殺『ファルニーフストライク』！」

ゴォォ、と鉱山内が少し揺れる。ファルは鬼神のように大暴れしていた。赤い竜の爪が、狼男を三枚卸《おろ》しに引き裂く。

「うわぁぁあ！　敵襲だ！」

「な、なんだ⁉　騎士団か⁉」

「げっ、竜人族だ‼」

ファルの突入で盗賊たちから悲鳴が上がる。更にそのまま、弓を構えたエルフ耳の男の首を引きちぎった。飛んできた矢も赤い鱗《うろこ》に傷一つつけられない。ファル、圧倒的に強いな。それでいて容赦がない。攻撃された盗賊は、確実に死んでいる。

「いきなり暴れ過ぎなのです。ミューの分を残してほしいのです」

「早い者勝ちに決まってるだろ！」

そう言って、猪男の首を爪で抉《えぐ》って殺した。

「む……『増魔の書』『合魔の書』……精製土人形《クリエイトクレイゴーレム》、付与術式：勝利の神《ニケ》」

二つの魔導書を開いたミューが魔法を発動させる。アジト内の土が抉れ、それがどんどん人の形へと変貌《へんぼう》していく。頭には猫耳を生やし、お尻からは尻尾《しっぽ》を生やす。よく見ると、その顔はニケそっくりだった。手には、格好いいロングソードが持たれている。そして、精巧に作られたニケゴーレムは服を着ていなかった。流石に乳首や股間はツルツルで全年齢クオリティではあったけど、ボディラインだけで結構エロい。奴隷になってガリガリに痩せる前は、こんな感じだったのだろうか？

「み、見ないで！　ジタロー様、見ないで！」

ニケが顔を真っ赤にしながら、あわあわと手を振ってゴーレムを見えないようにする。

「ちょっと、ミュー。その人形止めなさいっていつも言ってるでしょ！」

「魔法はイメージがとても大事なのです。姉様の姿のゴーレムならどんな敵にも負けないのです！」

ニケゴーレムが、剣で盗賊たちを薙《な》ぎ払《はら》う。

構えていた狼男を武器ごと切断し上半身と下半身を泣き別れにする。そして何とか一太刀《ひとたち》目の攻撃を逃れた他二人の狼獣人も追撃の太刀で容赦なく仕留めた。何て強さだ。美少女型ゴーレムが強いっていうのは、ロマンを感じる。頼めば俺の分も一つ作ってくれたりしないだろうか？　怒っていたはずのニケは、複雑そうな表情をしていた。

「くっそぉお！　あの亜人たちは奴隷だ！　主人を殺せば勝機はあるぜ！　死ねえええ！」

虎獣人が、錆《さ》びた斧《おの》を振り回しながら俺目掛けて一心不乱に襲い掛かってくる。

「私に任せて」

庇うように俺の前に出たニケは、ショートソードを抜いた。

「ぴぎゃぁっ！」

次の瞬間には、虎顔の首が宙を舞っていた。倒れ込んでくる虎獣人の身体を蹴っ飛ばし、落ちてくる首を綺麗《きれい》にキャッチする。洗練された早業《はやわざ》は、目で追うのがやっとだった。

「全く、ファルもミューも先行しちゃって。私たちの本分はジタロー様の護衛なのよ」

これだけの大立ち回りをしてなお、澄ました顔で刃《やいば》についた血を布で拭っていた。

「ありがとうな、ニケ。頼りになるよ」

「えへへ。ジタロー様のことは私が守るわ！」

褒めると、得意げに胸を叩いた。可愛いな。

「ジタロー様、首、あげるわ」

「そ、それはいいかな……」

遠慮すると、ニケはシュンと猫耳を折りたたんだ。

「しゃぁっ、いっぱい倒したぜぇ！　オレは六人！」

「……む。ミューは五人だったのです。一応操ったの含めれば六人なのです」

「なら引き分けだな！」

「負けた気分なのです」

テンション高めに親指を立てるファルと、悔しそうに腰を曲げるミュー。

「ファルもミューも、ありがとな。助かったぜ」

「腕っぷしだけが取り柄だからな。こういったことはドンドン任せてくれ！」

「ふん。これくらい当然なのです」

ファルはVサインをして、ミューは満更《まんざら》でもなさそうに笑った。

「そう言えば、ここにため込んでた宝の二割は俺たちの取り分にして良いらしいぞ」

「そうなのか？　じゃあ宝探しだ！」

ドラゴンなだけあって宝は好きなのか、目を輝かせて走り出した。

「やらかしたのです。宝の在処に案内させるように、一人生かしておくべきだったのです」

「まあ良いじゃない。敵は片づけたんだし、ゆっくり探せば」

頭を抱えるミューをニケが励ます。

「おーい、こっちにすげぇもんあるぜ！」

暫《しばら》くすると、奥からファルの元気な声が響いた。

ミューがとてててと先に走っていく。

宝置き場にあったのは酒や食料、服などの生活必需品が主だった。他には質の悪い剣や、ボロボロの鎧《よろい》、殆《ほとん》どが銅貨で偶《たま》に銀貨が混じっている感じの硬貨の山ってとこか。縦ロール姫の地下宝物庫《ほうもつこ》のイメージだったから少し肩透かし感がある。

ミューとファルは、屈《かが》みこんでなにかを見ていた。

「ご主人様！　この子使い魔にしたいのです！」

蝙蝠《こうもり》の羽のようなものが生えた小型犬サイズの熊がこちらを見ていた。

「クマー！」

ファンシーな鳴き声を上げながら、陽気に手を振っている。

「その生き物？　は何？」

「デビルベアーなのです。Cランク相当のモンスターだけど、人懐っこくて可愛いから貴族のペットとしてとても人気なのです」

「クマー！」

デビルベアー。直訳すると悪魔の熊。あっ、クマ。あクマ。……ダジャレじゃねえか。しょうもない。だが、可愛かった。あざといまでのファンシーな見た目、鳴き声。美少女であるミユーが抱くと、更にファンシーさが増してグッドだ。

「良いんじゃないか？　可愛いし。世話はできるのか？」

「勿論《もちろん》なのです！　でも、餌代《えさ》がちょっぴり掛かるのです。使い魔契約を結べばミユーの魔力を供給することで食費を多少は浮かせられると思うのです」

「別に良いぞ、それくらいなら」

「それとこの子、怪我をしているのです。ご主人様の力で治してほしいのです」

「そうなのか？　……わかった。『治す』」

『治す』を発動させたけど、特に見た目に変化はない。

「ありがとなのです！」

「クマー！」

あクマは〜可愛え。どうやらちゃんと成功したらしい。人間以外にもしっかり効くのね。

あクマは、喜びながらふにふにの肉球でぽむっと俺の手を叩いた。可愛え。

「ご主人様、ありがとなのです。デビルベアーも、感謝してるのです。お礼ってわけじゃないですけど、ご主人様にはこのデビルベアーに名前を付けてほしいのです」

「…………!?」

「使い魔にするには、名前が必須なのです。この子も、怪我を治してくれたご主人様に名付けられるのを望んでいると思うのです」

「な、なるほど……」

どうしよう。名付けとか、あんまり得意じゃないんだよなぁ。

「あクマ……は流石にアレだし、デビクマとか？」

「かなり安直な名前なのです」

ミューが呆《あき》れたような顔をする。

「クマー！　クマクマッ、デビクマー！」

あクマ……改めデビクマは、手をパチパチとしていた。

「気に入ってるっぽいのです。ならまあ、良いのです。〝デビクマ〟はミューの使い魔になるのです」

「クマー！」

デビクマの背中に手を当てたミューがなにがしかの魔法を発動させると紫色に光り始める。

光が消えると、デビクマが両手を上げて返答をした。

「使い魔契約《コントラクト》。……成功したのです」

今のが、使い魔契約だったらしい。ちゃんと成功したようだ。

「よろしくな、デビクマ」

「クマー！」

デビクマに手を差し出すと、肉球をペタンとしてくれた。ああ、可愛い。

仲間が一匹増えた。

4

「あと、他の宝だけどどうする？」

「オレたちの取り分は二割だったよな？　とりあえず酒と飯と、金も欲しいな！」

ファルはテンションが高かった。ニケやミューも、笑顔だ。俺は結構ショボく感じたんだけど、王族っぽい人がいた城の宝物庫と比べるのは流石に酷か。

「そうね。食料は欲しいわね。装備も、売れば悪くない現金になるんじゃないかしら？」

「え、待って。これ食べるの？」

「そりゃそうだろ」

冷蔵庫ってわけでもない場所に保存されてた食料とか、衛生面不安過ぎるんだけど。食中毒とか怖いからあまり食べたくないんだけど。

「盗品は、全部ギルドに渡さないか？　持ち主に返るならそっちの方が良いだろ？」

銀貨や銅貨も額の割にマジックポーチが重くなる上に、なんか汚そうだし。服も同じような理由で着たいとは思えない。

「お人好《ひとよ》しね。でも、ジタロー様がそんな人だから私たちの今があるわけだし文句はないわ」

「ミューも、デビクマを使い魔にしたから反対はしないのです」

「そうだな。惜しくはあるが、ダンナがそうしたいならオレも異論はねえ」

この価値観の差は、俺が潔癖症過ぎるだけなのだろうか……？

そして俺たちは、さっきの盗賊のアジトの方に戻った。

床には盗賊団の死体がゴロゴロ転がっていた。三枚に卸されていたり、上半身と下半身が泣き別れになっている狼男の死体、首が斬られて転がっている虎の獣人の死体。頭が潰されて元種族がわからなくなってしまっている死体。

アジトの床は血で濡《ぬ》れていて、臓物《ぞうもつ》や汚物が散らばっている。我慢できないほどではないけど、とても酷い臭いだった。息したくない。

そんな汚い床に、裸の女性たちが転がっていた。三人だ。このアジトに入る前、女の悲鳴と嬌声が聞こえていたのを思い出す。近くに行ってみると、虚ろな目をしていて、譫言《うわごと》のように

「いや……いや……」と小さく呟いていた。どうやら生きてはいるらしい。

見た感じ、四肢の欠損や外傷は見当たらない。ただ散々犯されてたせいで髪も身体も股間も、体液でべったりと汚れてしまっている。心も壊れてしまっている様子だった。

「『治す』」

とりあえず、床に転がっている女性たちに『治す』を掛けていく。壊れた心まで治るかはわからないけど。俺にはこれしかできない。心配していると、倒れていた女性の一人がムクッと起き上がった。キョロキョロと周りを見て、盗賊団の死体と俺の姿を視認する。

「人間……ひっ、亜人」

起き上がった女性は、ニケたちの姿を見て怯えた。

「そ、その、その亜人は奴隷ですか」

「ああ」

「……ってことは、貴方は冒険者ですか」

「まあ、そうだ」

質問に答えると、女性は目からボロボロと大粒の涙を流し始めた。

「私、私……夜道を歩いていたら、いきなり後ろから殴られて、気付いたらこんな場所に連れてこられて、毎日毎日辱《はずかし》められて……。死にたいのに、怖くて自殺することもできない。そんな日々を過ごしていたの」

嗚咽《おえつ》を漏らしながら、感情を吐き出すように語っていく。

「貴方が、私を助けてくれたのね。その格好、マモーン様のではなさそうだけど、他国の神父様かしら？」

「ジタロー様はね、聖者様なのよ！」

「聖者……！　なるほど。ありがとう、ありがとうございます」

女性は涙を流しながら、俺の裾に縋《すが》って感謝を述べていた。抗議の意思を持ってニケを見ると、サムズアップで返された。聖者呼ばわりは気まずいけど、なんかチャンスっぽかったので布教してみることにした。

「これも、女神アストレア様のお導きです」

「アストレア、様。聞いたことない神の名前ですが、それがジタロー様の神のお名前なのですか？」

「はい。貴方を助けることができたのは、全てアストレア様のおかげなのです」

「ありがとうございます。……毎日毎日苦しくて、祈りを捧《ささ》げても、マモーン様は私を助けてくれなかった。私、改宗します。今日からは、毎日ジタロー様に祈りを捧げます！」

女性は涙を流し五体投地の姿勢を取って、そう言った。

「い、いや、俺じゃなくて、アストレア様に捧げて……？」

何故か俺に感謝を捧げる女性に困っていると、残り二人の女性もムクリと起き上がる。

「ひっ、亜人……」

「彼女たちは、私たちを救い出してくれた聖者ジタロー様の奴隷……いや、下僕だそうです。

安心してください」

ニケたちの姿を見て怯《おび》えを見せた二人の女性は、先に意識を取り戻した女性の説明を受けて涙を流した。

「私たちも、今日からはマモーン様ではなくジタロー様に祈りを捧げます」

「い、いや、だからそれはアストレア様に……」

土下座の姿勢で祈りを捧げてくる。三人とも、話を聞いてくれる様子はない。アストレア様を布教するはずだったのに、何故か俺の信者が三人増えてしまった。

「今回の依頼って盗賊の身柄もしくは首を憲兵団に差し出せってなってたよな？　達成の報告するにはこれ、ギルドまで運ばなきゃいけないのか？」

「そうなんじゃないかしら？」

三人はもうどうしようもなさそうなので話を変えると、ニケが平然と答えた。えっ、死体運ばないといけないの？

「力仕事には自信があるぜ！」

力こぶを作ってみせてくれる。転がってる死体は一三人分。いや、限度があるだろう。如何にファルが力持ちでもこれを運ぶのは大変だ。

「ミューも、自分が討伐した分くらいは魔法で運べるのです！」

ミューの魔法で六人運べる。だとしても、あと七人か。ファルに頑張って四人運んでもらうとして、ニケ二人、俺一人……いや、結構大変だな。

その上、あの宝も運ぶことを考えると手が足りない。まさか治したばかりの彼女たちに頼むわけにもいかないし……。

「私たちにも、手伝わせてください！」

困っていると、治した女性の一人が提案する。

「手伝ってもらえるなら助かるけど……大丈夫なの？」

「大丈夫です！　ジタロー様に治してもらったお陰で元気です！　少しでも恩人であるジタロー様のお役に立ちたいんです」

熱の籠った眼差しでそう主張してくる。

「ならお願いします。でも、無理はしないようにね？」

「はい！」

「それと、宝の場所に服もあったから……」

女性たちは、ずっと犯されていたからか全裸だ。暗いからはっきり見えるわけではないけど、紳士として目を逸らしておく。

「きゃぁっ」

今更自分が裸であったことに気づいたのか、恥ずかしそうに身体を隠した。

5

魔法で宙に浮かび上がっている食料や酒、銀・銅の硬貨。それと生首。

両手いっぱいに獣人の生首を持っているニケ、ファル、三人の女性たち。そして、それを引き連れ先頭を歩いている俺。まるで、頭のおかしいカルト集団の行進のようだ。

すれ違う町の人たちの視線を集めている気がする。だが叫んだり、怯えたりする様子の人はいなかった。生首が宙に浮いているのも、生首を持って歩く人もこの世界じゃあり得ない光景ではないのだろうか？　逆の立場なら、パニックになって叫んでる自信がある。

しかし後ろを歩く女性陣は平然としている。むしろ、誇らしげな顔すらしていた。

そんなこんなでギルドに到着する。

大した距離ではないのに、長いこと歩かされた気分だ。見上げると、日が沈みゆく空が茜《あかね》に染まろうとしていた。少し疲れてしまったな。

貧弱な一般社会人の俺が、これだけ動いても少し疲れた程度で済んでるのはアストレア様のご加護のお陰だろう。内心で感謝を捧げながらギルドのドアを開ける。

「おい、てめぇら！　ジタローさんのお帰りだぜぇ！」

ボコボコに殴られたような痕《あと》がある冒険者たちに見られたと思ったら、ドスの利いた声がギルド内に響いた。

「ジタローさん、お帰りなせぇ！」

「「「「お帰りなせぇ！！！」」」」

「依頼は無事に達成できたようですね！　流石でごぜえやす！」

冒険者たちが駆け寄って来て、頭を下げて出迎えてくる。その先頭にいたのは、ピンピンとしているセッカマだった。

「えっと……」

「俺様、ジタローさんに負けて……そのあと助けてもらって――。それで、俺様思ったんですよ！　ジタローさんは、本物の聖者様だ！　だから、舎弟として恩返しさせてもらおうって！」

どうしよう、意味がわからない。

「コイツらは俺様の子分です。俺様もコイツらもジタローさんの言うことでしたら何でも聞きますんで、何でも言ってくだせぇ！　ケヒヒヒ」

冷静に考えて腕を切り落としたのも俺なのに恩返しってのがおかしいし、セッカマの胡散臭《うさんくさ》い笑い方含めて復讐の機会を虎視眈々《こしたんたん》と狙われてるようにしか思えない。

「え、えっと……とりあえず、依頼達成の報告したいんだけど」

「すいやせん！　おいてめぇ、なにボサッとしてやがる！　早く受付嬢呼んで来やがれ！」

「ひぃ！」

セッカマに殴られた冒険者が、急いで受付の女性を呼びにいく。

ニコニコと満面の笑みを向けてくるセッカマからは害意や敵意は一切感じられない。むしろ、さっき助けた三人の女性と似たような雰囲気を感じた。気を許すつもりはないけど、頼りになる護衛もいるし、一先《ひとま》ず様子見。

「もう依頼を達成されて帰って来られたんですね。ギルマスのところへ案内しますね」

「あ、はい」

ギルマスは相変わらず書類仕事をしていたが、書類の山はかなり片付いていた。

「もう帰って来たのか。お前さんの依頼達成と俺の書類仕事。どっちが早《はえ》ぇか競争してたんだけどなぁ」

ギルマスはスキンヘッドを撫《な》でながら「負けちまったな」と、渋い声で笑う。

「それで、賊共の首と盗品はどうした？」

「持ってきましたよ」

「奴隷たちに持たせていました。今はロビーにいます」

ギルマスが確認するように受付を見ると、受付はもっと詳しく答えた。

「そうか。なら、依頼達成だな。報酬の金貨五枚とCランクの冒険者証だ」

ギルマスは五枚の金貨と一枚のカードを手渡してくる。カードには

名前　ジタロー

パーティ名　神聖アストレア教団

ランク C

と彫られていた。丈夫そうな金属製で、紐《ひも》を通せそうな穴も開いている。

「じゃあ、盗品の取り分を相談するか。二割は少なく感じるかもしれねえが、ある程度は元の持ち主に返さねえといけねえし、こっちも取り分が欲しいから勘弁してくれや。あ、でも、盗賊の首に賞金が懸《かか》ってる奴があったらその取り分は全部ジタローのものだぜ」

歩きながらギルマスは話してくる。

「盗品の取り分なんですけど、俺たちのはなしにしてください」

「なし？　……なんでだ？」

少し迷惑そうな顔をしているギルマスに、盗品は貰っても使い道ないから要らないですって正直に言って良いものか考えている間にロビーに着いた。

「まあ、ジタロー様って欠損も治せるの⁉」

「そうなんだよ。剣も超一流でな、俺様の手をズバァッて両断しちまってな。四肢《しし》欠損なんて治療してもらう伝手《つて》もなければ金もねぇから、俺様これから一生両腕なしで生きていくんだァって絶望してたらよぉ、ジタローさんがあっという間に治してくれたんだぜぇ！　ケヒヒヒ」

「まあ凄い！　ジタロー様は、そのお心だけじゃなくて剣の腕まで素晴らしいのね！」

なんか、助けた女性たちとセッカマが物凄《ものすご》く意気投合していた。

「その、彼女たちは盗賊に攫《さら》われたと思われる被害者でして。俺たちの取り分は彼女たちのために使ってくれたら助かります」

見知らぬ女性たちに目を留めたギルマスに説明する。

「ふむ、なるほど。聖職者らしい答えだな」

「そうなのよ！　ジタロー様は、聖者様なのよ！」

値踏みするように俺を見るギルマスに、ニケがVサインをしながら答えた。

「事情はわかった。なら、盗品はギルドで扱わせてもらうぜ」

「どういうことですか？」

「いやな、ジタローが盗品の割分受け取りを拒否したんだ。どうやらお前さんらの今後を助けるためらしい」

普通に要らないから処分を押し付けただけなんだけど。ギルマスが勝手にそんなことを言ったせいで、助けた女性たちはボロボロと泣き出してしまった。

「首の方は、見た感じ賞金ついてるのはいなそうだな。どうする？　ギルドで預かってこっちで憲兵に引き渡すこともできるが、自分でするか？」

「それは、お願いしたいです」

「ギルドですると、懸賞金が出た時手数料としていくらか貰うことになるが……」

「問題ないです」

疲れたから早く帰りたいし、これ以上生首も見たくなかった。

「了解。お前らの中で手が空いてる奴は首と盗品を倉庫の方に持っていってくれ！　もうそろそろそろ日が暮れるし、片づけたらお前らも帰って良いぞ」

ギルマスは、そう言いながらギルマス室に戻っていく。

受付嬢や、ギルドの職員と思われる人たちが次々に首と盗賊の宝を回収していく。物怖《ものお》じすることなく生首を運んでいった。この世界の人たちはたくましいな。

「ジタローさん、俺様、ジタローさんの宗教に改宗しようって思うんです」

異世界の日常に驚かされていると、セッカマがそんなことを言い出してきた。

「改宗？」

「ええ。彼女たちから教えてもらったんですけど、ジタローさんって聖者様らしいじゃないっすか。俺様、ジタローさんの子分ですし同じ神を信じてえと思いやして。ケヒヒヒ」

……なんか意気投合してる様子だったけど、セッカマは彼女たちから何を吹き込まれたんだろう。反応が一々大袈裟《おおげさ》だし、不安しかない。アストレア様を布教するのは重要な使命の一つだし、セッカマが信者になってくれるというのは悪い話ではないけど。

「ああ、それはいい考えだな。これでセッカマもアストレ――『ヒャッハー！　許しが出たぜ！　これで今日から俺様たち、ジタロー教団だぜ！』……え？」

「キャー、素敵！　私たちもジタロー教団名乗って良いかしら？」

「当たり前だァ！　俺様たち、同じ親分の下についた仲間じゃねえか！」

「『ギャハハハ、俺たちもジタロー教団の一員だぜぇ！』」

セッカマの言葉に、女性たちから歓声が上がり、何故か冒険者たちも盛り上がっていた。

え？　いや、ちょっと待って？　アストレア様の信者を増やすのは良いけど、俺の信者が増えるのは話が違う。

「ちょ、ちょっと待って――」

「ううっ、盗賊に攫われて助けられたけど、帰って来ても私の居場所なんてないんじゃないかって不安だったの。でもジタロー様を尊敬し崇《あが》める仲間がいる。私たちに居場所まで用意してくれるなんて、ジタロー様は本当に神様みたいな人だわ」

助けた女性の一人が、涙をボロボロ零《こぼ》しながら俺に対する感謝を述べ始める。

いや、泣き落としなんてされてもジタロー教団なんて頭のおかしい団体の設立を黙認はできない。とりあえずセッカマに抗議してやろうと足を踏み出したとき、ミューが俺の服の裾を摑《つか》んで首を横に振った。

「諦めるのです。彼女たちの心の拠《よ》り所《どころ》を取り上げたら可哀想《かわいそう》なのです」

「良いことじゃないか。みんなダンナを尊敬してるってことだぞ？」

「そうね。ジタロー様に相応《ふさわ》しいと思うわ」

偉大でもなんでもない俺の名前が一人歩きしそうだから嫌なんだよ……。

とはいえミューの言うことには一理あった。一度凌辱されてしまった彼女たちが、元通りの生活に戻るのは容易じゃないだろう。心の傷は深いだろうし、偏見の目にも晒されるかもしれない。女性の言う通り、居場所があるというのは一つの救いになるだろう。

そう言われると、俺が恥ずかしいってだけの理由で解散させられないよなぁ。

「帰るか」

「腹減った！」

「飯、いっぱいご馳走《ちそう》してやるよ」

「ジタローさん、今から飯なんですか？」

「そうだけど」

「だったら、俺様たちにご馳走させてくだせぇ！　今日は、ジタロー教団結成の宴《うたげ》をするぜぇ！　ケヒヒヒ！」

「「「「うぉおおお！　最高だぜセッカマ！　俺たちのジタロー教団に乾杯だ‼」」」」

元々エルリン最強の冒険者であるセッカマを中心に、メキメキと勢力を伸ばしたジタロー教団がこの町や周辺の村で影響力を高めていくのはまた別の話である――。

6

「財布は空になったけど、悔いはないぜぇ。俺様は五体満足なんだ。明日からいっぱい稼ぎゃぁ良いだけさァ。ケヒヒヒ」

酔いつぶれたセッカマを冒険者たちに任せて、俺たちは昨日も泊まった宿に戻る。

「……ジタロー様のお陰で、楽しかったわ」

「そうだな。この世界も捨てたもんじゃないかもって思えたよ」

ずっとニケたちへの差別を見せられ続けて本当に嫌な気持ちになってたからな。

そりゃ『亜人大粛清』とか種族間のわだかまりとか、そう易い問題じゃないだろうし、完全に仲良くとまではいってなかったけどさ……ニケたちが、冒険者たちと一緒の飯と酒を囲むってのは、見ていて嬉しい気持ちになった。俺のお陰かはわからないけどな。

「なあ〝この世界〟ってどういう意味なんだ？」

ベロベロに酔ったファルが、俺の肩にもたれながらそんなことを聞いて来た。

しまった。酒に酔って、ついうっかり口が滑ってしまった。どう誤魔化すか……。

「ダンナってさぁ、計算も読み書きもできるのに妙に世間知らずなとこあるし、見たことない服着てるよなぁ。髪も目もこの国じゃあんまり見ない色だし」

「ねえ、ファル。ジタロー様にも事情はあるだろうし、あんまり詮索《せんさく》は……」

「オレはぁ！　ダンナのこと、もっと知りたいって思うんだ。ニケは、違うのか？」

「それは、私も知りたいけど……」

遠慮するように、ニケはチラチラと顔色を窺《うかが》ってくる。

うーん。この先三人とは一緒に旅をして命を預ける仲間になるんだし、素性だけ隠すってのも変だよな。これだけ恩に着てるみたいなこと言ってて急に裏切るとかもないだろうし、まあ、言っても大丈夫だろう。

「実は俺、異世界から来たんだ」

「異世界？」

「ああ。勇者召喚ってやつ？　で喚《よ》ばれてさ、最初は『絶対服従紋《ぜったいふくじゅうもん》』ってので操られてたんだけど『治す』を試すタイミングで解除されてな。その後、アストレア様に助けられて、なんやかんや使徒になって、でまあその後すぐにニケに出会ったんだ」

「お前は、勇者だったのです？」

険しい顔になったミューが、低い声でそう尋ねて来た。

「いや、勇者ではない。召喚した奴は勇者を喚びたかったみたいだけど、俺の職業は『救済者《メサイア》』で残念がってた」

「そう、なの」

「『救済者』！　ってことは、あの怪我を一瞬で治したのはそれの力ってことなのか？」

「まあ、多分な」

ファルが食いついてくる。一方でニケは複雑そうな顔をしていた。

過去に勇者と何かあったのか……？

「お前はどういうつもりで……『ミュー止めなさい』姉様、でも……」

牙を見せてグルルルと唸るミューをニケが制止する。

「ジタロー様は、あの勇者とは違うのよ」

「姉様……」

「ジタロー様、ごめんなさい。少し取り乱したわ。……ジタロー様が勇者だったとしても、私たち姉妹を救ってくれた大恩人ってことは変わらない。その、今のは気にしないで」

「あ、ああ……」

この剣呑《けんのん》な雰囲気を気にするなって言われても難しいけど、掛けれる言葉もないので口を噤《つぐ》むしかない。勇者の居場所に心当たりがあるなら、使命のためにも聞きたいけど。

そう言えば、使命を話したときの二人の反応少しおかしかったような気もする。

やっぱりこういうのは、もっと様子を見てから話すべきだったか……？

「オレも、ダンナがどんな奴だったとしても、ずっとついていくからなー！」

酔った勢いでファルが叫んだ。まあ、ずっと隠しておくつもりもなかったし、いつかは話してたことだ。なるようになるだろう。

そうこうしている間に宿についてしまった。

「ニケ、ファルを頼めるか？」

「え、ええ」

俺が女性の部屋に入るわけにもいかないので、ファルをニケに預ける。

「また明日な」

「ええ、また明日」

泥酔したファルを背負うニケと、自分の部屋に戻っていくミューを見送ってから自分の部屋に戻った。そのままベッドにダイブする。

うーむ。正体を明かしたらちょっと空気が悪くなっちゃったな。嫌われてないと良いけど、あの様子だとニケは兎《と》も角《かく》、ミューとは少し難しくなるかもなぁ。

まあでも、ニケが言ってた通り俺は彼女たちと因縁のある『勇者』とは別人だ。

結局長い時間を掛けてじっくりと信用を勝ち取っていくしかないんだと思う。まあ、仕方ないと思って、今は一旦忘れよう。

思考を止めて目を瞑《つぶ》ると身体《からだ》に疲れがドッと浸透した。こういう時、湯船にゆっくり浸かりたくなる。

でもこの宿、水道すら通ってないのだ。中世の文明レベルだと、まあ当然と言えば当然なのかもしれないけど、日本人としてはやはり風呂が恋しい。

身体の汚れは『治す』で綺麗にできるし、今日一日着てみた感じ法服も汚れないっぽいけど、湯に浸かることでしか洗い流せないなにかがあるような気がするんだ。

そう言えば、ミューは色んな魔法を使えるって言ってたけど、お湯とかも出せるのだろうか？　……明日、聞いたら教えてくれるだろうか？

身を包む法服を眺める。宴会中、一回お酒を零したのに汚れ一つ付いていない。綺麗なままだ。これもアストレア様のご加護ってやつなのだろうか？

ああ、飲み会と言えばあの後、宴会中にも『ジタロー教団』じゃなくて、『神聖アストレア教団』だって訂正を試みたんだけど、全然聞き入れてもらえなかった。

「アストレア？　そんな名前の女神、聞いたことないっすね」

「ジタロー様って、そのアストレアって女神様の使徒なんですよね？　だったら、ジタロー様を崇めても一緒じゃないですか？」

とか、そんな感じで全然話にならなかった。

絶対一緒じゃないだろ。アストレア様じゃなくて俺が崇められるの、あまりにも畏れ多い。

機嫌を損ねて罰でも当たったらどうしてくれるんだ。

——心配せずとも、我は、そのようなことで機嫌を損ねたりせぬ。

「⁉　あ、アストレア様⁉」

頭の中に響いた声に驚いて、そのまま飛び起きた。

「申し訳ありません。アストレア様のことを布教しようとしたのですが——」

——ああ、見ていたぞ。ジタロー教団なるものが設立されていたな。

「は、はい、でもその、わざとじゃないんです……」

——良いではないか。

「ひぃ、ごめんなさい！　許し……えっ？」

——我と使徒であるジタローは一蓮托生《いちれんたくしよう》。信徒の崇拝の対象が其《そ》の方《ほう》であるか、我であるかは大した違いではない。引き続き励め。

「は、はい」

俺に対して捧げられた祈りはそのままアストレア様への祈りにもなるってことで良いのか？

引き続き励め、って言われたから褒められてはいるんだろうけど……。

——そういう解釈《かいしやく》で構わぬ。それとジタロー、そう一々怯えるでない。ジタローは我にとって唯《ただ》一人の使徒なのだ。徒《いたずら》に裁き、罰することはない。

その声色は、少し寂しそうにも感じられた。

人知を超えた力で禿《は》げジジイと縦ロール姫の処刑を見せられた身としては、畏れないというのは不可能だけど、アストレア様がずっと俺の味方でいてくれているのも事実だ。助けられ続けているのに、必要以上に怯えるのは失礼だろう。

――それよりもジタロー。我が与えた使命を覚えているか？

「え、も、勿論です！……信者を増やすこと、世界の理《ことわり》に反したものを裁くこと、それから勇者を探して解放すること――ですよね？」

過去のお告げを思い出しながら復唱すると、満足そうに頷くお姿を幻視した。

――そうだ。特に我が最も重要とするのは、勇者の解放である。

「は、はい」

――神託を授ける。……エドワードの街へ行け。そこには、勇者がいる。

「エドワード……ですか？」

――うむ。今、ジタローがいる町からそう離れてない、大きな街だ。其の方の祈りによって多少力を取り戻せたから、居場所を見つけることができた。

「そ、そうですか。それは良かったです」

え、えっと、エドワードだったか……？

――うむ。ジタロー。其の方の働きには、期待している。

そう言い残して、アストレア様の厳かな気配は霧散《むさん》した。大きい街らしいし、遠いわけでも

ないらしいから、ニケたちに聞けばきっと分かるだろう。明日になったら、相談しようと心の
メモ帳に書き込みながら俺は目を瞑りまどろみに身を委《ゆだ》ねた。
7

どれくらい、寝ていただろう？　腹部に感じる重みに目が覚めた。

うっすらと目を開けると、黒い本を持った少女が何やら筆のようなもので俺の首筋を撫でている。少しくすぐったい。

「……ミューか」

「起きたのです？」

長くサラサラとした黒髪と、小さな猫耳、白くて小さな手。

重そうなコートを羽織っておらず薄い紫の服が月明かりに照らされてキラキラと映えている。

ニケと初めて話したあの夜を思い出していた。こうして見るとそっくりだ。まあ、姉妹だから当然か。

用件について察しがついていた。多分、俺が異世界人だからその件について話しに来たのだろう。幸いすぐに『絶対服従紋』を解除することができたから、亜人には一切酷いことをしていないとしっかり説明するつもりだ。

起き上がろうとしたら、コンコン、とドアがノックされる音が響いた。

「えっと……」

ミューは無言でこしょこしょ筆で撫で続けてくる。満足そうに頷いてから退いてくれる。

「出て良いのです」

「ああ」

部屋の灯《あか》りを点《つ》け、ドアを開けるとニケが立っていた。

「ジタロー様、遅くにごめんなさい。その、ミューを見てないかしら」

「それなら俺の部屋に来てるぞ」

「本当に⁉　ミューに何かされた？」

「いや、特に何もされてないと思うが……」

撫でられてこそばゆさの残る首元を掻《か》きながら答える。少なくとも、起き抜けにいきなりナイフを突きつけられたりはしていない。

なのにニケは、血相を変えてミューの方に駆け寄っていく。

「ミュー、なんでジタロー様の部屋にいるの？　何もしてないわよね？」

ニケはミューの手を取り、疑う。仮にも二五の男の部屋にミューが一人でいたなら、心配の方を先にしてあげれば良いのにと思う。いや、ミューみたいな幼い子に手を出したりするようなことはしないけども。

「別に、大したことはしてないのです」

「大したこと？　じゃあ、ジタロー様の首に書かれてるアレはなに？」

えっ、本当に何かされたの？

「アイツが姉様やミューたちに酷いことをしてきたときのために、首に『平伏紋』を書き込んだのです」

「平伏紋って？」

「ミュー！　なんてことしてるの！」

パァン！　ニケが、頬を思いっきりビンタした。白い頬に真っ赤な手形が刻まれたミューはジワリと目尻に涙を溜《た》める。

「姉様、どうして……」

「どうしてはこっちのセリフよ！　ミュー。恩人であるジタロー様に『平伏紋』なんて刻んで、本当に、本当に……」

「な、なぁ、ニケ。その『平伏紋』って何なんだ？」

「ジタロー様、本当に、本当にごめんなさい、ミューが……。いえ、ちゃんとミューを見てなかった私の責任ね」

ミューの頭を掴んだニケは、床に叩きつけながら自分も土下座をする。

「ちょ、姉様。やめるのです」

頭を無理やり下げさせられたミューは、暴れていた。

「その、さっきも言った通り俺はこっちに来たばかりで常識すらもよくわかってないんだ。とりあえず『平伏紋』ってのについて教えてくれないか？」

「平伏紋は、術者が魔力を込めることで被術者を強制的に平伏させるための魔術よ。『絶対服従紋』が刻まれていない安価な奴隷には大体これが刻まれているわ」

「な、なるほど……」

つまり『絶対服従紋』の下位互換みたいなものってことか。

「それで、ミューはどうしてそんなことをしたんだ？」

「お前は、人間な上に勇者だったのです。信用ならないのです。今良い顔をしてても、いつか絶対陥《おとしい》れるつもりなのです。だとしても、ミューたちがこの国でお前の協力なしに生きていくのは難しいのです。だから、抑止力が欲しかったのです」

「ふむ……」

夜中に部屋に忍び込んできて、こういうことをしてきたってのは良くないとは思うけど、ミューの言うことには一理あると思った。

この世界の亜人差別は少し見ただけでしかないのにうんざりするほど酷いものだった。亜人は奴隷でなければ町にすら入れないし、奴隷でもまともに飯も服も買えない。もし、俺がミューたちを見捨てれば奴隷になるか野党になるかでしか生きる術《すべ》がないだろう。

そうなってくると、俺が多少……いや、かなり理不尽な要求をしたとしても断るのは難しくなる。これは事実としてそういう力関係があるという話なので、俺にそんなつもりが毛頭ないことはこの際関係ない。

なぜならこれは、ミューの気持ちの問題だからだ。

初めてミューと会った時の惨状を思い出すに、人間に酷い思いをさせられてきたことは想像に難《かた》くない。俺が異世界人だと明かしたときの反応も、勇者と何かしらの因縁があったのだと察するには十分だ。

そんなミューに「俺は他の人間やその勇者とは違うから信じてくれ」という言葉のなんと軽いことだろう。行動や態度で示して勝ち取っていく信頼も、一朝一夕でどうにかできるものではない。

『平伏紋』は『絶対服従紋』と違って、身体を操られるとかではなく俺が変なことをしたときに身動き取れなくさせられるだけのものみたいだし、それでミューが安心してくれるならこれくらい受け入れても良いと考えていた。

「酷いことをしようとしなければ発動しないんだろ？　それでミューの――『ダメよ』」

ミューの不安は察するに余りあるし、それでミューが納得してくれるなら俺はこれくらい別にいいけど……。出掛かった言葉はニケに重ねられて遮られる。

「ジタロー様、それだけは絶対に許しちゃダメよ」

首を振り、強い意志の籠った眼差しに否定される。その剣呑な雰囲気に、気軽に疑問を呈することすら憚《はばか》られる。

それからニケは、ミューの髪の毛を掴んで顔を起こした。

「ミュー、アンタのその主張は、あれだけ憎んだ人間たちの差別と何が違うの？」

「うぇ……」

「ジタロー様は、私たち姉妹を助けてくれて、ご飯も与えてくれている大恩人。人間で、異世界から来た勇者だとしてもその事実は変わらない。なのにミューは、そんなジタロー様にロクに感謝もせず、それどころか表面の肩書だけで疑ってこんなことまでして……。亜人だからって一緒くたに差別する人間と同じことをやったのよ！」

「そ、そんなつもりじゃ……」

ミューが涙を溜める。鬼気迫る、ニケの迫力に俺まで竦《すく》んでしまう。

「ジタロー様。本当に、ミューがとんでもないことをしてごめんなさい」

「いや、えっと……」

どう返答すれば良いのか困ってしまう。

正直俺は、怒るというのが得意ではない。会社で上司に理不尽に怒鳴られ続け、残業代が払われなかったことに不満を抱いても、それを怒ったり訴えたりといった行動には結局出なかったような男だ。

今まで平凡な日本人として、多数派側として生きて来たから『差別は良くない』程度の倫理観は持ち合わせても、根本的には無頓着だ。ニケに言われるまでミューのやったことが差別と同じことだったとか思いもよらなかった。

だから、俺の中の甘っちょろい気持ちはこのまま「別に良いよ」と許してこの場を丸く収めたいと思ってしまっている。だけど、多分それはしちゃいけないことだ。

これを気軽に許してしまったら、ニケに失望されてしまう。具体的な言語化まではできないけど、そんな気がしていた。

ニケに罰を切望された時のことを思い出していた。信頼し、関係性を築いていかないといけないからこそ、締める時は締めないといけない。身内のすることなら差別も許す。そんなことをまかり通せば、示しがつかない。亜人差別に憤《いきどお》る時も、不当に差別されたニケたちを庇うときも、例外を許せば、それはただのポジショントークに成り下がる。

「そうだな。寝込みを襲われるようじゃ護衛としても信用できなくなるし、今回のことは信頼を大きく損なう事態だ。簡単に許されて良いことじゃない」

「返す言葉もないわ。でも、全てはミューの監督を怠ってちゃんと言い聞かせて来れなかった私の責任よ。だからどうか、ジタロー様。罰は私だけに……」

「わかった」

「ま、待つのです！　今回、悪いことをしたのはミューなのです！　お前、いや、ご主人様！　姉様に酷いことはしないでほしいのです。罰ならミューにするのです」

「ミュー、アンタは黙って見てなさい」

「あう……」

ニケの一睨みでミューは静かになる。

「ジタロー様、手を煩わせてごめんなさい」

「それは良い。だけど、今回は二度目だし前回より厳しくなるぞ？」

「ええ。それだけのことをしたんだもの。当然よ」

チラリとミューの方を見る。シュンと猫耳が垂れ下がり泣きそうな顔で正座をしていた。正直そんなに怒ってないし、反省してるならもうしないでねで許してあげたいけど……ニケはそれを許してくれないだろう。

今後の関係性のためにも、ここは心を鬼にしなければならない。

「じゃあ、ニケ。服を全部脱げ」

少し驚いたように目を見開いてから、ニケはコクリと頷いた。ソードホルダーを腰から外し、シャツを脱ぐ。そして次にショートパンツを脱いで、下着姿になる。

俺が選んだ下着のはずなのに、実際に着用されていると随分と印象が変わって見える。身体付きは引き締まっているけど、ちゃんと食事を摂った影響か浮き出ていた肋骨《あばらぼね》は見えなくなり、女の子らしく柔らかそうな肉付きになっていた。胸のサイズも一回り大きくなってるように見える。背を向けた彼女は、躊躇いながらもブラを脱いでいく。肩甲骨がぐるりと柔軟に回る。恥ずかしそうに腕で胸を隠し、もう片方の手でパンツをするりと足から抜き出す。白い尻尾を丸めて必死に隠そうとしている小ぶりなお尻には赤い手形がまだほんのりと残っていた。

「全部、脱ぎました……」

全裸になったニケは、腕で胸を尻尾で股間を隠しながら正面に向きなおる。

耳まで赤くなっているニケを見てると、俺の心の紳士な部分が目を逸《そ》らして早く終わらせてやれと言っている。

いや、ダメだ。今日は心を鬼にして、徹底的にやらないと。ニケはきっと俺の甘い心を見透かしてくる。手心を加えれば、ミューにも示しがつかない。

「恥ずかしいか？」

「恥ずかしいわ」

「そうか。なら、もう止《や》めておくか？」

「い、いや……」

一瞬泣き出しそうな顔をしたニケは、気を強く持つように唇をキュッと締めてからゆっくりと腕を下ろした。握りしめられた拳《こぶし》がぷるぷる震えている。

全裸のニケを見るのはこれで三度目だけど、今まではなるべく見ないようにしていた。だけど今日は、敢《あ》えて舐めるように観察する。

最初に胸に目を遣《や》る。大きさは昨日ファルのを見たからかやや小ぶりに思えるものの、形が良い。下着に支えられてなくとも ツンと上を向いていて瑞々《みずみず》しさを感じさせる。手の平に収めればぷるんと弾《はじ》けそうな良いおっぱいだ。触れたいのは鉄の理性で我慢する。

お腹は細く、縦に一本の筋が通っていた。小さなおへそが可愛らしい。

股の所を隠していた尻尾も、頑張って下げていた。大袈裟に足を組み、顎に指を当てる。ふむ、と値踏みするように呟いてみた。

「ひぅ……」

不安そうな声が漏れる。この年頃の女の子にとって、異性に裸を観察されるのは尋常じゃない恥辱《ちじょく》に感じているはずだ。反応からしても、この『罰』は効いている。尊敬する姉が裸に剝かれ、ジロジロ視姦《しかん》され恥ずかしそうにしてる様を見せられるのはキツいお灸《きゅう》になるはず。実際ミューは泣きそうなのを堪《こら》えてる。

　色々言ってるけど、結局『罰』を建前に女の子の裸をジロジロ見たいだけだろ、と思われるかもしれないが、それはぶっちゃけ否定しない。

　ニケの裸は凄く綺麗だし、目の保養になってる。まあ役得。

　とは言っても、ミューが見てるからお仕置き（意味深）と称して不必要に触れたり、欲望のままに押し倒すことはできないけど。むしろ鉄の理性を褒めてほしい。

「あ、あの、ジタロー様、ま、まだですか？」

　欲望に流されないように、縦ロール姫が首チョンパされた光景を思い出して頭を冷やしていると、ニケが消え入りそうな声を出した。もう、良いだろう。

「そうだな。じゃあそのままそこの机に身体を乗せて、尻を突き出せ」

「は、はい」

　机の向こう側の縁《ふち》を手で掴んだニケは、胴を机の上に乗せ、尻をこちらに突き出す。今日は自分から尻尾を背中に乗せるように避難させていた。

　ズボンから抜きとった革のベルトを半分に折り、金具の方を持ち手に構える。

「ニケ、今からこれで打つからな。そのテーブルの縁を離すなよ」

「わ、わかったわ」

　背中のラインはすらりと伸びていて彫像のように美しい。肌は陶磁器のように白く、これから俺が赤い痕を打ちこんでいくのだと思うとゾクゾクする。……いや、違う。可哀想だと思ってる。俺に、女の子を痛めつけて喜ぶ趣味はない。今のはなにかの間違いだ。

本当はニケのふさふさの毛並みを撫でて、仲良くしたい。その気持ちは嘘じゃない。

正座のまま、ちゃんと目を逸らさずにニケを見ているミューを見た。俺の視線に気付いたミューの瞳は、姉に酷いことをしないでとひたすら訴えかけてるようだった。

ベルトを強く握りしめる。この目に絆《ほだ》されて手を緩めたら、本当の意味でミューと信頼し合える関係にはなれないような気がしたからだ。覚悟を決めて、ベルトを振りぬく。

パァン！　小気味よい打撃音が響いた。

ニケはビクッと身体を震わせる。白いお尻に赤い鞭痕《むちあと》がくっきりと刻まれた。更にもう一発、ベルトを振りぬいた。

「んあっ痛っ」

悲痛な声が漏れた。内太ももの付け根の部分がほんのりと赤く染まっている。パァンッ。更にもう一度、同じ個所を打った。

「うあっ」

「ニケ、痛いか？」

「ふーっ。だ、大丈夫よ」

「そうか……」

打つ度にビクッと震えさせるけど、白い肌に付けられた痕は薄い赤。これくらいで、ニケは納得してくれるだろうか？　いや、しないだろう。

「『裁量の天秤』」

「ま、待ってくださいなのです！」

天秤を見たミューがガタッと音を立てて立ち上がる。

「ミュー、口を挟まないで。……ジタロー様、お願い」

一瞬、天秤を見て不安そうな顔をしていたニケは覚悟の決まった顔でお願いする。ミニーに、へなりと腰を抜かすように座り込んだ。

「ニケに与える痛みを増幅させせよ」

使い方がこれで合っているのかわからないけど、唱えてみる。銅色の天秤は左に傾く。ベルトがつやっと光り、柔らかくしなやかになって手に馴染《なじ》んだような気がした。

「じゃあ、行くぞ」

「おねぎぃやっ、あっ、あぁっ！」

ッパァンッ！　と銃声のような音が響いた。

尻を打たれたニケは膝を曲げ、身体を捩《よじ》る。息も荒い。顔は見えないけど、歯をきつく食いしばって痛みに耐えているのだろう。

ッパァンッ！　ッパァンッ！　更に二発、今度は内もも目掛けて、ベルトを振りぬいた。

「あぁっ〰〰〰〰〰っ」

バタバタと足を動かしてみっともなく腰を振る。痛みに悶絶《もんぜつ》していた。

打つ度に衝撃が手に返って来てヒリヒリする。天秤を使ってから、ベルトが手に馴染む。一発が綺麗に入ってるのが感じられる。凄く痛いのが伝わってくる。

ッパァンッ！　剝き出しの背中に、ベルトを振り下ろした。

「きゃぁっ」

白い背中に赤い痕が刻まれる。ニケは身体をビクリと跳ねさせながら腕を離して手を背中に回してしまった。

「あっ、いや……」

ニケの目尻には大粒の涙が溜まっていた。女の子を泣かせてしまっている。

なのに、背中にゾクゾクッとする何かがせり上がってしまってるのを感じた。

学生ほどに若く見えるのに、覚悟やケジメなんて言って俺が気圧《けお》されるような目つきをする気の強いニケが、ベルトを打ち付けられるたびに年相応の少女のような悲鳴を上げて、痛みに悶絶する。その様が、内なる嗜虐性《しぎゃくせい》を目覚めさせてくる。

「ニケ、机から手を離すなって言ったよな？」

「ちっ、違うの！　ごめんなさい」

「これは、ニケの方から求めて来た『罰』だったよな？」

俺はニケの尻尾を摑んで引き寄せて、腰の付け根の辺りをベルトでトントンする。

「あっ。ま、待ってて っ、ジタロー様っ」

ここが弱点なのか、声色が目に見えて変わった。

「ニケは、ここが嫌なのか？」

「あっ、いやっ。そこっ、敏感なの」

指先でトントンと叩いてやると、甘い声を漏らして身体を捩る。そう言えば、猫はここをトントンされるのが気持ちいいって聞いたことがあるな。

猫獣人の血が色濃いらしいニケも、そうなのだろうか？

「ここに、思いっきり打ち付けたらどうなるんだろうな？」

鞭を持つ俺の手をチラッと見たニケはブルッと全身を震わせてから、再び机の端を持つ。息を荒くして緊張している様子は、怯えているようにも見えた。

急に、頭が冷えていく。真顔になって、頬が吊《つ》り上《あ》がってたことに気付いた。楽しくなって、どうすんだ。ニケの誠意に対して俺はなんてことを……。

申し訳ない気持ちになった俺は、ベルトを落としてニケの頭に手を置いた。

「お尻に二発、背中に一発、内ももに四発。罰としては十分だ。ニケ、よく頑張ったな」

「ま、待って。まだ足りない！　ミューは、ジタロー様を裏切ったの。これくらいで許されたら示しがつかないわ！」

「って言ってもなぁ」

これ以上は開きかけた扉から何か飛び出してきそうで、少し怖いのだ。

天秤まで使ったんだから示しがつかないとは思わないし、これ以上は俺の心が持たない。色んな意味で。

「お願い、ジタロー様。もっと、もっと罰を！」

「ニケ、まさかとは思うが、叩かれて悦《よろこ》んだりしてないよな？」

それでもなお、食い下がってくるニケにまさかと思って聞いてみる。

「えっ……」

「俺は既に十分だと言ってるのに、更に求めるなんて普通はしない。ニケの懇願《こんがん》を聞き入れて打ったら、それは罰ではなくご褒美になってしまうだろ？」

詰めてみると、ニケは図星でもつかれたのか慌て始める。

「ち、違うのジタロー様！」

「そんなだらしない顔で言われても説得力はないぞ？」

覗《のぞ》き込むと、ニケの口の端からは涎《よだれ》が垂れた跡がついていた。パクパクさせる口はなにか言いたげだけど、反論の言葉は出てこない。

「ジタロー様は、心を鬼にして私に罰を与えてくれたのに。私は……」

ニケはかなりショックを受けた様子だったけど、妙な気分になってたのが俺だけじゃないと知って、正直ちょっと安心してる。

「と、とにかく、お仕置きはこれでおしまいだ」

「わかったわ。ジタロー様、ありがとうございました」

手を叩いてやや強引に区切ると、ニケは向きなおって深々と頭を下げた。

「それとミューがやらかしたことは重ね重ねごめんなさい。二度とこういうことがないように努めるわ」

「ごめんなさいなのです」

ニケが全裸のまま床に正座して土下座をする。ミューもニケに倣って頭を下げた。

「ああ。今回はニケに免じて許してやるが、次はないからな？」

「……わかったのです」

ミューはしょんぼりとした様子で頷いた。

やはり自分の過《あやま》ちのせいで姉が罰せられたというのは相当堪えたのだろう。

なんか、途中で変な気持ちになってしまったことも相まって胸が痛い。ニケの言う通りミューのやったことは簡単に許しちゃいけないし、必要なケジメだったのかもしれないけど、やっぱり怒ったり罰を与えたりとかは性に合わない。

「二人とも、部屋に戻って良いぞ」

「わかったのです」

俺の言葉に、ミューは部屋を出ていく。だけどニケは服も着ずにその場に残っていた。

「どうした？　ニケ」

「その、ジタロー様の首のそれ、消さないと……」

「あ、ああ、そうだな。自分で消しとくよ」

「そういうわけにもいかないわ。後始末をちゃんとしないと償ったって言えないもの」

「そういうものか」

「ええ」

ニケはマジックポーチから乾いたタオルと、水の入った水筒のようなものを取り出した。ダマカス魔道具店で拾ってた魔力で水が湧《わ》き出る水筒だったか？

それでタオルを濡らしたニケは、全裸のまま正面に膝立ちして俺の首を拭き始めた。

さっきは、勢いに押されたのと『罰』って大義名分《たいぎめいぶん》があったから落ち着いていられたけど、冷静になるとニケの裸は目の毒すぎる。

アストレア様の法服が、厚手で良かったと安堵《あんど》する。

「ジタロー様、その、本当にごめんなさい」

「ミューのことか？　それはもういいぞ」

「それもあるけど、ジタロー様に罰を受けてる時に、その、悦んだこと」

「あ、あぁ〜〜〜いや、まぁ、アレはその言葉の綾《あや》というか……」

「ミューのこと心底申し訳ないって思ってたはずなのに。ジタロー様も優しいから、心を痛めてたと思ってたのに。私、変な気持ちになってしまったの」

生真面目《きまじめ》なニケは思いつめてるのか、泣きそうな顔で懺悔《ざんげ》する。

「俺も、途中雰囲気に飲まれて変な気持ちになったから。その、こういっちゃなんだけど、俺はホッとしてる」

「ジタロー様が？」

「ああ」

「ありがとう。ジタロー様は優しい嘘を吐いてくれるのね」

ニケは眉を下げて、困ったように笑う。いや、嘘じゃないけど。俺は、ニケが同じような気持ちだったことを知れて圧《お》し潰《つぶ》されそうだった罪悪感がちょっとだけ軽減された。

「ジタロー様。私って、おかしいわよね」

ニケは、よっぽど気に病んでるのかそんなことを聞いてきた。

「別に、おかしくはないんじゃないか？　俺の元いた世界だと、ＳＭとか言って一定数そういうのが好きな人はいたからな」

「エスエム？」

「いや、その……主人と奴隷の関係性で、罰を与えたり受けたりみたいなやつだ」

「丁度、私とジタロー様みたいな関係性ってことかしら？」

「俺の世界は実際に奴隷制度とかはなかったから、主人と奴隷ってのもあくまで役割的なものだったけど、『罰』を一つのコミュニケーションとして楽しむ側面はあったぞ」

「罰がコミュニケーションになるの？　しかもそれを楽しむ？」

その系統は特に好きだったとかでもないから、あんまり詳しくない。

でも、ベルトを振り下ろす度に痺《しび》れる手の感覚や、聞こえるニケの悲鳴と反応。良くないと思いつつも、その楽しさはなんとなくわかるような気がしてる。

「なんとなく、わかる気がするわ」

思い当たる節があるのかそう呟いたニケは、憑《つ》き物《もの》が落ちたような顔をしていた。

SMも俺とニケの関係も『絶対服従紋』のような物理的に縛るものがあるわけでもなく、心の在り方と信頼関係で成り立っている……そういう意味で、似ている気がする。

できるなら、叩いたりとかじゃなくて絆を深めていきたいけどな。ニケの頭を撫でる。

「じ、ジタロー様?」

「これからも、信頼するからな」

「ええ。その信頼に、必ず応えてみせるわ」

「まあ、ほどほどにな」

ニケは、黒く染まった白タオルを折り畳む。自分では見えないけど、首に描かれた模様はちゃんと消えたのだろう。俺の顔をマジマジ見てくる。

「どうした?　まだついてるか?」

「い、いえ。何でもないわ……!」

ニケは、恥ずかしそうに首を振ってからそそくさと服を着て部屋を出ていった。

ガチャリとドアが閉まるのを見た俺は、鍵を閉めて灯りを消す。そしてベッドの上にダイブして、バンバンとベッドを叩いた。

偉いぞ俺!　途中何度も理性の壁が壊れかけたけど、なんとか最後の一線は死守した!

裸のまま膝に座られて首拭かれるのとか本当ヤバかった。でも、この流れで手を出すとミューにガチで嫌われそうだから耐えきった。

なんか頭おかしくなって終始変なこと口走ってたような気もするけど、一先ず考えないようにしよう！

部屋に誰もいなくなったのを確認した俺は、最後まで耐え忍んだ理性を労《ねぎら》ってやった。

間章

一足先に部屋に戻ったミューは、うつ伏せで枕に顔を埋《うず》めていた。

「うぅぅぅっ」

思い出されるのは、ミューの髪の毛を掴み鬼の如く怒っていたニケの形相《ぎょうそう》。優しい姉にあんな顔をさせてしまった自分に嫌気がさす。更に、頭を下げさせ、罰を受けさせてしまったことも心を重くしていた。涙が流れてくる。

ジタローは人間だけど、ミューたちに良くしてくれていた。奴隷商店で臓器を売られる寸前だったニケを助けてくれて、怪しい儀式の生贄《いけにえ》にされるところだったミューも救ってくれた。

もしかしたら、良い人かもしれないと思いかけていた。

なのに、彼はかつてミューたちの故郷を滅ぼし、姉妹が奴隷に落ちるきっかけになった存在と同じ、異世界から召喚された勇者だと明かされて裏切られたと思った。優しくしてくれているのも、自分たちを騙《だま》してまた陥れるためなんじゃないかと怖くなった。

だから、ジタローが本性を現したときの抑止力として『平伏紋』を施した。

良かれと思ってしたことだ。アレがあれば、立場の弱さに付け込んで理不尽な要求をされたとしても、姉や自分、仲間になったばかりのファルの身を守ることができる。

……だけど。

『ミュー、アンタのその主張は、あれだけ憎んだ人間たちの差別と何が違うの？』

ニケの言葉で、自分がしでかしてしまったことの重さに気付かされた。

今までしてきた行動やジタローの人格ではなく、ただ人間で異世界から召喚されたってだけで、敵対視し、疑い、奴隷に掛けるような魔術を施すという、受けた恩をあだで返すような真似《ま》似《ね》をしてしまった。

自分が最も憎んでいた人間たちが亜人にしてきたことと同じことをしてしまった。

その結果、姉が裸に剥かれ、鞭で打たれることになった。恥ずかしそうに手を下ろしたニケの顔、痛みに響いた悲鳴。未《いま》だにミューの脳裏に焼き付いている。

ただそれでも、ジタローはどこまでもニケを思いやってるように見えた。

辱めるように服を脱がしても、指一本触れてはいない。鞭で叩いたのもたった七発。

天秤によって威力を強化されたのを見た時はミューも血の気が引いたけど、ニケが机から手を離し限界を感じ取ったら即座に『罰』を終わらせた。

人間は、亜人の奴隷に対して何の理由もなく鞭を打つし、奴隷が泣き叫ぼうとも笑うばかりで決してその手を止めたり、哀れんだりするようなことはない。そんな凄惨で胸糞《むなくそ》悪い光景を、亜人大粛清以降ミューは何度も見て来た。

まして今回に関しては、ミューに一〇〇％非がある。本来の奴隷と主人の関係であれば殺されていても文句は言えない内容だった。

でもジタローは許してくれた。姉の誠意と覚悟に免じて。二度の過ちは許さないと。でも、一度だけならと許してくれた。

「ミューは、ミューは……」

ミューの幼い心で受け止めるには、あまりにも重い咎《とが》であった。

「クマー、デビクマー！」

涙で枕を濡らすミューの頭をポンポンと、蝙蝠の羽が生えたファンシーなクマが撫でる。

「デビクマ……。デビクマは、ミューを慰めてくれるのです？」

「クマー！」

ミューはデビクマをギュッと抱きしめる。デビクマの体温に、罪悪感で潰れそうだった心が癒《いや》されていくのを感じる。

とんでもないことをしてしまった。大好きな姉をあれほどまでに怒らせ、自分のせいで酷い目に遭わせてしまった。唇を強く噛みしめる。

人間に対する恨みはある。勇者の肩書に対する不信感は拭えない。

だけど、ジタローという個人はミューにとって間違いなく恩人だ。その事実を無視してジタローに憎しみを向けるようなことはしてはいけない。亜人を差別してきた人間と同じにはならない。すぐに仲良くなれというのは、難しいかもしれないが。

目を瞑り、まどろみに沈むミューの目からは涙が流れ続けていた。

第四章　エドワード事件

1

豪快なドアノックで目が覚めた。今日はファルか。

「おはよう、ジタローのダンナ！」

「おはよう、ジタロー様」

「……おはようなのです」

ドアを開けると、三人ともそろっている様子だった。

昨日酔いつぶれてたのが嘘《うそ》みたいに、ファルが元気そうだった。ニケは頬を赤くしながら小声で挨拶をする。デビクマを抱えたミューもぺこりと頭を下げて挨拶してくれた。

「おう、三人ともおはよう」

昨日のこともあって少し気まずい。ミューがしおらしいことにファルも気付いてそうだけど、特に何か言ってくることはなかった。

「とりあえず、朝飯食いに行こうか」

「飯、やったぜ！」

「ありがとう、ジタロー様」

「……ありがとうなのです」

ファルが大袈裟《おおげさ》に喜び、ニケが頭を下げる。ミューは嬉《うれ》しそうな顔をした。

「「ちゃーっす！　おはようございます、ジタローさん！」」

宿を出ると、町を歩いていた冒険者たちに頭を下げられる。

「お、おはよう」

「おい、お前、早くセッカマさんを呼んできやがれ！　ドヤされるぞ」

「は、はいぃ！」

「おはようございます、ジタローさん。今から、どちらに？」

「朝飯を食おうと思ってな」

「それでしたら、俺たちで買ってきますよ！」

「任せてください」

「助かるよ。じゃあ、パンと牛乳と、あと適当に肉系の。四人分買ってきてくれ」

そう言いつつ、ニケの腰のポーチから取り出した銀貨を冒険者たちに渡す。

「え、ええ、金を俺たちに渡してくれるんですか!?　それもこんな大金！」

「買って来てくれるだけで助かるしな。お釣りは取っといてくれて良いぞ」

渡した銀貨は七枚。昨日の朝食費は五枚だったから二枚は冒険者たちの取り分だ。

「でっけぇ。ジタローさん、いや、親分、器でけーっすアンタ」

「おい、お前、釣り貰《もら》えるからってケチな買い物すんじゃねえぞ。ジタローさんの顔に泥を塗ったらセッカマさんに殺されちまうからな！」

「わかってらぁ！」

冒険者たちはお金を握りしめて、朝の市場に買い出しに出かけた。

昨日は、亜人に食わせるものはないとか言われて朝飯を買うだけで一苦労だったけど、今日は冒険者たちが買ってきてくれたからすんなりメニューが揃《そろ》った。

落ち着いて食べられる場所を確保するために冒険者ギルドに向かう。

「おはようございます、ジタロー様」

「「おはようございます」」

冒険者ギルドには、昨日助けた三人の女性たちがいた。

「ああ、おはよう。……何で冒険者ギルドに？」

「ジタロー様の計らいのお陰で、ここで働けることになりました」

「お陰で身は清らかな状態に戻りましたが、盗賊に攫《さら》われた私たちに居場所なんて本来ないはずでした」

「壊れた心や、失われた処女を治していただいただけでなく、社会復帰まで助けてくれるとは……」

「「ジタロー様、ありがとうございます」」

女性たちは膝を突き、まるで神様に祈るみたいにしてお礼を言ってきた。

「い、いや、これも全てアストレア様のお陰ですから！」

「「本当にありがとうございます、聖者ジタロー様。このご恩は一生忘れません」」

そんな大それたことしてないはずなのに聖者とか聖人とか分不相応な称号が定着しつつある……。さらりと聞き流したけど『治す』って失われた処女まで戻せるの？　そもそも膜《まく》を治したとして、それで処女と言えるのか……？

まあ解釈《かいしやく》の話はどうでも良いか。喜んでいるみたいだし、水を差すこともないだろう。

「ところでジタロー様、今からご朝食ですか？」

「あ、ああ、そのつもりだけど」

「でしたら、差《さ》し支《つか》えなければお手伝いをさせていただきたいのですが」

「……お手伝い？」

朝食のお手伝い、とは？

「私たちが、ジタロー様にあーんして食べさせて差し上げるのです」

「マッサージもさせてください。私と彼女で肩と、足を揉《も》ませていただきます」

「少しでも、ジタロー様のお役に立ちたいのです。……ダメ、でしょうか？」

三人の女性に、肩と足を揉まれながらあーんして食べさせてもらう？

それ、なんてハーレム？

女性たちはニケやミュー・ファルのような絶世の美少女たちに比べれば少し見劣りしてしまうものの、日本人の基準からすると綺麗《きれい》なヨーロッパ系の女性って感じの容姿をしている。特にあーんして食べさせてくれると言っている女性はファルほどじゃないにしてもおっぱいが結構大きかった。

朝から至れり尽くせりされながら、朝食を食べるのはきっと楽しいだろう。

「もちろんダメじゃ――『ダメに決まってるでしょ！』……」

ニケの大声がギルドに響く。ミューの冷たい視線が突き刺さる。デビクマも、ミューに同調するようにクマーと鳴いた。いや、なしだな。うん。冷静に考えて仲良い女友達や姪《めい》っ子《こ》の前でキャバ嬢にデレデレするおっさんがいたら嫌われるだろ？　そういうことだ。

「あら、貴方《あなた》には聞いてないんだけど？」

「じ、ジタロー様にあーん、なんて、そんな羨《うらや》ま……はしたない。ジタロー様は紳士だからそういったことは是《ぜ》としないわ！」

「どうかしら？　今、ジタロー様は頷《うなず》きそうだったわよ」

ニケと、女性たちが言い争っている。

「なあ、ダンナ。なんでも良いけどオレは早く飯食いたいぜ」

先に渡していた串焼きを既にぺろりと平らげていたファルが言う。

「そうだな」

言い争いをしている三人の女性と、ニケの仲裁に行くのは恐ろしいので素知らぬ振りをして机に行き、もそもそと朝食を食べ始めた。

「こっちも美味《おい》しいのです」

「クマー！」

ミューは牛乳に浸したパンの切れ端をデビクマに与えていた。デビクマは、クマー！　と嬉しそうに手を叩《たた》き、美味しそうに頑張っている。

昨日の今日で既にミューとデビクマはとっても仲良しになっていた。

あとで俺にも撫《な》でさせてもらえないか聞いてみよう。

「クソッ、ジタローさん全然いねえじゃねえか……あ、ジタローさん！」

デビクマをほっこり眺めていると、少し乱暴にギルドのドアを開けたセッカマが駆け寄ってくる。なんだか実家の犬を思い出す。

「おはようごぜぇます、ジタローさん。朝食ですか？」

「まあ、俺は食べ終わったけど」

「え？　もう⁉」

「「「そんなぁ……」」」

軽めに牛乳とパンだけだったしな。俺が朝食を食べている間ずっと言い争っていたニケと三人の女性は、がっくりと肩を落とす。

「それで、ジタローさん今日はどうしやすか？　とりあえず〝エルリンにジタロー教団あり！〟って触れて回りますか？」

「やらないよ。やめてね？　ジタロー教団じゃなくて、神聖アストレア教団だから」

「アストレア……？　精霊なのか女神様なのか俺様よくわかんねぇですけど、実際にすげぇことしてるジタロー様の名前を広めた方がわかりやすくないですか？　ケヒヒヒ」

「ほうね！　わたひもほう思うわ！」

セッカマの言葉に、頬がパンパンになるほど食べ物を詰めているニケが同調した。

アストレア様は俺の名前が広まっても、使徒の俺を通じて信仰が回復するから問題ないって言ってたけど……。

尾ひれ付きのエピソードを伴って広まっていきそうで、胃が痛い。とはいえこれは、昨日から散々説得を試みてるのに頑《かたく》なに受け入れてくれないから一旦諦める。

「今日は、もうこの町を出ようと思う」

「……ッ、も、もうこの町を発《た》たれるんですか⁉」

「そ、そんなっ、ジタロー様！　私たち、まだ全然恩を返せてないのにっ！」

「も、もう少しゆっくりしていきませんか？　一〇年くらい！」

「そ、そんな、ジタロー様、行ってしまわれるのですか？」

「ジタローさんほどのお人だ。こんな小せぇ町に収まるような人だとは思ってなかったけどよぉ、あまりにも急すぎやしませんか？」

三人の女性たちが嘆き、セッカマにも引き留められる。気持ちは嬉しいけど……。

「神託《しんたく》が降りたんだ。使命を果たすために、エドワードの街に急がないといけない」

　時期を指定されたわけじゃないけど、アストレア様から直々に仰せつかっているのだ。早いに越したことはないだろう。

「使命。そう言われちゃ、俺様にゃ引き留められねぇよ」

「そんなっ、ジタロー様、私たちも連れていってください！」

「雑用でも、なんでもこなします！」

「私たちを！」

　セッカマが俯《うつむ》き、三人の女性たちが縋《すが》ってくる。

「無理言って困らせるんじゃねぇよ。お前らじゃ、ジタローさんの足手纏《あしでまと》いになる。いや、俺様だって同じだ。本当は付いて行きてぇけどよぉ」

「セッカマさん……」

　この町で最強の冒険者であるセッカマの言葉に、女性たちは押し黙り、冒険者たちは感心していた。

「ちょっと待っててくれだぜぇ」

　セッカマがどこかに走っていく。

「ジタロー様、私たち、まだ何もできてないのに」

「……恩を返したいと言うのであれば日々を懸命に生き、幸せになってください。それが、俺の助けた意味にもなります」

そもそも『治す』は召喚された時に貰っただけの力だし、これで恩を感じられても困ってしまう。胡散臭《うさんくさ》くもそれっぽいことを言って煙に巻いた。

「ジタロー様、やっぱりジタロー様は聖者様」

「私たちは、この町でジタロー様の考えを引き継ぎ、広めることにするわ！」

「私たちにできる範囲で、ジタロー様へ恩を返してみせます！」

「別に、恩とかそんなに気負わなくても良いんだからね？」

「自分はあれほどまでの奇跡を振りまいておきながら、私たちを慮《おもんぱか》ってくださるなんて、なんとお優しい方」

「聖職者といえど、こんなに謙虚でお優しいなんて信じられないわ……」

「私、感動で涙が、ううっ」

本当に気を遣わないでほしいだけなのに、何か言うたびに反応がどんどん大袈裟になって収拾がつかなくなってくる。困り果てていると、セッカマが戻ってきた。

「ジタローさん、エドワードに行かれるんでしたらこれ、使ってくだせぇ」

渡されたのは一枚の古びた巻物。

「これは……」

「エドワード行の転移スクロールです。受けた恩を考えれば微々たるもんですが」

「いや、本当に助かるよ！」

エドワードまでどれくらいの距離かはわからないけど、移動時間が短縮できるなら本当にありがたい。

「いえ、俺様にできることなんてこれくらいですので。ケヒヒヒ。今の俺様じゃ力不足でジタローさんについて行けやせんが、いつか助けられるくらい強くなりますんで、そんときゃよろしくお願いしやす！」

セッカマは爽やかな雰囲気で、深々と頭を下げる。ケヒヒヒって笑うくせに。

続いて女性たちや冒険者たちも頭を下げた。

最初は差別も酷《ひど》かったし、絡まれたりして色々と大変だったけど、たった一日で態度が変わり過ぎだ。でも、悪い気はしなかった。

スクロールをニケに手渡……そうとしたけど、ニケはまだご飯を頬張ってる最中だった。ミユーがスクロールをひったくる。

「〝エドワードの街へ〟『テレポート』なのです！」

「ありがとう、また来るよ」

「「「「はい！　ジタローさん（様）、ご達者で！」」」」

浮遊感に包まれると同時に、俺たちの足元に幾何学《きかがく》模様の魔法陣が展開される。

俺たちは、勇者のいる街エドワードに転移した――

2

その建設にどれだけのコストを割《さ》いたのか、大きな街をぐるりと取り囲むような巨大な防壁はまるで要塞みたいだった。

「ここが、エドワードの街なのか？」

「私も初めて見るけど、聞きしに勝る見事な防壁ね」

「この街には勇者がいるらしい」

「勇者！　勇者がいるのか⁉」

ニケとミューがコクリと頷く傍《かたわ》らで、ファルが目を輝かせて食い気味に聞く。

「ああ。俺の使命は勇者を『絶対服従紋《ぜったいふくじゅうもん》』から解放することだ。ファル、ニケ、ミュー。力を貸してほしい」

「任せろ！」

「必ずジタロー様の役に立ってみせるわ！」

ファルが親指を立て、ニケが力こぶを作ってみせた。頼りになる。

「エドワードは第三王子が運営する街なのです。……勇者がいるとすれば王族の傍《そば》。ぶっ殺してやるのです」

ミューはメラメラと燃えていた。殺《や》る気は十分のようだった。

勇者を解放し、世界の法に背いた王族を裁くという使命は、三人の意志と合致している。俺たちはコクリと頷き合って、街の入り口――城門へ向かった。

「この街は亜人の立ち入りを原則禁止している」

門番に、いきなり出鼻《でばな》を挫かれた。亜人に対する酷い差別はこの世界に入ってから何度も見てきたけど、そもそも街にすら入れないなんて想定外だった。

初めての勇者の解放。王族もいるらしいし、戦闘も予想される。アストレア様の加護があっても俺だけというのは不安だしやっぱり護衛というか仲間はいた方が安心できる。

長期戦も考えられるから、ニケたちを外で待たせるわけにもいかないし……。

いや、待って？　今、原則って言った？

「原則ってことは、例外もあるんですか？」

「そうだな。奴隷である場合に限り、亜人一人につき銀貨五枚の通行税を支払ってくれれば入れるぞ」

「銀貨五枚⁉」

……高い、けど払えない額ではない。

「あとは一応、C級以上の冒険者証があれば無税で入れるぜ」

スッ、とC級の冒険者証を見せた。門番の人は驚いた顔をする。

「アンタ、ひょろいし護衛目的で奴隷を連れてる金持ちだと思ってたんだが……。いや、その格好もしかして他国の聖職者か？」

「まあ、そんなところだ」

「なるほどねぇ……。神聖アストレア教団、聞いたことねえ宗教だが――」

「ところで、どうしてC級以上の冒険者だと無税なんだ?」

怪しむような反応をされたので、質問をして話を逸《そ》らす。

「ん? ああ、亜人大粛清《だいしゆくせい》以降どこも冒険者不足だからな。元々下賤《げせん》な冒険者稼業は亜人が多かったってのもそうだし、盗賊が増えて冒険者の仕事が増えたってのもそうだな。全く、迷惑な話だよ」

衛兵は肩を竦《すく》めながらニケたちを見た。

盗賊が増えたのは、不当な差別で亜人たちの生活が追われたからだろ、と食って掛かりたくなったけど、ここで感情に任せて暴れても何の意味もないので怒りを抑える。

「……通って良いか?」

「ああ、いや待ってくれ。C級冒険者なら無税で入ることは可能だが、亜人が装備品を身につけた状態で入るのは不可能だ」

「どういうことだ?」

「武器を没収して、服を脱がせろ」

「なっ⁉」

「アンタ、あの亜人奴隷たちの主人なんだろ? 『絶対服従紋』で言うことを聞かせれば、服を脱がせるくらい簡単なはずだ」

「…………」

「それとも何だ？　その亜人共は奴隷じゃないのか？　俺たちも王国に仕える兵士なんでな。奴隷じゃない亜人を見逃してやることはできないぞ？」

衛兵が剣を抜く。気が付くと、後ろにも槍《やり》を構えた衛兵が四人ほど控えていた。

どうしよう、困ったな。

俺たちには、この街にいる勇者を探し出して解放する使命がある。

この衛兵たちを無理やり暴力で突破してこの街に侵入することは可能だろうけど、騒ぎを起こせば勇者を探すのは難しくなる。

なるべくなら穏便にことを済ませたいが……ニケたちの方を見る。

絶対服従紋は『治す』で既に解除しているけど、そうでなくとも、こんな衆目の中で服を脱げなんて言えない。

とりあえず、一旦離脱をして作戦を立て直そう。

手の動きで三人にそうジェスチャーすると、ニケが服に手を掛け白いシャツを脱ぎ始めた。

簡素なスポーツブラに包まれた、細身の身体が露《あら》わになる。

次に革製の半ズボンに手を掛ける。白いショーツが見える。

止める暇もなく下着だけの姿になった。

手をお腹《なか》の前で組んで恥ずかしそうにしながらも、その眼光は初めて会った時みたいにギラついていた。

「お、おいニケ、お前が脱ぐことなんて――」

「ジタロー様の使命を果たすには、ここを通らなきゃいけないでしょ？　私たちが恥ずかしい思いをするくらい、些細《ささい》なことよ」

「ま、オレは見られても、恥ずかしいとは思わねーけどな」

男前なことを言ったニケに続いて、ファルも革の鎧《よろい》と腰巻を脱ぎ捨てる。

露出度はあまり変わらないけど、それでも下着姿だ。さらしと無地の地味なパンツで色気のある格好とまでは言わないものの、大きなバストやむっちりとした太もも、鍛えられた筋肉はエロ格好《かっこ》良くて少し目のやり場に困る。

「……姉様が脱ぐなら、ミューもこの恥辱《ちじょく》に耐えるのです」

ミューも、黒いコートと紫色のワンピースを躊躇《ためら》いながらも順々に脱いでいく。

キャミソールタイプだから露出は他の二人よりも少ないが、華奢《きゃしゃ》な太ももや細いボディラインはちゃんと見てわかる。

「あんまりジロジロ……いや、何でもないのです」

「あ、ああ、すまん」

ミューは一瞬俺を睨《にら》んだけど、すぐに撤回した。下着姿になった三人にここで申し訳なさそうなジェスチャーをするわけにもいかないが、内心で謝ってから門番を睨む。

「……これで良いか？」

「ほう、服従紋を使わずとも自ら服を脱ぐとは、随分調教ができているようだな。でも、まだ装備は残ってるようだが？」

　門番がゲスな顔で、下着姿の三人を指す。

「もう十分だろ！　鎧は脱がせた。武器は俺が預かった。女の子三人を下着姿にまでさせたんだ。これ以上辱めることはないだろ！」

　ニケたちは、使命のために騒ぎを起こすまいとこんな真っ昼間の外で下着姿にまでなってくれた。そんな彼女たちを、全裸にして街を歩かせるわけにはいかない。

　俺は声を張り上げた。兵士の一人が、門番の肩を叩いた。

「その通りだ。俺たちは、誇り高きエドワード殿下直属の兵士。亜人の脅威から街を守る努力はしても、辱め、弄《もてあそ》ぶようなことをしてはならない。品性を見せろ」

「そうだな。本来『絶対服従紋』で縛られてる奴隷から武器を取り上げるだけでも、安全策としては十分過ぎるくらいなんだ。これ以上は必要ない」

「チッ」

　良識ある兵士二人の言葉に、ガラの悪い門番は舌打ちをした。

「まあ、安全は確認した。通って良いぞ」

「ああ」

　正規ルートではこの街に入れなくなることを覚悟したけど、無事に通過が認められる。下着姿のニケたちを引き連れて門を通る。

「ああ、そうだ」

通り過ぎようとしたところで、さっきの門番が声を掛けてくる。

「なんだ？」

「この街じゃ、亜人が人間様と同じ目線で歩くことなんて許されてないからな。亜人共は四《よ》つん這《ば》いにして歩かせろ」

「……は？」

「おっと睨むなよ？　これはこの街の法で決まってるんだ。『絶対服従紋』を使えば従わせられるだろう？」

誇り高い兵士も苦い顔で追従した。嫌がらせ目的の出まかせではないらしい。

ニケが俺の前に出て、両手と両膝を地につけた。白い尻尾《しっぽ》が生えたお尻が向けられる。

ファルも両足を地面につけたまま両手を地面につける。野生児のような或《ある》いは類人猿のようなその四足歩行スタイルは、ちょうど股間の前くらいに大きなお尻が突き出されるような形になっていて唯《ただ》の四つん這いより却《かえ》ってエロい。太い尻尾がぶんっと振られる。

「……このくらいの屈辱。目的を思えばなんてことないのです」

震えながら小さく呟《つぶや》いたミューは、ニケの隣で四つん這いになった。ミューは勇者や王族に対して強い恨みを抱いている。その気持ちが、ここまでさせるのだろう。デビクマはミューの背中に乗っていた。ミューの内心なんて知らないと言わんばかりにお気楽な様子でクマーっと鳴いて手を振っている。

「亜人共が暴れたら、主人であるお前の責任だからな。間違っても目を離すなよ」

ゲスな門番はそう吐き捨てて、持ち場に戻っていく。俺たちは何とかエドワードの街の中に入ることに成功した。

ニケ、ミュー、ファルが、四つん這いで歩いている。

歩く度にフリフリとお尻が揺れ、尻尾が揺れる。彼女たちの覚悟を思えば、紳士としてなるべく目を逸らすべきなんだけど、男の性《さが》でどうしても視界に入ってしまう。

それでも努めて街を見渡した。

通りを歩いているのは、人間だけ。亜人種っぽい人は見当たらない。

そう言えば召喚された城からすぐ出た通りも人間しかいなかったな。亜人はファリウス奴隷商店で見たくらいだ。王族が運営する街は、そうなのだろうか？

街を歩く人たちは、四つん這いで歩くニケたちに蔑みの目を向けていた。

とても嫌な気分になる。早く勇者を見つけ出して、使命を果たしたらこんな街とはおさらばしたい。

「なあ、これだけ大きい街だし美味《うま》い飯とかあんのかな？」

「……さっき朝食を食べたばかりなのです」

食べ物の話をし始めたファルに、ミューが半目になる。

「新しい街に来たんだから別腹だろ！」

「クマー！」

「とりあえず今日は情報だけ集めて、そのあと飯にしようか」

「おっ！　ダンナ、話がわかるじゃねえか！」

理不尽な目に遭わされてるのに、まるで意に介してないようなファルのお陰で空気が軽くなった。エルリンよりも亜人差別の酷いこの街で三人と一緒に入れる食事処を探すのは大変そうだけど、ここまで協力してもらっているわけだし、可能な限り労《ねぎら》ってやりたい。

暫《しばら》く歩いていると、人が多く集まっている場所を見つけた。

その人だかりの中心には、全身鎧の騎士たちに神輿《みこし》のように担ぎ上げられた、演説をする豪華な紳士服を着た男がいた。

隣には、仮面をつけた黒髪短髪の男と、同じく仮面をつけた黒髪長髪の女がお揃いの真っ白な鎧を着て立っていた。

「私の名前は、エドワード！　この国の第三王子にして、この街『エドワード』の主《あるじ》である！　私は、女神マモーン様のご加護により『勇者召喚の儀』を成功させたことを、ここに宣言するのであーる‼」

「「「「「うぉおおおお！　エドワード様ァぁああ‼」」」」」

エドワードと名乗った男が手を上げて力強く宣言すると、人だかりから歓声が上がる。

「さぁ、挨拶するのであーる！　勇者たちよ‼」

「「…………」」

仮面の男女は無言でぺこりと頭を下げた。

あの黒髪や、所々見える肌の色はよく馴染《なじ》みのあるものだった。勇者たちはきっと俺と同じで日本から召喚されたのだろう。

――ジタローよ。

「ええ、わかってます」

脳内に響いた声に頷く。

勇者を解放し、召喚したエドワードを断罪するのが使命。

まさか、こんなすぐに見つかるとは思わなかったけどな……！

「ニケ、ミュー、ファル。着替え終わったら、すぐに助太刀《すけだち》してくれ」

マジックポーチを放り投げる。ニケが頷いてから素早い動きでポーチに収納していた装備品を取り出して、ミューとファルに配る。

「『裁量の天秤《てんびん》』『断罪の剣』」

エドワードの姿を捉えたまま、天秤と剣を出した。

天秤は金に、剣は銀に輝いていた。アストレア様が、縦ロール姫を裁いたときに見せたのと同じ色、同じ輝き。心強い。

――ジタロー。まずは法を犯した不届き者に、然《しか》るべき裁きを与えよ。

アストレア様の言葉が、動きを助けてくれる。勇気が、力がどんどん湧《わ》き出《で》てくる。

自分でも信じられないほどの速さで駆け出して、瞬く間に演説をしているエドワードの目と鼻の先まで肉薄《にくはく》した。

石もバターのように斬るこの剣であれば、大袈裟な予備動作は必要ない。そのまますれ違い様に、最小限の動きでエドワード王子の首を刎《は》ね飛《と》ばした――

3

エドワード王子の首が宙を舞う。

「『治す』！」

みんなの意識が刎ね飛ばされた首に向かう中、勇者に手を伸ばし『治す』を飛ばした。髪の短い勇者の方に『治す』が命中する。『絶対服従紋』はこれで解除されたはずだ。あともう一人――

「『治す』ッ！」

髪の長い勇者も『治す』ために伸ばした手は、たった今解放したはずの男の勇者によって切断された。

「うがぁッ！」

激痛が走る。だが、無傷だった。女性の勇者に撃った『治す』が、斬られた俺の手を即座に治したのだろう。

しかし、攻撃されるとは思っていなかった。

だって、俺はどう見ても日本人。

召喚された勇者も俺と同じ境遇だろうから、絶対服従紋さえ解除すれば仲間になってくれると勝手に思い込んでいた。

　グシャリ、エドワードの頭が地面に落ちて血が零《こぼ》れる。騎士たちは、唐突な主の死を現実として受け入れられないのか、唖然《あぜん》として固まっていた。

　俺も、予想外の事態に思考が止まりそうになっている。

「アハハッ！　やっぱり、貴方、あの時のリーマンですよね？」

　絶対服従紋を解除したはずなのに、斬り掛かってきた勇者だ耳障りな甲高い声を上げた。ねっとりとした粘着質な声。嫌いな声だ。俺のことを知っている様子だが。

　……誰だ？　こいつ。

　警戒しながら、一歩下がる。俺の手を斬った勇者は仮面をはずして、顔を露わにした。

「僕ですよ、僕。あの時貴方を刺した、僕ですよ！」

　長い前髪、隈《くま》の深い目と、薄ら笑いを浮かべている不愉快な口元。

　忘れもしない。そうか。こいつもこの世界に召喚されていたのか……。

「あの時の通り魔か……」

　この世界に来る前、俺を刺してきたクソ野郎。

「通り魔とは失礼ですね。アレは痴話喧嘩《ちわげんか》の最中だったんですよ。……僕と彼女の純愛に水を差すから、馬に蹴られたんです。自業自得ですよ！」

　包丁向けて脅す痴話喧嘩？　純愛？

「そんなわけないだろ、勘違いのストーカー野郎が」

「勘違い？　ストーカー？　失礼なことを言わないでください！　僕たちは愛し合ってるんだっ！」

「愛し合ってて包丁を持ち出してたら世話ないな」

「彼女は本心を全然明かしてくれないから、素直になってもらおうと思っただけだ！」

勘違いストーカー野郎は地団太を踏みながら、ぎゃあぎゃあ喚き散らして来る。もう一人の長い髪の勇者を指さしながら。……となるとそっちはあの時の女の子か。

最初に助ける方、完全にミスったたっぽいな。

「俺が見た感じ、女の子の方はお前のこと本心から嫌がってそうだったけどな！」

「うるさいうるさいうるさい！　部外者のお前が知った風に言うな！　おい騎士ども、なにボサッとしてる。早くこいつを殺せ！」

喚き散らす短髪の勇者の声に、さっきまで茫然自失《ぼうぜんじしつ》の様相だった騎士たちが、武器を抜いて構え始めた。

「貴様、よくも、よくもエドワード様を！」

「何者だ！　名を名乗れ！」

「いや、主の仇！　名乗る間もなく成敗してくれる！」

「勇者様、あの反逆者を共に‼」

騎士の一人が叫びながら、突進してくる。騎士の攻撃を銀の剣で受け流しながら、一歩下がって距離を取った。

騎士たちは、主が死んだ動揺があるようで統率が乱れていた。

「エドワード様！　嫌ぁぁぁぁぁあああっ！」

「うわぁぁあ、反逆者が出たぞ‼」

「逃げろぉぉおお‼」

「勇者様ぁっ、早くそいつをやっつけてください！」

演説を聞きに来ていた民衆たちも、ようやくエドワードの首が刎ね飛ばされた現実を理解し始めたのか、悲しみに泣き崩れる者、危険を感じ取り一目散に逃げ始める者、野次を飛ばす者、勇者たちを応援する者たちが現れ始める。

状況が、一気に混沌化《こんとんか》し始めていた。

少女の勇者の方を『絶対服従紋』から解放するのが難しい状況になる。速攻で勇者二人を『治す』で味方につける算段だったのに。

二択を外してしまった己の不運を嘆きたくなるが、言ってもどうしようもない。理想的な状況を作れなかったというだけで、不利になっているわけじゃない。

……アストレア様、どうか勇気をお与えください。

目を瞑《つぶ》って祈りを捧《ささ》げると、呼応するように剣と天秤と法服が光った。

本物が降臨した時ほどではないが、神々《こうごう》しいオーラに騎士たちとストーカー野郎が怯《ひる》む。

一歩前に踏み込んで、一気にストーカー野郎の目前に肉薄した。

こいつは、法治国家の日本でも包丁を持ち出して、俺を刺した超危険人物だ。さっきも、俺の手を躊躇いもなく斬ってきた。 殺す気でいかないと、こっちが殺されるかもしれない。それに、こいつは女の子を包丁で脅すような、クズのストーカー野郎だ。

同郷で、召喚者だとしても……同情の余地は一切ない。

躊躇なく、剣を振り抜く。

加護によって補正された理想的な一太刀《ひとたち》は、吸い込まれるようにストーカー野郎の首筋を捉えている。そのまま首を刎ね飛ばそうとして、ストーカー野郎はニヤリと嗤《わら》った。

次の瞬間、演説を聞きに来ていた民衆の一人——女性の首が宙を舞った。

メイド服を着ている女性の首から、噴水のように血が溢《あふ》れ出《だ》し、斃《たお》れる。

俺の剣を受けたはずのストーカー野郎は、全くの無傷だった。

「………は？」

「アハハハッ。その戸惑った顔、最っ高！　これ、固有スキル『責任転嫁』の能力なんだ！　僕に与えられたダメージは、身代わりの他人にぜーんぶ押し付けられるんだ！」

つまり、何だ？　今、首が刎ね飛ばされた女性は、ストーカー野郎に向けた攻撃の身代わりになって死んだってことか？

「あーあ、可哀想《かわいそう》に。あの子ね、田舎《いなか》からこの街に出て来て、貧しい暮らしをしている両親や姉妹に仕送りをするためにメイドをしていたんだよ！　それなのに、お前が殺しちゃったんだ！　なんの罪もない女の子を！　サイテー！　アハハハっ」

ストーカー野郎が、耳障りな甲高い声で煽《あお》ってくる。

頭が真っ白になる。何の罪もない一般人を巻き込んでしまった。ストーカー野郎のスキルのせいなので、俺のせいで殺したとは思わないけど、申し訳ないことを……い、いや、まだ死んでない。そう言えばどっかで、人間は首を切り離されても即死はしないみたいな話を聞いたことがある。

『治す』は、死んだ人間を生き返らせることはできないけど、今ならまだ間に合うかもしれない。意識が一瞬メイドの女性に向いた隙に、胸にチクリとした痛みが走る。

ストーカー野郎が、剣を俺の胸に突き刺していた。

「なにこの服、信じられないくらい硬いんだけど……」

剣は頑丈な法服に阻まれて通らない。奇襲に失敗したストーカー野郎は、不愉快そうに吐き捨てる。気を取られてしまった。

「うおおおお！　勇者様に続け！」

「うおおお、エドワード様の仇！」

騎士たちが、チャンスと見たか一斉に襲い掛かってくる。

このままこいつらを相手してたら、あの女性が本当に間に合わなくなってしまう！

クソッ。こいつらは、罪のない女性がストーカー野郎の能力のせいで死んでるってのに罪悪感とか湧かないのか？

一刻を争う状況の足止めに、苛立《いらだ》ちが募《つの》る……。

「ファルニーフストライクッ！」

ドゴーンッ！

寄《よ》って集《たか》って邪魔してくる騎士たちが、ボウリングのピンみたいに吹っ飛ばされた。

「ダンナ、オレたちもいるぜ！」

既に装備に着替え終えたファルが、笑顔で親指を立てた。そうだ。俺には仲間がいる。

「『治す』ッ！」

ファルが作り出してくれた隙を突いて、首が飛ばされた女性に手を伸ばした。

頭と胴体は何とか繫《つな》がったが、今は、悠長に脈や呼吸を測って生存を確認する隙がない。女性を転がしたまま、すぐに振り向いて剣を構える。

奥の方では、ニケが既に着替え終えていて、ミューも黒いコートを羽織っている最中だった。準備は整っている様子だ。

しかし、困ったな。

あのストーカー野郎を攻撃すると、罪のない人が身代わりにされて死んでしまう。かと言って、何しでかすかわからないあのクソ野郎を放置するわけにもいかないし。

やりづらくてしょうがない。これじゃあ、罪のない一般人たちが人質に取られてるみたいなものだ。こいつの性根同様ひん曲がった悪質なスキルだ。

「ファル、ミュー、ニケ！　男の勇者には手を出すな！　俺がやる！」

俺の指示に、三人は頷いてくれた。

とりあえず足止めはできるけど、ここは敵地で人数差も劣ってるからコイツ一人に縛られ続けるわけにもいかない。どうしたものか……。

——ジタローよ。『裁量の天秤』を使え。さすれば『転嫁』の因果ごと敵の命を絶ち切れるだろう。

困っていると、神託が降りた。

それで解決するんですね！　ありがとうございます、アストレア様！

「『裁量の天秤』」

金の天秤を前に突き出すと、ガタン、と天秤は右に大きく傾いた。

「判決を言い渡す。——お前は死刑。斬首の罰を与える」

黄金の光が、断罪の剣を包み込む。

「アハハッ。僕の能力見てなかったの？　僕に与えられたダメージは罪のない一般人が負うことになる。治す能力を持ってるみたいだけど、今度は全力で邪魔するよ？　そしたら、今度こそ罪のない人を殺した人殺しになっちゃいますよ！」

煽るように嗤って、両手を広げてみせる。

「元日本人の貴方に、関係ない一般人を殺す度胸なんてありますかねぇ!?　さぁ！　何度でも僕を斬って、何度でも治してみてくださいよぉ！」

本当に、胸糞《むなくそ》悪い野郎だ。よくもここまで卑怯《ひきょう》で卑劣な真似《まね》ができるな。

無言で踏み込んで剣を振り上げる。身代わりに攻撃がいくと確信してるのか、舐《な》めた態度で突っ立ってくれている。

そのまま死ぬまでそうしてろ！　アストレア様に代わって、俺が裁いてやる。

今度こそ、このクソ野郎の首を刎ね飛ばそうと剣を振り抜く。

視界がスローモーションみたいになった。動体視力に自信がある方ではないが、断罪の刃《やいば》が首に吸い込まれ、薄皮を斬り裂いていくのがよく見える。

頭と胴が泣き別れになる寸前で、ストーカー野郎は横に大きく飛んだ。いや、何者かが突然現れて、突き飛ばして助けた……？

「なんだよ、痛ったいなぁ」

地面に転がって文句を言うストーカー野郎に、女の子が覆いかぶさっていた。

綺麗なブロンドの長髪で、背中からはカラスのような漆黒の翼が生えている。頭の上には黒い幾何学模様の輪っかが浮かび上がっている。

天使……いや、堕天使？　といった雰囲気の女の子だ。

「クソッ、いきなり突き飛ばしやがって……お前、誰だよ！」

「私は強欲《ごうよく》の大天使、マモーン様の眷属《けんぞく》。……ソウイチ。今、私が助けなければ、貴方は首を刎ね飛ばされ死んでいましたよ」

大天使と名乗った女の子は、機械音声のような抑揚のない声でそう告げる。

「はぁ？　何言ってるの？　僕の能力は――」

「貴方の能力は『責任転嫁』。本来なら受けたダメージを受け流せるスキル。ですが、彼は忘れられた女神の使徒。貴方のスキルでも彼の攻撃は受け流せないでしょう」

「……血」

　大天使に首筋を指されて、ストーカー男は首から血が流れていることを自覚した。

「彼の相手は私がします。所詮は、信仰を失った神の使徒。私は名もない大天使に過ぎませんが、真の女神であるマモーン様の眷属。勝てない道理はありません」

「聞いてないよ。じゃあ、僕はあのドラゴンの娘にしようかな。一番おっぱい大きいし、ああいった気の強そうな女の子をいじめるの、僕、好きなんだ！　アハハっ！」

「そちらはお願いします。『絶対服従紋』発動。貴女は、あそこにいる二匹の獣人を始末しなさい。貴方たちも、勇者に加勢しなさい」

「うっ、くっ。た、助けてっ。た、戦いたく、ないっ」

『絶対服従紋』で操られた女勇者が、小さく悲鳴を漏らした。

「「「うぉおおおお！　天使様が降臨されたぞぉぉおお！」」」

「「「マモーン様、ありがとうございます！！！」」」

「「「エドワード様の仇、必ず討ってみせます！！！」」」

　大天使の命令によって勇者が前に出たことにより、パニック状態にあった騎士たちは統率を取り戻し、ニケたちに向かって進軍を始めた。

「そうはさせるか！」

「現れなさい、天使たちよ！」

　敵の動きがまとまって不利な戦況を作られる前に騎士たちに攻撃しようと足を踏み込む。俺の前に、四つの人影が急に現れた。

大天使と同じく、カラスのような黒い翼が生えていて、体格は大きくない。

顔がなく、性別もぱっと見ではわからない。のっぺらぼうの子供みたいだった。

「三柱《さんにん》は私とソウイチのサポートを。一柱《ひとり》は勇者と騎士たちを援護」

小柄な天使たちが武器を取り出して一斉に襲い掛かってくる。

しかし、彼?らの攻撃は頑丈な法服に一切通じない。小さな天使たちは無視できる。強引にニケたちの加勢に向かおうとしたら、大天使が空から急襲してきた。

「おわっ！」

法服に守られていない頭を狙われた一撃を断罪の剣で防ぐ。

キンッ、と金属がぶつかった音が響いて火花が散った。

そんじょそこらの剣なら打ち合っただけでバターみたいに斬れるんだが、天使の武器ともなればそう脆《もろ》くはないらしい。

「言ったでしょう。貴方の相手は私がする、と」

「ジタロー様、私たちのことは心配しないで！」

「姉様はミューが守るのです！」

「悪い！　そっちは任せる！」

既に勇者と騎士相手に応戦を始めていたニケとミューは、小さく首を縦に振る。

盗賊団のアジトで見せてくれた力は相当だった。二人なら、この状況を切り抜けられるだろう。俺はなるべく早く大天使を片づけて、加勢に向かう……！

力いっぱい振り払うと、大天使が距離を取る。

「アハハハっ！」

ストーカー野郎が、ファル目掛けて突進した。

「しゃらくせぇ！」

ファルの手が赤い竜の鉤爪《かぎづめ》に変形する。そのままストーカー野郎に振り下ろした。

確実に、ストーカー男を三枚に卸してた一撃。だが、斬り裂かれ三枚に卸されたのは、野次馬をしていた一人の男だった。

アレは即死だろう。『治す』じゃどうしようもない。

それに、さっきよりも混沌としていて簡単に移動が許される状況でもない。メイドを治したみたいなことは、もうできないだろう。

「アハハッ、君の攻撃なら効かないよ！」

ストーカー男は、ファルの肩に剣を突き刺した。

「うがぁッ！」

ファルは反射的にストーカー男の頭を殴る。また一人、野次馬の男が吹き飛んだ。

「だから、効かないって！」

ダメージが通らないストーカー男に、苦戦してる様子だった。

「うおおお！　勇者様頑張れ！」

「そんな悪党共倒してしまえ！」

死人が出てるのに、次の身代わりは自分かもしれないのに、野次馬たちは勇者の応援を止《や》めない。……その光景は狂っているように思えた。

「おい、ファル！　一旦引け！　そいつに攻撃をするな！　俺がやる！」

「クソッ！」

ファルは無理やり一歩下がった。肩からは血が流れている。

「アイツ、まるで攻撃が効かねえ」

「そういうスキルだ。俺なら破れる。ファルは天使共の足止めをしてくれ」

「……！　すまないダンナ。アイツはオレじゃどうにもできねえ！」

「『治す』……頼むぞ」

「おう！　こっちは任せてくれ！」

跳び上がったファルが、蹴りを噛《か》ます。大天使はそれを受ける。隙ができたのですれ違い様に『治す』を飛ばしてから、ストーカー野郎の方に向かう。

「くっ、させませんよ！」

「行かせねえよ」

大天使が振り下ろした剣をファルは素手で受け止めた。鮮血が散る。ファルの手に剣が突き刺さっていたけど、そのまま大天使の腕を掴《つか》み上《あ》げた。

「くっ……」

「なぁ、ダンナ。オレがどんだけボロボロになっても治してくれるんだよな？」

「当たり前だろ！」

即答すると、鋭い犬歯を剥《む》き出《だ》しにしてにぃっと嬉しそうに笑った。

「オレにはなぁ、奥の手があるんだ。使えばオレの全力の一〇倍以上のパワー。本物の竜の力を得られる奥の手が。オレの身体も耐えられなくて全身がバキバキになって下手すりゃ死んじまうんだが――『ドラゴニュートオーバーヒート』」

ファルの四肢から赤い鱗《うろこ》と鋭い爪が生え、口元がドラゴンのそれに変形する。

白色の肌は鱗のない部分も赤く染まり、身体から湯気が出ている。体温が尋常じゃないほどに上昇しているのか、周りには陽炎《かげろう》が立ち込めていた。

ファルが大天使に拳《こぶし》を振りかぶる。

ブオンッ、と生物が出したとは思えないほどの音が鳴ったと同時に凄《すご》い勢いで大天使が地面に叩きつけられた。地面がひび割れ、ちょっとしたクレーターみたいになる。

「ダンナッ！　オレ、思う存分これを使って、全力で戦うのが夢だったんだぜ！　ひゃっほー！　夢が叶《かな》ったぁあああああ！」

超強化を経てかなりハイになっているのか、大はしゃぎの様子だった。

「お前らも、食らえっ！」

カッ！　ファルの口元が強烈に光ったと思ったら、ブレスが発射された。

俺の進路を阻害しようとしていた三体の天使たちは慌てて避けるが、凄《すさ》まじい速度の高熱の光線を完全に躱《かわ》すことはできず、一体は翼を焼かれ、一体は掠《かす》った光で延焼し、一体は直撃して消し炭になっていた。

「くっ、竜人風情《ふぜい》が……、大天使であるこの私にこんなダメージを」

大天使は、ボロボロになりながらもクレーターから立ち上がる。

ファルの足止めは十分果たされていた。もう、ストーカー野郎は目と鼻の先だ。そのまま、剣を袈裟懸《けさが》けに振り下ろす。剣を構えて防ごうとするが、もう遅い。

世界の理《ことわり》を犯した不届き者を裁くため、斬れ味マシマシになっている断罪の剣の前では、普通の剣はティッシュペーパーほどの守りにしかならない。

剣ごとストーカー野郎の胴体を斬り裂いた。切り離された上半身が、ボシャリと地面に崩れ落ちる。

「……は？」

斜めの二つにされたストーカー野郎は、呆然《ぼうぜん》としていた。切り口からこぼれ落ちていく臓物《ぞうもつ》を見て、顎を落とす。

「こ、これは、夢？　痛い。悪夢？　痛いよ。痛い。あぁっ。死ぬの？　僕、死ぬの？　こんなところで……？」

口から血を零しながら、叫んでいた。

「貴方の能力、治す能力でしたよね。さっき、首を切り離されたメイドの女性も治してた。がぽっ。ねえ、貴方なら、治せるんでしょ？　僕のこと治せますよね？」

ようやく自分が致命傷を負ったことを理解したコイツは、あろうことか今の今まで敵対していた俺に、命乞いを始めた。

「治せないな」

「なん、で？　なんでなんでなんでなんで？　僕、日本人ですよ？　同じ、日本人の転生者ですよ！　なのに殺すんですか？　人殺し！　最低！　鬼畜！　悪魔！」

助けるつもりがないとわかると、ストーカー野郎は口汚く罵り始めていた。

うるさいな。喚けば喚くほど、僅《わず》かにあった助けようって気持ちが失《う》せていくことに気付いてないいんだろうか？

そう言えば。あの縦ロール姫を処刑するときアストレア様も静かにさせる魔法を使ってたな。俺にも使えるのだろうか？　試しに裁量の天秤に手を翳《かざ》してみる。この男を黙らせたい。そう念じると、天秤が右に傾いた。

ストーカー野郎から一切の音がしなくなる。

「(くそっ、おい、天使！　お前、助けろ！　勇者だぞ！　僕が死んでもいいって言うのか⁉　おい、クソッ！　お前もだよ！　僕を、殺すのか⁉)」

ストーカー野郎は大天使の方を見たり、俺の方を見たりと忙しく口をパクパク動かしているが、もう何言ってるのか全然聞こえない。

死にかけてるはずなのに、無駄に元気でうるさい。最後まで同情のできないクズ野郎だ。これじゃあ、更生の余地もないだろう。

このまま首を刎ね飛ばしても良いが——

「『浄罪の聖炎』」

練習がてら、アストレア様が縦ロール姫にしたのと同じ魔法を使った。

無音のまま喚いていたストーカー野郎が深紅《しんく》の炎に包まれた。その炎は肉を焼いても煙を出さず、ただ綺麗に燃え上がる。

「(うがぁぁあっ！　熱い、苦しい！)」

口をパクパクさせながら苦しそうにのた打ち回っているけど、音を消してるからなんて言っているのかわからない。

それに、死が確定したこの男にこれ以上構っている暇もない。

早くニケたちに加勢しなきゃだし、少女の勇者を縛る『絶対服従紋』も解除したい。

「(お、おいっ、待って……)」

一瞬足を掴まれた気がしたが、彼の手は煤《すす》になってボロボロと崩れた。無視して、大天使を掴み上げているファルの方へ向かう。

「ソウイチ、所詮は勇者の役割を与えられなかった偽物。使えない男」

ファルの大きな手に身体を掴み上げられた大天使は、剣をぐりぐりと押し込んでいる。肩の傷を抉《えぐ》られているファルは、身体から滾《たぎ》るような蒸気を噴出させながら、目、鼻、口、耳と穴という穴から血を噴き出していた。

ミシミシ、バキボキッと響く骨がバラバラになってるような音は大天使が握《にぎ》り潰《つぶ》されてる音だけではないのだろう。

さっき言ってた、技の反動ってやつか。

「『治す』」

「おおっ、折れた骨が、ボロボロになってた身体が本当に治っていくぜ……」

「大天使の方は引き続きお前に任せても良いか？」

「おう、任せろ！」

「くっ……あぁっ、ぐっ……」

ファルと大天使、双方が満身創痍《まんしんそうい》でボロボロだったのに『治す』によってファルだけが完全に回復する。

「あぁっ！」

絶望の表情を浮かべた大天使は、全力を取り戻したファルの握り潰す攻撃に悲痛な声を漏らす。

「トドメだ！」

大天使をそのまま思いっきり地面に叩きつけたファルは、カッと口から高温高熱のブレスレーザーを吐いた。勝敗は決したっぽいので、俺はニケたちの方へ向かう。

4

時は少し遡《さかのぼ》る。

「ジタロー様、私たちのことは心配しないで！」

「姉様はミューが守るのです！」

大天使の指示で、騎士たちと操られている勇者がニケとミューに襲い掛かってくる。

「『増魔の書』『合魔の書』、精製石人形《クリエイトストーンゴーレム》、付与術式：勝利の神《ニケ》」

ニケは静かにショートソードを抜いて構え、ミューは街の石畳《いしだたみ》からニケの姿をした石人形《ストーンゴーレム》を作り出した。

ニケ型の石人形《ストーンゴーレム》が、ショートソードを模した巨大な剣で先陣を切ってきた騎士を鎧ごと叩き潰して殺した。

大天使の降臨で士気を上げ、怒濤《どとう》の勢いで攻勢に出ていた騎士たちは一番槍《いちばんやり》があっけなく捻《ひね》り潰されたことで急にたたらを踏む。ニケはその隙を見逃さなかった。一気に騎士たちの眼前にまで距離を詰め、先頭にいた騎士の頸《くび》を斬り裂く。

ジタローから預かっているショートソードは、大貴族が家宝として倉庫に仕舞うほどの逸品だ。凄まじい切れ味を誇る。人間を優に超える獣人の膂力《りょりょく》とニケの卓越《たくえつ》した技量を持ってすれば、鎧の間隙《かんげき》を縫い、頸動脈《けいどうみゃく》を断ち切ることなど容易《たやす》かった。

そのまま、噴出する大量の血を後続の騎士たちの目くらましに利用して、一気に後ろにいた女勇者の方へ距離を詰める。

「(――あんなに強かった私のパパは、勇者に殺された。こいつは奴隷と同じで『絶対服従紋』に操られてるみたいだけど)」

殺すつもりで女勇者に飛び掛かった。

女勇者は仮面越しにもわかる冷酷《れいこく》な目で黒い筒のようなものをニケに向ける。

警戒しながらも、何かされる前に殺せば無問題《モウマンタイ》！　と、女勇者のそっ首目掛けてショートソードを振る。その瞬間、バンッ、と爆発魔法を使ったみたいな炸裂音《さくれつおん》が響いた。

次の瞬間、ニケの肩を何かが貫通し放った斬撃を逸らされてしまう。

銃という概念を知らないニケは、なにが起こったか理解できない。

それでも獣人の優れた動体視力によって、金属のようなものが物凄《ものすご》い速度で飛んできて、それによってダメージを受けたのだと把握した。

女勇者の持つ謎の武器からは、硝煙が上がっている。

傷ついた肩口を押さえながら、地面に着地をする。勇者の凶弾によって、ニケに大きな隙ができたことを見逃さなかった騎士の一人が襲い掛かる。

「仲間の仇！」

咄嗟《とっさ》の判断で使えなくなった右手から、まだ無事な左手へショートソードをパスして騎士の攻撃を何とか受け止めたニケはそのまま蹴りを返す。

「姉様ッ！」

姉のピンチにミューは石人形《ストーンゴーレム》を操って騎士たちの方へ突っ込ませた。奇襲の失敗を悟ったニケは一旦離脱して態勢を立て直そうと、一度勇者に背を向けた。瞬間、空から天使が降ってきた。

気配を察知したニケは、脳天目掛けて放たれていた攻撃を間一髪で躱した。

致命傷は避けられたが、攻撃を受けるために差し出した左腕が切り落とされてしまった。傷口から鮮血が噴き出し、ショートソードが宙を舞う。残った右手を地面について石人形《ストーンゴーレム》の股下をすり抜け、這《ほ》う這《ほ》うの体《てい》で戦線を離脱する。

「うっぁぁっぁあっ」

ミューの足元に転がり込んだニケは、苦痛に悲鳴を上げる。

銃弾で右肩を撃ち抜かれてるので、傷口を手で押さえて痛みを誤魔化すこともできない。

「ね、姉様ッ！　う、腕が……」

「よしっ、今が好機だ！　ゴーレムをぶっ壊せ！」

「「「うおらぁあああああ！」」」

「はっ、しまったのです！」

重傷を負って足元に転がり込んできたニケを、ミューは心配せずにはいられない。

一方で、天使と勇者の活躍により士気を高めていた騎士たちは、一瞬姉に気を取られたその隙を見逃してくれるほど優しくはなかった。

ハンマーを持った騎士がニケゴーレムの膝を殴りつけ、それに続いてバスタードソードを持った騎士たちが力任せに石人形《ストーンゴーレム》に攻撃する。ミューが対処に動くよりも早く、破壊されてしまった。

「覚悟しろ、亜人共！」

「エドワード様の仇だ！」

「「死ねえええええ！」」

騎士たちがなだれ込むように、二人目掛けて飛び掛かってくる。

「『増魔の……（ううっ、ダメなのです。魔法を展開できるだけの時間がないのですッ！）』」

このままでは、足元で転がっている姉も自分も、騎士たちに圧《お》し潰《つぶ》されてしまう。だが、魔法を発動させるだけの時間がない。

「うあああああっ！」

ミューが窮地《きゅうち》に絶望しかけた瞬間、足元で転がっていたはずのニケが叫び声を上げながら飛び上がり、襲い掛かってくる騎士たちに捨て身の体当たりをした。

「ッ！　突風《ブラスト》」

ミューはその隙を見逃さず、とにかく展開が早い風魔法で騎士たちの体勢を崩しに行く。

表面積の大きい鎧を身に纏った騎士たちは一度体勢を崩すとドミノ倒しみたいに倒れる。その装備の重さ故に一度倒れるとすぐには起き上がれない。

ニケは軽装備なので、風が止むと転がるように移動してミューの傍に戻った。

「『増魔の書』石　壁《ストーンウオール》、倒れるのです」

矢継ぎ早に展開した大きな石壁を、転ばせた騎士たちに倒し込む。その純粋な質量攻撃は騎士の数を半分にした。押せ押せだった騎士たちに動揺が走る。

だけど勇者と天使は無傷だった。ミューも無傷だが、ニケが両腕を損傷している。

依然として不利な状況に変わりはない。

「姉様ッ、ミューが一人で頑張るから、大人しくしてるのです！」

「……凍結《フロースト》、うぐぁっ」

歯を食い縛って立ち上がったニケは傷口を凍らせて止血する。

「両腕が使い物にならなくったって両脚が残ってるし、牙もある。まだ戦える。死にさえしなければこんな怪我《けが》、ジタロー様が治してくれる。でもここで、可愛《かわい》い妹に一人で戦わせて……それで傷ついた私の姉としての矜持《きょうじ》は、治せないわ」

「……ッ！　姉様」

この満身創痍でも前に立つニケに、ミューの本を握る力は強まる。

「それに、私は……私たちは、この局面で勝ってジタロー様の下僕として、護衛として戦えることを示さないといけないのよ」

腰を深く落とし、地面を強く踏み込む。

騎士たちはまだ、無傷の鎧騎士が五人残っている。万全の天使と勇者も残っている。状況的には有利のはずなのに、鬼のような気迫のニケに怯んでしまっていた。

ニケが一歩前進する度に、騎士たちは二歩後退する。

「な、なんだ、アイツ。死ぬのが怖くないのか？」

「バケモンだ……」

「くだらない。コケ脅しだ」

天使が吐き捨てて、ニケの方へ飛んで向かう。

ニケの首筋目掛けて放たれた剣の一撃を柔軟な動きで回避し、天使のお腹を蹴り上げた。そのまま空へ吹き飛ぶ。

ニケは丁度足元にある、斬り落とされた左腕が握ったままのショートソードを蹴り上げ、柄を口で咥《くわ》えて女勇者に特攻した。

「な、なんでまだ動けるんだよ！」

「もう倒れろよ！」

混乱した騎士たちに押され、勇者の動きが止まる。

「勇者様！　うごっ！」

前に出て勇者を庇《かば》った騎士の喉を突き刺し、そのまま絶命させる。

「くっ。勇者が遠い！」

「あっちだ！」

騎士たちと対峙《たいじ》していたニケ、ミューたちの後方から、騒ぎを聞きつけた門番、兵士たちが駆けつけてきていた。

エドワード殺害にパニックになって逃げだした市民の誰かが通報したのだろう。

ただでさえ騎士の壁に阻まれて攻め切れてないこの局面での援軍。まさに四面楚歌《しめんそか》。不利な状況が絶望的な状況へと最悪の変貌《へんぼう》を遂げる。

「なんで、亜人がこの街で服着て立って歩いてんだよ！　問答無用で死刑だ‼」

援軍兵士たちの先頭を走っていたのは、この街に入るとき下着姿になるよう強要したあのガラの悪い門番だった。

「くっ、このタイミングの援軍キツ過ぎなのです……」

「ミュー！」

勇者の頸を狙って深く踏み込んだニケは騎士たちと交戦中で、ミューをすぐに助けにいける位置取りにない。

大急ぎで『増魔の書』を開き魔法の構築をしているが、恐らく先頭の門番の槍がミューを貫く方が早いだろう。今度こそ、万事休すか……。

「クマー！」

絶望しかけたそのタイミングで、ミューの前にデビクマが躍り出た。

今までミューの背中に潜んで活躍の機会を窺っていたデビクマは、その小さく可愛らしいおててで門番をビンタした。

ファンシーな見た目で獲物の油断を誘う、デビルベアーはC級の魔物だ。等級で言えばオークと同じくらいだが、群れない分、単体での強さはデビルベアーが勝る。

小さな手からは想像もつかない強烈な一撃は門番の頸椎《けいつい》を容易《たやす》く圧《へ》し折《お》った。更に首を噛みちぎって追撃する。

頸動脈をちぎられた門番から、大量の血が噴射した。

「デビクマ！　よくやったのです！　『増魔の書』『合魔の書』水刃《ウォーターカッター》、凍結《フロースト》、飛べ！

氷刃《アイスカッター》」

「「「うわぁぁあああぁ！」」」

その応酬の隙に、無数に生成された氷の刃が後続の兵士たちを始末していく。

「デビクマ、ありがとなのです！」

「クマー！」

口元を血で汚したデビクマは楽しそうに手を叩く。

一方でミューの安全を見届けたニケは絶命させた騎士の頭を踏みつけて、再び勇者に特攻しようと首を振る。しかし、肝心の勇者の姿が見当たらない。

勇者は、音もなくミューの背後に移動していた。

「ミュー！」

ニケは襲い掛かって来る騎士の頭を蹴ってミューの元へ向かおうとするが、妹の窮地に気を取られたままに放たれたその蹴りは緩慢で、騎士に足を掴まれてしまう。

「よくも俺たちの仲間を殺してくれたな、このクソ猫がァ！」

「あぁッ！」

足を掴まれたニケは騎士によって激しく地面に叩きつけられる。バンッ、と乾いた発砲音が響いたのはそれとほぼ同時だった。

ミューの太ももが、至近距離で撃ち抜かれる。

回転する銃弾は、ミューの太ももの肉を抉り取り弾丸の直径より大きな風穴を開けた。

「うあぁあぁっ！」

背後からの援軍という窮地を乗り越えたと思って少し気が緩んだ僅かな隙を突かれて受けた手痛いダメージに、ミューは悲鳴を上げた。

騎士の手によって地面に叩きつけられたニケの骨がバキバキと折れる。

石畳に顔面を強打し、歯も何本か折れてしまったニケはそれでもミューを守ろうと首を上げ、血まみれの顔で勇者を睨みつけた。

「へっへっへ。殺された仲間の恨みもあるからなぁ、お前は楽には殺さねえ」

騎士が、ニケの頭を踏みつけ、ふくらはぎに剣を突き刺した。

「ぐあぁっ、うぐっ、いっ、」

立つために必要な筋肉と腱《けん》を断たれたニケは、苦痛に涙と涎《よだれ》を零しながらも這ってミューの元を目指そうとする。

「ミュー！」

「ううう、ね、姉様……」

足を撃ち抜かれ、地面に倒れ伏していたミューは姉の悲痛な呼びかけに我を取り戻す。

痛みに蹲《うずくま》っている場合じゃないのです。このままだと、姉様が殺されてしまうのです。

痛みに切れそうになる集中力をどうにか振り絞って身体中の魔力を練り、魔法の準備を始める。起死回生の一撃を叩き込むために。

女勇者はミューに銃口を向けていた。魔力の動きは感じ取れないが、それでもミューがなにかをしでかそうとしていることはわかっている。

だけど、引き金を引けずにいた。

女勇者は元日本人。……いや、今も心は日本人のつもりだ。

約一〇日前にこの世界に召喚されてから、戦闘の訓練などは受けさせられたりしたが、人を殺した経験は未《いま》だない。

しかも相手は、悪人には見えない一〇歳くらいの可愛い猫耳の女の子。

大天使の『絶対服従紋』による命令は、猫耳の姉妹を始末することだったが、女勇者の殺しに対する忌避感《きひかん》は強く、命令に激しく抵抗していた。

至近距離で頭を撃ち抜くチャンスがあったにも拘《かか》わらず、足を狙ったのはそのためである。

ミューと女勇者は睨み合う。

その時、上空から天使が降ってきた。

「マモーン様の裁きを受けろ!」

ニケによって上空に蹴とばされた天使だった。蹴とばされてから、滞空し続けここぞという機会を窺っていたのだ。

天使はミュー目掛けて剣を振り下ろす。

ミューは慌てて魔法を発動させようとするけど、咄嗟のことで間に合わない。しかし、容赦なく振り下ろされた剣がミューに届くことはなかった。

「クマー！」

デビクマが、上空の天使目掛けて飛び掛かったからだ。

物凄い速度で落下してくる天使の顔面に、その小さい腕からは考えられないほどの膂力で攻撃を叩き込む。

「くっ」

天使はデビクマの手を掴み、攻撃を受け止めた。そのまま、剣をデビクマの頭に沿え当て、地面に落下した。

「爆発《プロージョン》」

地面に着地したばかりの天使の頭に向かって、ミューは渾身《こんしん》の魔力を込めた爆発魔法を叩き込んだ。流石《さすが》の天使もこれには一溜《ひとたま》りもなく、頭を炸裂させ絶命する。

バンッ！

それは、ニケの足に剣を刺し甚振《いたぶ》っていた騎士たちがファルの大きな手で横の壁に打ち付けられ、爪の追撃で三枚卸しにさせられるのと同時であった。更に。

「『治す』」

看過できない攻撃をしたミューの脳天に照準が合っていた銃の引き金が引かれるよりも早く、

ジタローの手が女勇者の肩に触れた。

女勇者はへなへなと脱力して、地面にへたり込んだ。

5

「『治す』」

ミューに向けられた銃口から弾が発砲される前に、女勇者の肩に触れ『絶対服従紋』を解除することに成功した。

彼女は、ストーカー野郎のように襲い掛かってくるようなこともなく、力が抜けたように地面にへたり込んでしまった。

ギリギリだったけど、間に合って良かった。

俺と同じ召喚者で日本人だし、色々話したいけどその前にやることがある。

とりあえず一番近くにいるミューの傍にしゃがんで手を向けた。

「『治――」

「ちょっと待つのです」

治そうとした手を、ミューは苦しそうな顔で制止する。それから、首が爆散して死んだ天使の方を指した。

「あそこに、デビクマがいるはずなのです。一番重傷だと思うから、そっちを先に治してあげてほしいのです」

「わかった」

ミューもかなり重傷に見えるけど、それでも自分より優先してほしいってことは、デビクマはもっと酷いのだろう。それこそ数秒を争うほどに。

ミューの言う通り立ち上がって、天使の方へダッシュで向かう。瓦礫《がれき》を退《ど》かして見つけたデビクマは、縦に真っ二つに断られてしまっていた。右と左に身体が断ち裂かれてしまっている。どう見ても即死だ。

「『治す』」

……いや、諦めるにはまだ早い。

生物ってのは、俺たちが思ってるよりずっとしぶといものだ。首を斬られた罪人がしばらくの間瞬きをし続けたって逸話もあるし、頭を潰されたダチョウが死んだことに気づかないでしばらく動き続けるなんて話も聞いたことがある。

天使が落ちてきたのはつい数十秒前のことだ。デビクマが致死級のダメージを負ったのもそれくらい。数十秒くらいなら、まだ助かる可能性は十分にあるはずだ。

とりあえず、デビクマの姿は元通りになった。

医学がかなり発展した日本でも、これを治す術《すべ》は存在してなかったから蘇生《そせい》した事例がないだけで、普通に死んでない可能性はある。それに、デビクマは魔物だ。地球にいた生物よりも生命力が高いかもしれない。

だから、ちゃんと目覚めてくれよ……。

拳を握りしめて祈りながら、ミューの元へ戻る。

「次は、姉様を治してあげてほしいのです。ミューよりずっと重傷なのです」

ミューとニケを見比べる。……片脚の太ももに大きな風穴が空いているミューと、両腕片脚に甚大な怪我を負うニケ。確かに後者の方が重傷に見えた。

けど、ニケのギラついた目は先にミューを治せと訴えてるように見えた。

「『治す』」

ミューに『治す』を掛けると、ものの一〇秒ほどで太ももの穴が塞がった。

「なんで、ミューから？」

「欠損は治すのに少し時間が掛かるからな」

ニケのとこまで歩く時間があればミューは治せるしな。

「姉様を、お願いするのです」

ミューはそれだけ言って、デビクマの方へ向かった。

頷いた俺は急いでニケの傍に駆け寄る。

「ジタロー様、ごめ……」

「『治す』……ごめんな、ニケ。こんなになるまで戦わせてしまって」

謝ろうとしたニケの言葉に被《かぶ》せるように、先に謝った。ニケを……こんな痩せている女の子を危険な戦いに巻き込んで、腕を失うほどの大怪我までさせてしまった。

こんなに頑張ったニケに謝らせたくなかったのだ。

「……ッ！　ううん、私が、私が弱かったから」

血が滲むほど悔しそうに唇を噛んでるニケに、俺は首を振った。

「そんなことない。よく死なないで、生きててくれた。それだけで俺としては十分だ」

「ジタロー様ッ……！」

ニケの目から大粒の涙が零れる。

「私、ジタロー様の期待に応えられたかしら？」

「……ああ。良くやってくれた。ありがとうな」

白い頭に手を乗せて、感謝を伝える。

本当はここまで無茶してほしくないけど、今回はニケたちが多くの騎士や天使を引き付けてくれたお陰で大天使や厄介なストーカー野郎に専念できたわけだし。

ニケの失われた腕が再生していくのを見ながらもう一方の手で、身体がバキバキになって倒れ伏しているファルにも『治す』を掛ける。

「一〇人以上の騎士に、勇者に、天使。ニケとミューの方に人を多く流しちまった。オレがもっと強ければ……。そのせいでそんな酷い目に遭わせてすまなかった」

ファルは悔しそうに土を握りしめて地面を殴りつけた。

「ファルが大天使を止めてくれたお陰で、俺は早々にストーカー野郎を倒すことができたんだ。十分助けられた」

「ダンナ……」

後で、ミューにもちゃんとお礼を言おう。

思い返せば、今回はかなり危なかった。

大量の騎士たちが雪崩《なだ》れ込んで来て乱戦になれば、俺以外の攻撃を実質無効化して惨状を振りまくストーカー野郎への対処が難しくなってた可能性がある。

大天使も厄介だった。特に、最初崩れていた集団をまとめ上げる統率力。アイツが出て来てから烏合《うごう》の衆《しゅう》だった騎士たちは軍隊へと変貌した。それに天使も厄介そうだった。剣は法服を通らないけど、大天使やストーカー野郎のサポートに回られたら鬱陶《うっとう》しくて仕方なかっただろう。女勇者の方も銃を使ってて厄介だった。

今回の戦いの争点は、如何《いか》にストーカー野郎への対処に俺が回れるかっていうのと、女勇者に『治す』を掛けられるかだったから、ニケやファル、ミューがストーカー野郎以外の敵をちゃんと引き付けて分断してくれたのが大きかった。

俺一人だと、加護があるから負けはしないかもしれないけど、無関係の市民を大量に死なせることになって最悪な気持ちになってただろう。

三人の活躍が大きかったのは、間違いない。

王子を殺してしまったし、この街にはあんまり長居できないだろうけど、美味しいご飯でもご馳走《ちそう》して労ってやりたい。

ニケとファルは、あんまり納得してはなさそうだけど。

「とりあえず今は、全員無事だったことを喜ぼうぜ」

「……そうね！」

「ああ！」

欠損が全快したニケと、反動がなくなったファルが立ち上がって元気よく返事をする。

「あの……」

後ろから、女の子の声が聞こえた。……勇者か。

ニケが警戒を露わにする。

「同胞だから。ミューのところへ行ってて良いぞ」

コクリと頷いてミューの方へ向かっていった。ファルもついて行く。

振り返ると、仮面を外した女勇者が立っていた。その顔は、この世界に来る少し前に、ストーカー野郎に脅されていた少女のそれと同じだった。

「その、今回のことも、この前のこともそうですけど……。助けてくれて、ありがとうございました」

ぺこりと深く頭を下げてくる。

「いや、いいよ。今回も、この前も、助けたのは完全に成り行きだったし」

ストーカー野郎に空き缶ぶつけた件に関してはただの事故だし。

「二回も助けられて、本当に命の恩人です！　このご恩は必ず返します。その……私、この世界に召喚された時結構便利なスキル貰ったし、お役に立てると思います！　それに、その私、おっぱいも結構大きいから、そっちの方のお礼も頑張れると思います！」

「ブッ。おっ……え？　あ、いや、えっと、その……」

いきなりおっぱいとか言われたから、びっくりした。確かに結構大きいけど。この子、召喚前は確か制服着てたよな？　高校生くらいだよな？　なんでいきなり……。

そうか、この子はアストレア様に助けてもらえなかった世界線の俺なんだ。

日本で平和に暮らしてたのにいきなり異世界に呼び出されて、王族に『絶対服従紋』で操られて、しかも一緒に召喚されたのはあのストーカー野郎。

その不安と恐怖は、想像に難《かた》くない。

この子にとって俺は、そんな状況でようやく会えたまともな日本人なのだろう。この言動も不安の裏返しと言われれば得心もいく。

「別に、恩とか気負わなくて良いぞ。今回助けられたのは偶然だし、与えられたスキルが違ったら立場が逆になってたかもしれない。困ったときはお互い様だろ？」

「……お兄さん、優しいってよく言われません？」

目を丸くしてそんなことを言った。

「どうだろ？」

「優しいですよ！　えへへ。助けてくれたお兄さんが親切そうで、私安心しちゃいました。お兄さんにになら、本当にそっちのお礼、しても良いんですよ？」

ポッと頰を赤く染めて、流し目をしてくる。

「こちとらまともに社会人やってたんだ。学生にそんなの求めるわけないだろ」

「ごめんなさい！」

軽くチョップすると、ペロッと舌を出してきた。

「恩とかも本当に気にしなくていいからな」

「いえ、そういうわけにもいきません。恩はきっちり返させてもらいますよ！」

「いや、いいって」

「そう言うわけにもいきません！」

いいって言ってるのに、なんで恩返しの話になるとみんな頑なになるんだ……。

「そう言えば、自己紹介まだだったな。俺は谷川治太郎《たにがわじたろう》です」

「谷川さんですね。私は九十九凛《つくもりん》です。友達からは九分九厘《くぶくりん》って呼ばれてます」

「九分九厘。面白いね。よろしく、九十九さん」

「はい！　よろしくお願いします、谷川さん」

握手の手を差し出すと、両手で握り返してきた。

6

「デビクマの、脈がないのです……」

『治す』で綺麗になったデビクマを抱き上げたミューはポツリと呟いた。

「呼吸もしてない。使い魔の繋がりも……消えてるのです。これ、死んでしまっているのです」

デビクマの顔をミューは覗《のぞ》き込《こ》む。安らかに眠るその顔は、どこか誇らしげにも見えた。

「……み、認めないのです」

ブックホルダーから『増魔の書』と『合魔の書』を取り出す。

故郷の図書館にあった魔法書の全てを読破したミューは、その内容を完璧に記憶している。

彼女は魔法に関して天稟《てんぴん》を持っていた。

ミューが得意なのは人形やゴーレムを操る魔法だとニケは語っていたが、真の適性は死体を操る『死霊操術』にあった。

死霊操術は、非常に高度で難解な術式である。そして一度死んだ存在を操るその魔法は、一部世界の法に踏み込んだ禁術でもあった。

とはいえ死霊操術の一切合切が禁忌《きんき》に触れるわけではない。

だがどれが世界の法に触れるのか、人の身で把握することは不可能だ。

法の女神に目を付けられぬよう死霊操術の一切は古《いにしえ》の時代に禁術に指定され、現代では殆《ほとん》ど失われた技術と化している。

それでも古い魔法書だと〝神に裁かれなかった悪しき死霊操術使いの対処のため〟として使い方などが記載されていることがあった。ミューはその古い魔法書を読んだことがあった。

「ミューが、必ず生き返らせてあげるのです『増魔の書』『合魔の書』」

天使の攻撃から咄嗟に庇って、死んでしまったデビクマ。

短い間ではあったが寝食を共にした使い魔を、友人を助けるためにミューは魔法を構築していく。

「ミュー！　無事で良かった！」

ジタローに治されたニケとファルが、デビクマの死体を横たえしゃがみ込んでいるミューの元へ寄ってくる。ニケは、ミューを中心に渦巻く莫大《ばくだい》な魔力の奔流に気付いた。

「…………何を、してるの？」

極度の集中状態に入ったミューに姉の言葉は届かない。

「黄泉《よみ》開《びら》き……反魂蘇生《ソウルリザレクション》」

発動されたのは、冥界への扉を開き、死者の世界へ移ってしまった魂を呼び戻して元の肉体へ返す魔法。

冥界から呼び戻したデビクマの魂が、デビクマの肉体にゆっくりと還《かえ》っていく。

卓越した魔力操作のセンスがなければ成功しないこの魔法を、ミューは天性の才能で成功させてしまった。

ミューからは滝のような汗が流れていた。息を切らせながら腰をつく。

「……上手《うま》く、いったのです？」

ずっと開く気配のなかったデビクマの目が開いた。

「良かった。デビクマ……」

「グマー！」

「危ないっ！」

大口を開けたデビクマが飛び掛かる。いち早く異常を察知したファルが、ミューの襟首を引っ摑んで救助した。

デビクマの鋭い牙がガチンと鳴る。その目は赤く染まっていた。

「デビクマ……？」

「グマァァアヂアアッ！」

この世のものとは思えないような、咆哮《ほうこう》が上がる。

「ミュー、何したの？」

「知らない、知らないのです」

ミューは顔を青褪《あおざ》めさせながら首を振る。デビクマはカチカチと牙を鳴らして、目の前の生ける者たちを噛み殺そうとしていた。

ファルはミューを抱え上げ、デビクマの攻撃を躱す。

「デビクマ、ミューなのです。どうして攻撃するのです……？」

7

「グマァァアアヂアアッ！」

九十九さんと握手を交わしていると、後方からこの世のものとは思えない咆哮が響いた。驚いて振り返ると、デビクマがミューとファルに襲い掛かっている。

『治す』は間に合ったのか？　……それにしては、様子がおかしい。

「ちょっとごめん」

九十九さんの手を離した。

「『断罪の剣』『裁量の天秤』」

緊急事態っぽいので、スキルを発動させながら急いでミューたちの元へ駆けつける。

「デビクマ、ミューなのです。どうして攻撃するのです……？」

「ミュー……いや、ファル。これはどういう状況だ？」

「オレにもなにがなんだかわからねえ。デビクマの奴が急に襲ってきやがって」

「グマァァアアッ！」

デビクマが地獄の底から出してるみたいな咆哮を上げる。……様子がおかしいし、このままでは埒《らち》が明かない。一回殺して治してみるか？

「だ、ダメなのです！　ご主人様、デビクマを殺しちゃダメなのです」

断罪の剣を振り上げると、ミューの悲痛な叫び声が上がる。

噛みつきに飛び掛かってきたデビクマをニケが叩いて遠ざける。

どうしたものか。……どうすれば良いんだ。

――『封魔拘束』を使え。

様子がおかしいデビクマの対処に困っていると、神託が降りた。

「わ、わかりました。『封魔拘束』ッ！」

考えるより先に素直に従って、封魔拘束と唱える。すると、裁量の天秤が金色の輝きを放ち、デビクマが蚕《かいこ》の繭《まゆ》のようなものに包まれた。

繭はカタカタと揺れるが、それ以上のことは起こらない。

「デビクマっ！」

ファルの腕から抜けて、ミューが繭に包まれたデビクマの元へ寄る。

――ジタローよ。そこのミューという娘は今、世界の法を犯した。

みゅ、ミューがですか⁉

まだ、事態を把握できていない中で告げられた言葉に頭が真っ白になる。

まさかミューが、世界の法を……？

――その娘は冥界の扉を強引にこじ開け、死した魔物の魂を呼び戻した。生と死の流転《るてん》を捻じ曲げようとするのは違法である。『裁量の天秤』で、裁け。

⁉　ちょ、ちょっとお待ちください。あ、アストレア様！

ミューが世界の法を破ったって、本当ですか⁉　だ、だって……。

――ジタローは、我が嘘を言っていると申すか？

い、いえ、そ、そういうわけじゃないですけど……。

怒気を孕《はら》んだアストレア様の声に、魂が奥底から恐怖で震え上がる。

だけど……無理だ。俺にはできないです、ミューを裁くことなんて……。

アストレア様のためなら、使命のためなら、正義のためなら、剣で罪人の首を刎ね落とすのだって躊躇なくできる。でも、ミューは……。

「アストレア様、どうか、どうか今回ばかりはお許しいただけないでしょうか！」

その場で地面に額を擦《こす》りつけ、土下座した。

ミューは、仲間だ。ここ数日関わって、良いところも可愛いところも見て来た。これからもっと仲良くなりたいと思っている。

それに今回はこれまで見て来た悪人たちと事情が違う。

私利私欲のためじゃなくて、使い魔のデビクマを生き返らせたいって思っただけだ。一〇歳ほどの女の子が、死んだペットを生き返らせようとしただけなのだ。

それを俺の手で断罪し、殺せなんて、絶対にできない。

冷や汗を流しながら、必死に懇願《こんがん》する。

「俺にできることなら何でもします！　だから、だからせめて容赦を……」

——ならぬ。法は法。例外はない。裁量の天秤で、ミューという娘を裁け。

「そんなっ。……ッ！　どうか、どうかお慈悲を……ッ！」

——できぬと申すか。

冷徹な声に、恐怖で頭がおかしくなりそうだ。顎がガチガチと震え、心臓が止まりそうになる。でも、でも……。

——では、我が直々に裁くのみ。

その瞬間、世界の時間が停止した。停止したかのように錯覚するほどの、とんでもない存在がこの世界に降臨した。

恐る恐る顔を上げると、アストレア様がミューの背後に立っている。

ニケもファルも、その存在感に圧倒されて、固まっていた。

「判決を言い渡す——」

ガタン。アストレア様の天秤は、無情にも右に傾いた。

もうどうしようもない。圧倒的な存在を前に、俺はみっともなく地べたに這いつくばることしかできない。女神様の意見を覆す力なんてない。喉を震わせながら目を瞑り、言い渡される判決を待つ。……ミューッ！

「——無期懲役。ミュー。其《そ》の方《ほう》は、我が使徒ジタローの下で無期限に懲役せよ」

……無期、懲役？

「冥界の扉を破り、反魂蘇生を執り行おうとしたその行為自体は万死に値するが、娘が幼き子供の身であること、使い魔を生き返らせたいという善なる願いから来るものという事情を考慮し、酌量《しやくりよう》の余地があると判断した」

判決が淡々と述べられていく。

「む、無期懲役というのは、ど、どういうことでしょうか？」

「言った通りだ。ミューという娘には、我が使徒ジタローの下僕として無期限に仕え懲役することを命じる。そして、ジタロー。其の方は、ミューが二度と法を犯さぬよう監査し続けることを命じる」

「か、監査」

「うむ。ジタローが監査しやすいよう、その娘には其の方に対し『隠し事ができず、嘘も吐けない』という縛りを与えた。それと、再び法を犯そうとしたとき、事前に止められるようジタローにはミューに対する『監査権』と『絶対命令権』を与える」

「監査権と絶対命令権……?」

絶対命令権は、絶対服従紋みたいなものか?

「否《いな》。絶対服従紋と違い、絶対命令権は世界の法則によってその命令を強制的に執行させる力がある。監査権は常にミューの行動を把握し、見ることができる権利だ」

「な、なるほど……」

「詳しいことは共に行動していけばわかるだろう」

内容を半分くらい理解できてないまま適当に頷いたのが見透かされたのか、アストレア様からそんな補足が入る。

……とりあえず、ミューは殺されずに済んだみたいだ。良かった……のか?

「それと事が後先になったが、此度《こたび》の王族及びマモーンの天使、召喚者の討伐と、解放。更に着実に信者まで増やしておる。……我が使徒となってから僅か四日でこれだけの働き、実に見事である。褒めて遣わそう」

「は、はい。あ、ありがとうございます」

　極度の緊張状態の中で急に褒められて、戸惑ってしまう。

「信賞必罰。罪には罰が必ず与えられるように、良い働きには相応の褒美があって然るべきだとは思わないか？」

「は、はい……」

「ジタローには褒美を一つ与えようと思うのだが、何か望みはあるか？」

「え、えっと……」

　ミューを殺さないでほしいって思いで必死だったから、急になにか望みはあるかと問われても頭が真っ白で何も出てこない。

「例えば、その魔物を生き返らせたいとかでも良いぞ」

「え？　で、できるんですか？」

「うむ。死者蘇生は古来より、神の御業《みわざ》と相場が決まっておろう」

「な、なるほど……」

　デビクマを生き返らせてくれるというのであれば、是非もない。

「では、デビクマを生き返らせてください！」

「よかろう。……では、神託を授ける。其の方らは精霊山に向かえ。到着した後、我に祈りを捧げればその魔物はきっと息を吹き返すだろう」

「……精霊山」

——場所は、娘ららならわかるはずだ。

それだけ言い残して、アストレア様の気配が消え去った。時が凍り付いて止まったような緊迫感から解放される。全身の力が一気に抜けていくのを感じた。

バタリ、九十九さんが倒れる。白目を剝《む》いて気絶していた。

「し、死ぬかと思ったぜ」

「い、今のが、ジタロー様の神様？」

ファルとニケも、気を失わないまでもへたりと腰をついた。

「デビクマは、生き返るのです？」

俯いていたミューが溢すように聞いてきた。

「ああ、アストレア様が生き返らせてくれるって言ったからな。精霊山に行けば生き返るだろ。

……精霊山って知ってるか？」

「知ってるも何も、私とミューの故郷のすぐ近くよ」

「そうなのか？」

そう言えば、ニケは精霊人とのハーフだって言ってたな。アストレア様が、ニケたちなら知ってるだろうって言ったのはそういうことか。

「ええ。……それにしても、ミューが死ななくて本当に良かったわ。無期懲役って聞くと仰々しいけど、一生ジタロー様の下僕として仕えるってのは元から変わらないし実質無罪放免で済んでよかったわね！」

「それを無罪だと思えるのは、ご主人様にお尻を叩かれて悦《よろこ》んでいた姉様だけなのです」

「ちょ、みゅ、ミュー⁉　なんてこと言うの⁉」

「はぅぁ⁉　い、今のはわざとじゃないのです！　く、口が滑ったのです！」

いきなりの爆弾発言にニケが顔を真っ赤にして、ミューは目を見開いて驚きながら両手で口を押さえていた。

「これが、さっきあの神様が言ってた『隠し事ができない』『嘘が吐《つ》けない』ってやつか」

「嘘が吐けない……？」

「ねえ、ミュー聞いて。アレは誤解なの！　ジタロー様の世界にはエスエムって関係性があって、私のそれは下僕としては別におかしいことじゃないのよ！」

ファルに見られたニケが顔を真っ赤にしながらまくしたてるように弁解するけど……それ、却《かえ》って墓穴を掘ってないか？

ミューはこれ以上余計な口を滑らせないように口を押さえてそっぽを向いていた。

ファルが呆れたように肩を竦める。

一時はどうなることかと思ったけど、とりあえず全員無事で済んで良かった。

デビクマも、精霊山に行けばアストレア様が生き返らせてくれるらしいし。

8

「もうっ、ミューのせいでジタロー様に誤解されたじゃない！」

「姉様がお尻を叩かれて悦んでたのは紛《まが》うことなき事実だったのです！　耳を引っ張るのはやめてほしいのです！」

ニケがミューとじゃれ始めたのを尻目に、アストレア様の神聖なオーラに当てられて気絶してしまった九十九さんの方へ向かった。

騎士や天使、勇者たちを応援していた市民の野次馬たちも気絶してるか時が停止したみたいに固まっている。アストレア様を直接見て、腰を抜かしただけで済んだニケとファルは結構メンタルが強いのかもしれない。市民たちが起き出して騒ぎになる前にここを去りたいので、ぺちぺちと九十九さんの頬を叩いて起こす。

「おーい、起きてくれ」

「んんー」

「『治す』」

倒れた時に頭をぶつけてるかもしれないので、とりあえず『治す』を掛けておく。九十九さんの目がぱっちり開いた。

「おはようございます。……私、何時間くらい寝てました？」

「数分くらいかな」

「凄く綺麗で、恐ろしいものを見ました。あの人は、誰ですか？」

「アストレア様。この世界の法と理を司《つかさど》ってる神様だ。この世界に召喚されて縦ロールの姫様に奴隷にされそうなところを助けてもらってから、俺は女神様の使徒をやらせてもらってる。使徒になってからも、色々助けてもらってるな」

「な、なるほど……。その、谷川さんはアストレア様って女神様に召喚されてこの世界に来たってことですか？」

「いや、それは違うらしい。勇者召喚の儀式は本来世界のルールで禁止されていて、それを破った姫を裁くためにアストレア様が降臨して——って感じの流れだったし」

「だったら、どうして私の時は助けに来てくれなかったんでしょうか？」

「俺は『治す』で『絶対服従紋』を自力解除できたんだけど、その時に俺とマモーンの間にあった干渉が消えたから介入できた、みたいなことを聞かされた」

「治す、ってのは谷川さんの能力ですか？」

「うん。怪我を治したり、絶対服従紋みたいな呪い？　の類《たぐい》も解除することができる能力っぽい」

「なるほど……。じゃあ、私たちはマモーン様の力で召喚されたんですか？」

「って、俺は聞いたけど」

「じゃ、じゃあ、帰る方法は……」

「それは知らない。……俺は、他の召喚者への干渉を解いて回れってアストレア様に頼まれただけだから」

「そうですか……」

九十九さんは、目に見えてしょんぼりする。そういえば、目の前のことでいっぱいいっぱいで帰るとか考えたことなかったな。

「そんなことよりも、気絶してる市民たちが起きる前にこの場を去りたい。王族を殺しちゃったし、市民たちが起きれば騒ぎになると思うから」

「……そうですね。谷川さんはこれからどうする予定なんですか？」

「アストレア様の神託があったから精霊山ってとこを目指そうと思うんだけど」

精霊山がどこにあるかわからないし、どうやって行くのかもよくわかってないんだけどな。都合よく精霊山行の転移スクロールとか落ちてれば便利だけど。その辺詳しそうなニケたちにも相談したかったので呼ぼうとしたら、既に集まって来ていた。

「とりあえずこの街を出て、そこから歩いて向かうことになるわね」

「それ、どれくらい掛かるんだ？」

「かなりの辺境にあるから、エドワードの街からだと馬車で三日は掛かるわね」

「三日。……因《ちな》みにこの中に馬車を運転できるのは？」

「私は無理ね」

「無理なのです」

「無理だな！」

当然俺もできない。馬車で三日掛かるなら、徒歩だともっと時間が掛かるだろう。

「エルリンの時みたいに、ファルに乗せてもらうこととかはできないのか？」

「ダンナと、ニケとミューだけなら何とかなるかもしれないけどな……」

ファルはチラリと九十九さんの方を見た。彼女を一人、この街に放置していくわけにはいかないよな。

「転移スクロールがあれば良いんだけど」

ニケが首を捻りながら、言う。

「それなら適当な魔法具店探して買いにいくとか？」

「うーん」

俺は死屍累々《ししるいるい》とした周囲のあり様を見る。騒ぎが広がる前に魔法具店見つけられれば、売ってもらえるかな……。

「魔法具店探すか。誰か場所わかるか？」

「この街に来るのは初めてだから、ちょっとわからないわ」

「オレもだな」

九十九さんの方も見てみるけど、彼女も首を振った。操られてたんだから、この街を自由に歩いたこととかなさそうだ。

「ハイハイ！　それならワタシ、知ってるのデース！」

どうしたものかと困っていると、急にメイド服の女性が話に入り込んできた。

「だ、誰？」

「リン様のメイドのメリーナデース！　ワタシ故郷からこの街に上がって数年は経っているので、案内できるのデース！」

「そ、そうか、それは助かるが……」

「アンタ、変わった喋《しゃべ》り方ね」

「これは、故郷の訛《なま》りデース！」

「訛り……」

訛りならしょうがない、のか？　なんかエセ外国人みたいだ。

「それで、魔道具店に案内してくれるのか？」

「いえ、それよりももっといいところがあるのデース！　王城デース！」

ビシッと、この街で一際目立っている大きなお城を指さした。

「エドワード様が死んだことで、あの城の主はいなくなったデース。つまりあの城の宝物庫《ほうもつこ》の主もいなくなったってことデース！　取り放題なのデース！」

それは、発想の飛躍が過ぎるんじゃないか？

「っていうか、そのメリーナ？　さん的には良いのか？　エドワード王子は、メリーナさんにとって主だったわけで……」

「呼び捨てで結構デース！　えっと、タニガワ？　様は、ワタシの命の恩人デスし、これからはワタシの主デスからね！」

「命の恩人……？」

「勇者ソウイチのダメージを肩代わりして死んだのを、助けてもらったデース」

ああ、あの時のメイドか！　助かってよかった！

「俺のことは様付けじゃなくて普通に呼び捨てにしてくれて良いぞ。堅苦しいのとか苦手だし」

「それはできないデース。メイドの矜持デース」

きっぱり断られてしまった。

「その、メイドの矜持的には死んだ主の財宝を奪うのはアリなのか？」

「タニガワ様、ワタシもう一度死んでるのデース！　ソウイチ様のスキルで身代わりにされて首が飛んでるのデース！　主君のために、命を捧げた。メイドの忠誠として、これ以上はないデース！　でもワタシ、タニガワ様に生き返らせてもらったデース。つまり、今のワタシにとっての主君はエドワード様ではなくタニガワ様デース！」

「な、なるほど……」

「それにそもそもワタシ、故郷に仕送りをするためにこの街に上がってメイドをしていたのであって、命を懸《か》けるつもりはなかったのデース。なのに脅され――。まあエドワード様に誠心誠意尽くしてきたワタシが、遺産をちょびっといただいたとしてもバチは当たらないと思うのデース」

明るいトーンで言うメリーナの目は一切笑っていなかった。

そこはかとない闇を感じる。まあ、メリーナの理屈はめちゃくちゃなようで筋は通ってる気がするし、スクロールなどの便利アイテムや先立つものとか手に入れられたら助かるので素直に提案を受けることにした。

「じゃあ、案内よろしく頼む」

「任せるのデース！」

「ミュー、隠密《おんみつ》の魔法も使えたわよね。お願いできるかしら？」

「わかったのです。認識阻害《アテンションチャフ》」

「そんな魔法が使えるのなら、この街に入るにもあんな苦労しなかったんじゃないか？」

「この魔法は、すれ違う人の目に留まりにくくするだけの魔法で、がっつり守ってる門番の目を欺ける類のものじゃないのです。完全に姿を消せる魔法もあるけど、それらの対策がされてない警備は見たことがないのです」

「そ、そうか」

俺なんかが思いつくことは既に考えてるだろうし、釈迦《しゃか》に説法だったかもしれないな。

「た、谷川さん。何かみんな凄く乗り気のようですけど、強盗ですよね？　女神様の使徒的に、その……大丈夫なんですか？」

「これは、アストレア様の教えの一つなんだけど――〝正義の執行者が悪人から財を奪うのは略奪でなく徴収である〟。つまり、世界の法を犯したエドワード王子の遺産を俺たちが貰うのは、アストレア様の名の下に許されてるんだ」

「な、なるほど。まあ、女神様が良いっていうなら大丈夫ですね」

「そういうことだ」

宝物庫への侵入は、拍子抜けするくらいあっさり成功した。

あの演説会場の護衛にかなりの人員が割り当てられていたのか、王城内の見張りの兵士の数はとても少なかった。僅かな兵士は叫び声を上げる間もなくニケとファルが見つけ次第気絶させていった。ちょっと勢い余って致命傷負わせてしまった感じのもいたけど、流石に宝物庫の財宝強盗もとい、徴収のために兵士を殺すのは倫理的にアウトだと思ったので『治す』で生き返らせてから再び気絶させておいた。

「おおっ、金貨がいっぱいあるぜ！」

「スクロールや魔道具、魔導書もいっぱいあるのです！」

「魔法が掛かった武器もあるわね」

「これだけいっぱいあるのデース。ワタシもちょっとは貰って良いデースよね？」

「あ、ああ。それは勿論《もちろん》だ」

縦ロール姫のよりも規模の大きい宝物庫には金貨や武器、魔道具が乱雑に並べられていた。目がチカチカする財宝の山に、女性たちは大はしゃぎだった。

「金貨、見た目の割に重いです！」

宝物の徴収に抵抗を見せてた九十九さんも、楽しそうに金貨を掬《すく》い上げている。

アストレア様の名の下に許されてるって教えたから、罪悪感が軽減されたのかもしれない。

この世界で生きていくなら、時に人殺しが必要な場面も来るだろう。現代日本の倫理観だと、罪悪感や恐怖で圧し潰されて却って不幸な目に遭うこともあるだろう。

その点俺は、アストレア様の許しがあったから随分と救われた。

だから九十九さんには、どんどんアストレア様の言葉を教えてあげたい。

「ジタロー様！　マジックポーチがあるわよ！」

「転移スクロール、流石に精霊山直通はないけど『フィリップ』行きはあるのです」

「マジックポーチあるなら、ここの金貨全部持って行けるのか⁉」

「いや、マジックポーチは中身の重さがそのままだから全部は厳しいんじゃないか？」

「大丈夫！　オレは力持ちだからな！」

そう言ってファルは、グググッと手を大きくして金貨を山盛りになるほど掬い上げ、ニケの持つマジックポーチにジャラジャラジャラと注ぎ込んでいく。

一〇〇〇枚以上はありそうだった。

「重っ！　これ、持ち上げるだけなら兎《と》も角《かく》、持ち続けるのは厳しいわ」

「ちょっと貸してみろ。……そうか？　これくらいなら全然余裕だぜ！」

ニケからマジックポーチをひったくったファルは、軽々と片手で持ってみせた。

「じゃあそのポーチはファルに任せるよ」

「本当か！　良いのか？」

「ああ。ファル以外には持てなそうだしな」

「じゃあもっと金貨を詰め込むぜ！」

大はしゃぎで金貨の山に飛び込む。金銀財宝が好きなのはドラゴンだからだろうか？

「ファル、重さに余裕があるんだったら金貨よりもこっちの武器とか装備の方を入れさせてほしいんだけど」

「スクロールとか、魔導書も入れたいのです！」

「えー」

更にジャラジャラと金貨を掬い上げたファルに、ニケとミューが待ったをかける。

ファルが助けを求めるようにこちらを見てきたが、俺も首を横に振った。一〇〇〇枚もあれば、十分だろう。豪遊しても、しばらくは使いきれまい。

ニケが服やローブ、靴を取って次々にファルのポーチに収納していく。

「服とか装備は、ここで着替えていった方が良いんじゃないか？」

「どの装備も魔法が掛かってるのです。効果次第ではデメリットが大きいこともあるから、調べずに装備するのはリスクが高いのです」

「なるほど」

確かにゲームでも王城の宝箱から呪いの装備が出ることはあったし、高い攻撃力に惹《ひ》かれるままに装備したら外せなくて大変なことに……みたいな経験はある。

呪いとかだったら『治す』で解除できそうだけど、戦闘が始まって呪われていたことに初めて気づいた、とかだと危ないしな。ゲームと違って効果音が鳴るわけでもないだろうし。取り返しのつかない現実だからこそ、慎重になった方が良いのかもしれない。

「に、ニケ、ミュー。いくら力持ちのオレでもそろそろ重くなってきたんだけど」

「これまで、これまでいけない？」

「うー、それまでだぞ？」

「ミューもこれまでお願いしたいのです」

「じゃあそれまでだからな！」

次々と装備や魔導書を持ち込むニケとミューにファルが少し涙目になっていた。

「金貨がたくさんデース！　リン様、見て……あれ？　リン様？　タニガワ様、リン様を見てないのデース？」

「え、九十九さん？」

言われてみれば、いつの間にか九十九さんがいなくなってる。

慌ててキョロキョロ探していると、閉まっていた宝物庫の扉が開く。

「九十九さん、どこ行ってたの？」

「すみません。お部屋に制服と鞄《かばん》を取りに行ってました」

「あー」

「日本にいた頃の思い出の品なので」

そう言う九十九さんは、走って来たのか息を切らしていた。

「ご主人様、ミューたちは準備完了なのです！　転移スクロールの準備をして良いのです？」

「え？　あ、ああ。九十九さんとメリーナさんは、もうこの城に忘れ物とかはないよな？」

「はい」

「大丈夫デース！」

「ニケとファルも？」

「少し名残《なごり》惜《お》しいけどね」

「欲を言えば、もっと金貨持っていきたいぜ」

ニケは装備品に、ファルはまだまだある金貨に目を向けながら肩を竦めた。

重量制限はどうしようもない。

「じゃあ、転移するからミューの傍に集まるのです！　〝フィリップの町へ〟『テレポート』なのです！」

エピローグ

「……なんじゃ、お前は」

金貨の山で作られた悪趣味な玉座に腰掛ける、尊大《そんだい》な存在は満身創痍《まんしんそうい》の大天使を汚物でも見るような目で見下ろす。

その存在は、【強欲《ごうよく》】の女神マモーン。

「わ、私は、げべふっ⁉」

「誰の許しを得て喋《しゃべ》っておる。誰が今、お前に話して良いと言った？」

主《あるじ》の問いかけに答えようと上げた大天使の頭は、容赦なく踏みつけられた。

「も、申し訳ありません。マモーン様」

ファルの高熱ブレスが直撃し、並の天使ならとうに死んでいたほどの重傷を負いながらも命からがら帰還した大天使は、全身に走る激痛に耐えながら頭を下げる。

王国に突如現れたジタローという脅威の報告と、放置し続ければ死んでしまう身体を治してもらうために。

マモーンはゴミに触れるかのような面持ちで大天使の光輪に指先で触れる。

「ふむ。お前は、エドワードの護衛に出した大天使か。妾《わらわ》が命じた護衛の対象を殺され、召喚者二人までをも失ったのにお前だけはおめおめと逃げ帰ってきたわけか」

「ももも、申しわふげっ」

「妾の許可なく喋るなと何度言えばわかる？　役立たずの大天使風情《ふぜい》が」

マモーンはボロボロの大天使を蹴りつける。

「……いや、お前のような役立たず。最早《もはや》天使としての価値もないな」

そして大天使の光輪と、翼を強い力で握った。

「ま、マモーン様！　お許しを！　お、お慈悲を！」

ブチブチッベリリッ。

慈悲はない。マモーンは容赦なく大天使の光輪と翼を引きちぎる。

「うあぁぁあぁああ！」

大天使は激痛に叫び声を上げるが、頭を強く踏みつけられているのでのた打ち回ることもできない。

「すぐ死なれても興醒《きょうざ》めだな」

マモーンは、大天使がギリギリ死なない程度に傷を癒《いや》す。

「おい、お前たち。この役立たずを下界へ捨て置け」

「「はっ」」

天使が、大天使を連れて人間界へと飛び立った。

「……ジタロー、滅びた女神の使徒か。無能の王子と大天使を倒した程度で脅威とも思わぬが、一応始末させておくか」

――神託《しんたく》を授ける…………。

マモーンは、第一王子と第二王子、そしてこの国の国王とマモーン教の司教たちにエドワードの死と、殺害した犯人がジタローであることを告げた。

一般聖者の
救済戦線《コンキスタ》

あとがき

まずは、本作品を手に取ってくださりありがとうございます。作者の破滅《はめつ》です。

趣味は読書です。物書きやってるんだし当たり前だろって思いますよね？　僕も思ってました。最近作家の方と交流することが増えて知ったんですけど、案外そうでもない人も多いみたいです。漫画が好きだけど絵が描けないから～みたいな人はザラですし、本読む習慣なかったけど物語作ってみたかったからというスタートでデビューした人も知っています。

最近になるまで作家やってる人のモデルケースを自分以外知らなかったので、僕みたいな人ばかりなんだろうと思ってました。ここで言う僕みたいな人というのは、学生時代ロクに友達がいなかったけど孤立してると親切な先生に声を掛けられてしまうので逃げ込むように図書室に行って本の続きを読むことだけをモチベーションに学校に通っていたような、眼鏡《めがね》を掛けたひょろいモヤシ男……とまで限定はしませんが、普通に本（特にラノベ）を読むのが好きだから自分も書くのを始めた人しかいないと思っていました。実際、ラノベとかなろう系小説が面白くて書き始めたという人もかなり多いです。受けに行ったバイトの面接の殆《ほとん》どで落とされ、唯一受かった某すしチェーン店のバイトも検便だけ送りつけて初日でバックレた辺りで自分が致命的なまでに労働者適性ないことに気付いて消去法的に物書きを志した僕みたいな人は一人もいなかったんですけど。ちゃんと働いていて、恋人もちゃんといたりするようなまともな人が多かったのは意外でした。まあこれに関しては、僕みたいなガチ根暗作家は基本的に人と交流しないので、交流のある作家は根明《ねあか》である可能性が高いみたいなバイアスが掛かってる可能性も否定できませんが。つまり、中学校辺りで社会生活を拒絶し始め気が付いたら七年くらい引《ひ》き籠《こも》ってた僕みたいな作家は浮上してないだけでいっぱいいるはずなんです！　あれ？　なんの話してたんだっけ？

まあ要するに、作家やってる人は必ずしも読書好きというわけではないということです。でもこれは考えてみればそうおかしな話でもなくて、普通に書く楽しさと読む楽しさは別種のものだからだと思われます。例えるなら野菜好きじゃないのに農家やってる人、みたいな。ゴーヤ嫌いなくせにグリーンカーテンやってる人、いますよね？　多分そゆことです（？）。逆なら想像つきやすいんですけどね。例えば僕もイラスト見るのは大好きですけど、おえかきの時間は大嫌いでしたし、お茶飲むの好きですけど農家やりたいとは思わないですし。

ここまでだらだら書いておいてなんですけど、この話にオチはないです。僕は読書が好きで、あとがき読むのが好きなんですよねって話がしたかっただけなんですけど、作家が読書好きなの当たり前じゃね？　セルフツッコミしたら、ラノベ別に好きじゃないって言ってた友人の声が頭を過《よぎ》りましてね。あとがき好きな読書家の話なんてありふれてるんで、自己紹介がてらにネ友達の話をだらだら書いてみました。そのせいで短くなってしまって恐縮ですが……この作品に携わってくれた全ての人に感謝を。ではまた！

破滅

一般《いつぱん》聖者《せいじや》の救済戦線《コンキスタ》

2025年1月30日　初版発行

著　　者　破滅《はめつ》

イラスト　ファルまろ

発 行 者　山下直久

発　　行　株式会社KADOKAWA

〒102-8177 東京都千代田区富士見2-13-3

電話 0570-002-301（ナビダイヤル）

編集企画　ファミ通文庫編集部

デ ザ イ ン　AFTERGLOW

写植・製版　株式会社オノ・エーワン

印　　刷　TOPPANクロレ株式会社

製　　本　TOPPANクロレ株式会社

●お問い合わせ
https://www.kadokawa.co.jp/（「お問い合わせ」へお進みください）
※内容によっては、お答えできない場合があります。
※サポートは日本国内のみとさせていただきます。
※Japanese text only

ISBN978-4-04-738192-6 C0093　　定価はカバーに表示してあります。

スキル《ダンジョン生成》を使ったら、
activation
(Dungeon Generation)
最強魔王六人の主になっていた!?
未実装のラスボス達が仲間になりました。
The unimple mented end-stage enemys have joined us!
Author ながワサビ64
Illust. かわく

修太郎と
魔王たちの邂逅は、
デスゲーム世界の
希望となるのか⁉
《START: DEATH GAME》
ゲーム内に
閉じ込められた
プレイヤーたちも、
それぞれの思いを
賭けて奔走する‼
The unimple mented end-stage enemys have joined us!
contract: { BOSS MOB }
The Six Demon Kings and the Lord of the Dungeon

著 くろかた
illust. ギンカ
「君、一般人からも
ワルモノとして
見られてないよ?」
これは勘違い系
ダークヒーローの
お話である。
追加戦士
になりたくない

本屋に並ぶよりも先に
あの人気作家の最新作が
読める!!
今すぐサイトへGO!
どこよりも早く、どこよりも熱く。
求ム、物語発生の
目撃者――
「」カクヨム
ネクスト
Illustration:淵
最新情報は𝕏
@kakuyomu_next
をフォロー!
KADOKAWAのレーベルが総力を挙げて
お届けするサブスク読書サービス
カクヨムネクスト
で検索!